어느 Geschichte 아이 eines 이야기 Kindes

김안나 지음
Anna Kim
최윤영 옮김

우리 외로움의 공간들이 모두 다 지나가 저 뒤편에 놓여
있다 하더라도 우리가 고통을 받았고 즐겼고 다가오길
소망했고 배반했던 외로움의 공간들은 우리 안에
사라지지 않고 그대로 있다.

— 가스통 바슐라르, 『공간의 시학』

암실문고
어느 아이 이야기

발행일
2025년 6월 10일 초판 1쇄

지은이 | 김안나
옮긴이 | 최윤영
펴낸이 | 정무영, 정상준
펴낸곳 | (주)을유문화사

창립일 | 1945년 12월 1일
주소 | 서울시 마포구 서교동 469 - 48
전화 | 02 - 733 - 8153
팩스 | 02 - 732 - 9154
홈페이지 | www.eulyoo.co.kr

ISBN 978 - 88 - 324 - 7558 - 5 04850
ISBN 978 - 89 - 324 - 6130 - 4 (세트)

작가인 나에게는 때때로 이야기들이 선물이 되곤 한다. 이야기 그 이상인 이야기들, 세상을 그 안에 담고 있는 이야기들 말이다. 이 책은 그런 선물이 바탕이 되었다. 심지어는 진짜 사건, 아니면 한 인간의 유년 시절이 이 책의 바탕을 이루고 있다고 말할 수도 있다. 큰 책임감과 존경심을 가지고 다루어야 할 아주 귀한 선물이다. 나는—특히 이것은 어휘들에 해당하는데—과거를 변형시키지도, 미화하지도 않고 묘사해서 이 선물에 합당한 대우를 하려고 했다. 혼란을 야기하거나 상처를 주려는 것이 아니라—혼란을 야기하고 상처를 주게 되는 것을 피할 수 없음은 나도 잘 알고 있다—이미 상처를 받고 혼란스러워했던 이들에게 자신들의 고통에 대한 결정권을 되돌려주기 위해서다. 이 고통은 그러나—나는 이 점을 강조해야 한다—과거에만 있었던 것이 아니다. 비록 특정한 단어나 개념 들을 폐기했지만, 우리는 그 가장 깊숙한 안쪽, 그 핵심을 구성하는 생각을 우리와 완전히 분리해 내는 데에는 성공하지 못했다. 우리가 이와 같은 이야기들을 계속 전달한다는 것은 우리가 언어의 밑바닥, 그 언어의 뒷면을 본다는 위험을 감수하겠다는 것이다.

—김안나

안나 김(Anna Kim, 1977~)

1977년 대한민국 대전에서 태어났고, 1979년 독일로 이주했다. 빈대학에서 철학 및 연극학을 전공했다. 1999년부터 여러 매체에 글을 기고했다. 2004년에 『그림의 흔적Die Bilderspur』으로 데뷔했고, 이후 『얼어붙은 시간Die gefrorene Zeit』(2008), 『밤의 해부학Anatomie einer Nacht』(2012) 등을 발표하며 꾸준히 창작 활동을 이어 오고 있다. 현재 독일어권 문학계가 주목하는 작가로 엘리아스 카네티 장학금, 로베르트 무질 장학금, 오스트리아 문학 국가 장학금 등을 받았다. 『밤의 해부학』으로 유럽 연합 문학상을 수상했으며, 『어느 아이 이야기』(2022)는 독일 도서상과 오스트리아 도서상 후보에 올랐다.

어느 아이 이야기
Geschichte eines Kindes

김안나 지음
Anna Kim

최윤영 옮김

암실문고

옮긴이. 최윤영

서울대학교 독어독문학과를 졸업하고 독일 본Bonn대학교에서 박사 학위를 받았다. 현재 서울대학교 독문과 교수로 재직 중이다. 중점적인 연구 분야는 소수자 문학, 이민 문학 등이다. 지은 책으로 『한국 문화를 쓴다』, 『서양 문화를 쓴다』, 『민족의 통일과 다문화사회의 갈등』, 『엑소포니, 다와다 요코의 글쓰기』 등이 있으며, 옮긴 책으로 『개인의 발견』, 『목욕탕』, 『영혼 없는 작가』, 『눈 속의 에튀드』, 『이상한 물질』, 『엄마혀』 등이 있다.

일러두기

- 본 작품의 번역 판본은 『Geschichte eines Kindes』(Suhrkamp, 2022)다.
- 모든 주석은 한국어판 옮긴이와 편집자가 작성했다.
- 본문에서 이탤릭체로 강조된 부분 및 외국어 원문 표기는 원서에 따른 것이다.

2013년 정월, 버락 오바마가 두 번째 임기를 시작한 후에, 나는 미국 중서부의 위스콘신으로 날아갔다. 세인트 줄리언 대학의 초청을 받아 그린 베이에서 *체류 작가*로 여름 학기를 보내게 되었기 때문이다. 내 숙소는 대학의 게스트하우스로, 1970년대식 콘크리트 건물인 대학 행정동의 1층에 있었다. 시설은 1980년대 것이었고 냉난방기는 1990년대 것이었다. 2000년부터 그곳 사람들은 창문을 열 수 없었다. 쉬지 않고 창살 사이로 불어오는 먼지, 녹, 그리고 아주 미세하게 부서진 쥐똥이 든 바람을 피하려면 창문을 새로 바꾸거나 억지로 떼어 내는 수밖에 없었던 것이다. 난방기 바람 소리는 때로 마치 자동차 소음처럼, 드물게는 물결이 덮치는 소리처럼 들렸는데, 그 단조로운 *노래*는 거의 늘 내 귓속을 파고들어 뇌를 공격하곤 했다. 목욕탕에서만 이 소리가 작아졌는데 바로 여기에서만 난방기가 자기 영혼을 포기했기 때문이었다.

한 달 뒤, 나는 친절한 동료의 조언에 따라 몇 주 동안만 예외적으로 방을 빌려준다는 J. 트루트만을 찾아가 보기로 했다.

며칠 전부터 그치지 않고 눈이 오는 중이었다. 눈은 쉬지도 봐주지도 않고 내리면서 인간의 손이 만들어 놓은 것들을 덮고 지워 버렸다. 널따란 길에는 인적이 없었고 가끔 눈에 띄는 생명체도 어쩌다 거기 있는 것처럼 보였다. 제설차가 한 번 내 옆을 부르릉거리며 지나갔다.

나는 걸어가고 있었다. 자동차를 빌릴 생각은 별로 들지 않았다. 두둑한 하얀색이 모든 표지를 다 삼켜 버려서 차도든 보도든 가고 싶은 길을 골라 걸을 수 있을 정도였다. 아무도 건드리지 않은 눈의 표면에 계속 두 발의 흔적을 찍었다. 들리는 소리라곤 하늘 위를 떠다니며 미끄러지고 재잘거리며 내려앉는 눈송이 소리와 내 발소리와 숨소리가 전부였다. 사람, 동물, 자동차 그 어느 것도 보이지 않았고 바람 한 점 움직이지 않았다. 바슐라르의 말이 떠올랐다. *모든 계절 중에 겨울이 가장 나이 든 계절이다.* 나는 이 말을 바꾸었다. 모든 계절 중에 겨울이 가장 나이 어린 계절이다. 이 계절은 유년 시절의 기억을 가져오고 모든 것을 처음에다 데려다 놓는다.

J. 트루트만의 집을 찾는 데에는 꽤 오랜 시간이 걸렸다. 전쟁에서 돌아온 군인들에게 이른바 *패밀리 홈family homes*을 지어 준 적이 있었는데, 그때 1950년대의 목조 주택과 농가 주택은 납작한 지붕과 넓은 자동차 진입로를 가진 이 2층짜리 콘크리트 건물에 자리를 내주어야 했다. 그런 집 가운데서도 트루트만의 집은 하늘색으로 칠한 나무 상판과 한때는 베란다였던 온실 그리고 지붕 위에 마치 왕관처럼 튀어나온 다락방

때문에 도드라졌다. 집 명패가 단풍나무 뒤에 가려져 있어서, 나는 그 집 진입로로 들어설 정당한 근거를 확실히 마련하기 위해 우드론 대로를 여러 차례 오르내려야 했다. 누군가에게 관찰당하는 듯한 기분이 들었다. 딱히 그런 사람을 본 건 아니지만 감시받는 듯한 느낌이었다. 심지어 트루트만의 토지는 유일하게 울타리로 둘러싸여 있었고, 격자 울타리와 표지판이 그 경계를 알리고 있었다. *무단 침입 금지No Trespassing*.

나는 약속 시간에 늦었다. 문의 초인종을 누르면서 눈을 탓했다. 겨울의 낭만은 모두 날아가 버렸다. 당신이 안 온다고 생각했어요. J. 트루트만이 인사 대신에 이렇게 말하고는 나에게 손을 내밀었다. *조앤이에요*. 그녀의 *you*는 마치 *Sie** 같은 느낌을 주었다. 나도 못 오는 줄 알았어요. 나는 웅얼거리며 프란치스카라고 소개했다.

프랜이라고 불러도 될까요? 조앤은 질문하며 나를 바라보았다. 나는 고개를 끄덕였고 그녀를 지나쳐 거실 안쪽을 살펴보았다. 거기에서는 버터, 바닐라와 계피 냄새가 났다. 당신이 오스트리아에서 온 그 작가군요. 조앤이 말했다. 나는 다시 고개를 끄덕였고

---

* 독일어 2인칭에는 du와 Sie가 있는데 친근한 사이에서 쓰는 du가 아니라 거리감 있는 Sie처럼 들렸다는 말.

계속 안을 살펴보았다. 조앤이 싱긋 웃었다.

자 이제 들어오세요.

그 환상적인 향기를 풍기는 케이크의 이름은 *커피 케이크Coffee Cake*였고 양껏 마실 수 있는 뜨거운 커피에 곁들여 나왔다. 첫 번째 잔을 마시니 두 손의 감각을 다시 느낄 수 있었고 두 번째 잔을 마시니 두 발의 감각을 찾을 수 있었다. 발가락들은 좀 더 기다려야 했다. 세 번째 잔을 다 마셨을 때 그날 당장 그 집에 들어가기로 합의를 보았다. 조앤은 시간이 될 때는 자기 차에 나를 태워 주기로 약속했다. 나는 방을 보지도 않고 세부 조항들을 읽어 보지도 않고 계약서에 서명했다. *뻐꾸기 둥지*가 아늑하고 조용하다는 점을 알게 된 것만으로 충분했다.

적막이 이 집을 구성하는 기조라는 것. 나는 그 사실을 입주하자마자 알아차리게 되었다. 큰 소리나 날카로운 소리는 그 무엇도 내면 안 되었고 튀는 행위는 그 어느 것도 허용되지 않았다. 부엌에 있는 라디오도 한 주 내내 아무 소리도 내지 못하다가 주말에만 소리를 낼 수 있었다. 라디오는 나만큼이나 나이를 먹었지만 음악 소리가 좀 먹먹하게 울린다는 점만 빼고는 별 탈 없이 잘 작동했다. 거실에 있는 턴테이블에는 바늘이 없었고 카세트 덱에는 카세트가 없었다. 조앤은 자기가 그걸 내다 버린 것 같다고 생각했지만 더는 기억하지 못했다. 이 집에서 들을 수 있는 소음은 바깥에서 났는데, 바로 정원의 덤불과 나무 속에 사는 새들이 지저귀는 소리와 자동차 시동 거는 소리, 그리고 종종 흥분한 이웃들이 내뱉는 수다 소리였다(특히 에이다 버킨스의 지칠 줄 모르는 소프라노 소리는 이 적막에 구멍을 뚫곤 했다).

청각의 불모지 상태는 내부 공간의 색깔 배합에서도 다시금 확인할 수 있었다. 인테리어는 녹색, 갈색 그리고 베이지색이었다. 양탄자는 녹색이고, 가구들은 갈색이고(원래 그랬거나 나중에 갈색으로 칠했다) 전체 직물과 벽지도 갈색이었다. 탁자, 의자, 책장이 얼마나 오래된 건지는 알아볼 수가 없었다. 아무런 장식 없이 나무판을 짜서 만든 것이기 때문이었다. 양탄자와 커튼도 마찬가지로 무늬 없는 깔끔한 천으로 만들고 싶어 한 것 같았다. 소파도 특별한 모양이 없다는 점에서 탁자를 닮아 있었다. 그저 갈색 긴 의자를 두려 했던 듯했다. 벽지는 세월이 가면서 점차 빛깔이 침침해진 듯했다. 추측건대 북극처럼 하얗다가 자연스러운 하양을 거쳐 갈색이 된 것 같았다. 집주인마저 이 집 내부의 색을 따라가는 것 같았다. 나는 좀 현란한 색깔, 튀는 색깔을 찾아보았으나 헛일이었다. 단조로운 색깔의 바지와 치마만 가지고 있는 게 분명한 집주인은 늘 그것들을 블라우스나 조끼와 같이 맞추어 입었다.

처음에 나는 건물의 분위기가 거기에 사는 사람들을 전염시킨다고 생각했고 조앤이 적막의 독재에 굴복했다고 생각했다. 그러나 시간이 지나면서 그게 정반대였다는 사실을 알게 되었다. 조앤이 자신의 질서관을 이 집에 강요한 것이었다. 조앤의 부서질 것 같은 몸, 가느다란 목, 마른 두 팔과 두 다리, 섬세하고 은빛이 나는 흰 머리와 부드럽고 창백한 피부는 어둡고 강한 목소리와 정반대였다. 이 목소리는 어떤 종류의 반박에도 흔들림이 없었고 말하는 동안에는 일종의 견고함까지 띠었다. 그렇지만 그녀의 두 눈에는 훗날 내게 놀라움과 감동을 안겨 준 특별한 불안함이 깃들어 있었다.

처음에 나는 적막을 즐겼다. 나는 적막이 소음과 소리, 음향으로 이루어져 있고, 그것들이 멜로디로 합해지고, 다시 그 멜로디가 리듬의 바탕이 된다는 걸 알게 되었다. 무엇인가를 예견할 수 있다면 적막이 생길 수 있고, 무(無)에 가까운 것도 귀 기울여 들을 수 있다는 사실도 발견했다. 적막이란 스쳐 지나가는 것들이 잠시 멈춰 고정되는 장소였으며 그 멈춤은 한순간보다는 길었다.

이 뻐꾸기 둥지 안으로 들어와 2층으로 가는 계단을 올라갔을 때, 나는 자유롭다고, 자유를 얻었다고 느꼈다. 세상과 등지는 것을, 세상과 차단하는 것을 좋아했던 나는 이제 연구소의 내 방에 더는 가지 않으리라 마음먹었다. 이러한 선물을 내팽개치는 것은 말도 안 된다고 생각했기 때문이다. 나는 일주일에 세 시간, 즉 매주 화요일 5시부터 8시까지만 대학교에 가 있었고 나머지 시간은 '수도원'—나는 조앤의 집을 이렇게 불렀다—에 있었다. 수녀가 집에 있는지는 귀로 들어서는 알 수 없었지만 느낄 수는 있었다. 이러한 특별한 행복이 지속되지 않으리라는 걸 알았어야 했다. 그 행복은 오래 가지 않았다. 내 말은 내가 이 적막에 짓눌리게 되었다는 것이다. 집에서 자유롭게 돌아다니는 것은 예의에 어긋난 일일 뿐만 아니라 금지된 것이었다. *무단 침입 금지*, 이 단어들이 내 머릿속에서 불도장을 찍었다. 점차 나는 사방의 벽이 내 쪽으로 기어 온다고 느꼈다. 꼭대기층에 있었던 내 방의 유일한 탈출구는 창문뿐이라는 생각이 들었다. 방문이 하나 있다는 점은 좀처럼 떠올리지 못했다. 나는 이파리가 떨어진 정원 사과나무 주위의 움직임을 관찰했다. 두루미가 이 나뭇가지에서 저 나뭇가지로 어떻게 날갯짓을 하며 날아가는가를 보려 한 게 아니었다. 그 나무가 바깥 세계로 가는 다리라고 생각했던 것이다.

어쩌면 조앤은 내 걱정을 했던 것도 같다. 불현듯 자신의 먼 사촌이 정신 분열증으로 고생하고 있다고 털어놓았고,

또 자기의 여든 된 아주머니를 괴롭히는 환각이 거의 일상의 일부가 되었다는 말까지 했으니까 말이다. 그렇게 보면 2월의 어느 날 오후에 *웰컴 홈Welcome Home*이라고 쓰인 카드를 담은 선물을 주려고 조앤이 내 방문을 두드린 것은 어쩌면 날 배려하려는 단순한 선의에 불과했을 수도 있다. 그때 조앤은 당신 주려고, 라고 말하면서 한쪽 발로 다른 발의 발등을 밟을 정도로 불안해했다. 보통 나는 시간을 두고 선물을 개봉하는 편이다. 상자를 흔들어도 보고 종이 위의 무늬들도 오래도록 쳐다보곤 한다. 선물을 끄르기 전의 시간, 아무리 짧더라도 그 시간은 내게 모든 것이 가능한 기적의 나라 한 조각처럼 보였다. 그런데 조앤이 불안해 보이는 바람에 상자의 포장지를 찢어 바로 개봉해야 할 것 같았다.

그것은 액자에 넣은 그림이었다. 벚꽃 가지가 늘어진 연못에 금붕어(비단잉어) 두 마리가 헤엄치고 있었다. 그림을 그린 사람은 중국계 미국인이라고 조앤이 말했다. 그전에는 박테리아 연구자였어. 미스 왕은 캘리포니아의 아이비리그 대학에서 공부했고 쉰 살이 되어서 화가의 길을 가겠다고 결심한 사람이지. *동양화*와 3D 사진이 그녀의 삶에 새로운 의미를 줬대. 3D라고요? 나는 의아해 물어보았다. 그럼 이 그림을 보려면 특수 안경이 필요한 거 아닌가요. 조앤은 잠시 웃더니 색칠하지 않고 몸통을 종이로 만들어 붙인 물고기를 가리켰다. 이거, 마치 색종이 접기처럼 보이잖아, 당신도 그래 보여?

내가 보기엔 무슨 포춘 쿠키 같았지만 그냥 고개를 끄덕이고 그 그림을 옷장 위에 세워 두었다. 계란 노른자 같은 노란색과 소방차 같은 빨간색이 바탕 위에서 두드러져 보였다. 이건 당신 가방 안에 들어갈 거야. 조앤은 그렇게 말하면서 — 나는 그 말을 듣고 기분이 좀 상했다 — 그림을 침대 발치 끝에 있는 긴 의자 위에 내려놓았다. 조앤이 액자에 넣어 놓은 그 그림은 크지는 않았다. 이제 그녀는 마치 그림 보듯, 금붕어 없는 그림을 보듯, 왕의 그림을 바라볼 때만큼 호기심을 갖고서, 나를 관찰했다.

나는 뭐라 대답을 해야 할지 몰랐다. 그래서 계속 미소만 짓고 있었다.

조앤은 시선을 좀 누그러뜨렸다. 이 그림을 보았을 때 난 당신 생각을 하지 않을 수 없었어. 그녀가 말했다. 그리고 조금 쉬었다가(이걸 마중물로 삼았는데) 다시 말했다. *틀림없이 외로웠을 거라고 생각해.*

내가 소설을 쓰고 있다는 것을 알고 있었던 조앤은 창고에서 탁상용 전등을 가져다주었다. 그래서 나는 이에 답례하듯 말했다. 글을 쓰는 건 외로워요. 그리고 급하게 덧붙였다. 어쩌면 외로움을 찾아 헤매는 사람들이 글쓰기를 찾았다고 볼 수 있겠죠.

조앤은 놀란 듯 나를 쳐다보더니 크게 웃었다. 그런 얘기가 아니야. 온 사방을 통틀어 하나뿐인 아시아 여성으로 사는 건 힘들다는 거야. 그린 베이 사람들 대부분은 유럽에서 왔거든. 독일이나 벨기에, 폴란드와 아일랜드 출신이야. 우리 할아버지, 할머니는 아일랜드 동부에서 미국으로 건너왔어. 나는 언젠가 한 번 그 초록색 섬나라를 방문하겠다는 꿈을 늘 간직하고 있지. 그 *에메랄드 섬*. 아일랜드 바다의 노래는 잊을 수 없을 만큼 아름답다는 말을 들었거든. 조앤은 입을 다물었지만 나는 이미 우리가 그 주제를 건드렸음을 알아차렸다. 내 짐작이긴 하지만 오스트리아에도 아시아 사람은 별로 많이 살지 않을 거야 하고 조앤이 말했을 때 말이다. 나는 빈에서 태어났다고, 나 스스로는 내가 다른 아시아 사람들만큼 아시아적이라고 느끼진 않는 것 같다고 대답했다.

조앤은 미심쩍은 듯 나를 바라보았다. 나는 그런 말을 믿지 않아. 그렇게 말하더라도 결국 사람은 뿌리에서 벗어날 수가 없는 거야. 당신은 혼혈이잖아, 그렇지 않아? 조앤은 나를 다시 관찰했다. 이번에는 아까보다 짧았다. 높은 *광대뼈*, 두 눈의 모양(흔히 말하는 *아몬드 모양*) 그리고 코의 모양은 당신의 인종적 출신,

적어도 가장 주도적인 인종의 특징을 드러내지. 조앤은 말을 멈추지 않았다. 당신 머리카락은 좀 곱슬이고 중간 정도의 갈색이고, 게다가 별로 숱이 많거나 세 보이지도 않아. 물론 길이, 짧은 길이 때문에 정확하게 규정하기는 어렵지만 말이야. 이후 그녀는 혼잣말로 중얼거리듯 말했다. 키가 좀 크고 사지가 길기는 하지만, 그렇지만 나는 틀리는 적이 별로 없어. 일본은 일단 제외하고, 중국도 마찬가지이고. 그녀는 갑자기 두 눈을 날카롭게 뜨더니 혹시 한국인 아니야? 하고 물었다. 한국인이 그래도 유럽인과 제일 비슷해 보이거든. 그러고는 (대답도 기다리지 않고) 결론을 내렸다. 당신은 한국계처럼 보이는 유럽인이야. 내가 물었다. 아니면 유럽인처럼 보이는 한국인일까요?

그녀가 웃었다.

정확해요.

그녀의 웃음이 나를 자극했다. 아버지는 오스트리아 사람이고 엄마가 남한 출신이에요. 왠지 변명처럼 들리더라도 뭔가 해명을 해야 할 것 같았다.

조앤은 두 팔을 넓게 펴더니 위로 치켜들었다. 나를 오해하면 안 돼. 나는 아무것도 모르는 사람이 아니라 이 문제에 정통한 사람으로 말하는 거야. 남편 대니가 당신이랑 같은 상황에 있거든. 그이는 그린 베이에 있는 단 한 명의 아프리카계 미국인이야. 적어도 본인은 그렇게 느끼지.

조앤은 다시 나를 연구 대상처럼 바라보았다. 아니면 꿋꿋하게 침묵을 이어 가던 내게 도움을 요청했던 걸까? 이 상호 조응에 내가 어떤 방식으로 간여를 해야 할지 감이 오지 않았다. 내 역할은 관객이라고 생각한 나는 관객답게 참견하지 말아야겠다고 생각했다.

그녀 역시 나를 관객으로 간주하고는 목소리를 낮추었다. 사람은 자기가 속하거나 속한다고 생각하는 집단이 있는 게 중요하지. 조앤이 말했다. *동의하지 않아?*

출신이 소속감을 좌우하는 유일한 조건은 아니에요. 나는 반박했다. 조앤은 머리를 저었다. 대니는 혼자라는 점을 언제나 힘들어했어. 유치원에서 혼자만 흑인이었고, 학교에서도 직장에서도 유일했지. 직업도 여럿 가졌어. 정말 여러 개를. 이제 대니는 요양원에서 유일한 흑인이야. 아니, 아니네, 조앤은 수정했다. 흑인이 한 명 더 있는데 아주 젊지, 이름은 조나고. 자동차 사고를 당한 다음 모든 것을 다시 새로 배워야 했대. 먹는 것, 걷는 것, 말하는 것도. 조나와 대니는 비슷한 치료 계획을 갖고 있지만 아마 대니가 먼저 퇴원할 거야. 그래서 당신에게 방을 몇 주만 세를 놓은 거고. 대니가 집에 오면 나는 따로 말할 사람이 필요하지 않아. 조앤은 약간 우울한 미소를 지어 보였다. 대니가 없으니 외로워.

대니라는 빛이 있을 때만 이 집은 사람 사는 곳 같아. 가느다란 빛이 먼지로 가득한 유리창을 비집으며 공간의 가운데로 뻗어 갔다. 조앤은 천천히 일어났다. 조앤은 처음에는 내 시선을 피하다가 그다음에는 골똘히 생각하면서 내 시선을 거쳐 갔다. 난 혹시 대니가 아프기 전부터 이미 내가 외로웠던 게 아닐까 자문하기도 해. 조앤이 말했다. 그이랑 같이 살았을 때 말이야.

대니의 고독은 전염성이 있었다.

그린 베이 교구 사회복지국의 서류철에서

보고서 1

1953. 7. 13. — 1954. 1. 8.

▶ 1953. 7. 13.

▶ 오렐리아 간호사 통화

7월 12일, 일요일 22시경에 한 젊은 여성이 심한 산통을 느끼며 응급실에 왔다. 자정이 지난 후 3.2킬로그램의 아이를 낳았다. 그 여성은 아기에게 대니얼이라는 이름을 지어 주었다. 분만을 담당한 의사는 카를 슈라이버 박사다. 산모와 아기는 모두 건강하다. M. 빙클러(MW) 양이 이 건을 맡을 것이다.

▶ 1953. 7. 14.

▶ 방문 / 세인트 메리 병원.

아기 엄마의 이름은 캐럴 앤 트루트만이다. 예의가 바르지만 쌀쌀맞다. 산모는 이 아이를 입양 보낼 의향이 있고 의사들이 허용하면 아기를 바로 소아 병동으로 옮겨도 된다고 밝혔다.

트루트만 양은 현재 위스콘신주, 그린 베이시, 켈로그가 223번지에 살고 있다. 1933년 2월 11일에 그린 베이에서 태어났고 스무 살이며 미혼이다. 그린 베이의 세인트 메리 성당 미사에 정기적으로 출석하고 있다. 아버지는 조지프 트루트만이고 5년 전에 대장암으로 사망했다. 어머니는 앤 벨린(1949년부터 니컬러스 벨린과 혼인 관계 중)으로 역시 그린 베이에 살고 있다(베어드가 1556번지). 가족은 오스트리아와 독일 출신이다.

캐럴은 형제가 셋으로 남자 형제 둘, 여자 형제 하나다. 캐럴은 나이순으로 위에서 두 번째다. 맥스는 스물한 살이고 제지 공장에서 근무한다. 월터는 열아홉 살이고 그린 베이에 있는 세인트 줄리언 대학의 학생이다. 올리비아는 열세 살인데 그린 베이의 세인트 메리 중학교에 다닌다. 맥스와 월터는 미혼이다.

트루트만 양은 그린 베이의 세인트 메리 고등학교를 졸업했다. 그때부터 그린 베이 소재 벨 전화 회사의 교환원으로 근무 중이다. 병원에서 퇴원하면 바로 다시 일을 하고 싶어 한다. 트루트만 양은 병가를 제때 내지 않아서 그사이에 자기 자리가 다른 사람에게 넘어가지 않았기를 바란다고 말했다.

캐럴 트루트만은 키가 160센티미터 정도이고 몸무게는 70~75킬로그램 정도 나간다. 피부색은 밝고 둥근형 얼굴에 턱이 뾰족하다. 이마는 좀 들어갔고 짧은 편이다. 코는 넓은 편이고 코 윗부분이 평평하다. 마치 단추처럼 생겼다. 입은 크고 입술은 통통하다. 머리는 어깨 정도 오는 길이이고 머리카락 색깔은 갈색이고 형태는 넓은 파마를 하고 있다. 눈은 깊숙이 들어가 있고, 두 눈은 작고 둥글고 밝은 갈색이며 눈썹은 짧다. 캐럴은 아기 생부의 성과 이름을 다 알고 있지 못하다. 아는 것은 조지라는 이름뿐이다. 캐럴이 전한 바에 의하면 그는 스물세 살에서 스물네 살 사이이고 미혼이다. 캐럴은 그가 시카고에 산다고 추측한다. 그의 가족에 대해서는 아는 바가 없다.

캐럴은 그와 결혼할 계획이 없고 "몇 번" 정도 만난 사이다. (몇 번인지는 말하지 않았다.) 첫 번째 만남은 지인의 소개로 이루어졌다. 캐럴은 처음에는 "친구들"이라고 말했고 나중에 지인이라고 정정했다.

그때 캐럴의 어머니가 방에 들어왔다. 앤 벨린은 아직 젊어 보이는 매력적인 여성으로, 딸이 나이 들고 지금보다 마른다면 딱 그 모습일 듯했다. 어머니는 옷을 멋스럽게 차려입었고 예의가 발랐다. 어머니는 우리가 자기 딸을 도와주는 것에 대해 감사를 표했다. 벨린 부인은 갓난아기는 입양이 되어야 한다는 점을 강조했다. 그리고 아이를 가능한 한 빨리 소아 병동으로 옮기는 데 동의했다.

벨린 부인과 딸에게 이 일들이 누구의 비용으로 처리되는지, 그리고 절차상 양육권의 양도는 어떻게 이루어지는지 설명해 주었다. 그러면서 되도록 빨리—약 한두 달 후에—이 절차를 개시하라고 조언해 주었다. 트루트만 양도 벨린 부인도 이에 대해 이의를 제기하지 않았다.

아기를 검진할 시간도 없었고 필요하지도 않았다.

(MW / JE)

JT의 수기 참조: 사회복지국 직원들은 속기사 준 에버슨 / JE와 베티 영 / BY에게 그들의 보고를 받아 적도록 하였음.

▶ 1953. 8. 3.

▶ 오렐리아 간호사 통화

오렐리아 간호사에 따르면 트루트만의 아기는 신체적 특징상 인디언 혈통일 가능성이 높다. 그러나 아직 판단하기에는 너무 이르다. 아기는 이제 태어난 지 겨우 3주밖에 안 되었기 때문이다.

오렐리아 간호사는 아기의 발달을 주의해 지켜보겠다고 약속했다.

▶ 1953. 8. 31.

▶ 오렐리아 간호사 통화

간호사가 너무나 흥분해서 그녀의 말을 알아들을 수가 없었다. 오렐리아와 주느비에브 간호사는 지난 몇 주간 아기를 최대한 면밀히 관찰했으며 전체적으로도 한 번 이상 검사를 했다. 그들은 공통적으로 아기의 신체적 특징이 인디언보다는 검둥이의 특징과 더 부합한다는 결론을 내렸다. 아기는 "확실하게" 정상이 아닌 특징들을 보여 준다고 오렐리아 간호사가 강조했다.

MW는 간호사를 진정시키려 했다.

그녀는 데니스 박사가 곧 대니얼을 검진할 것이라며 이 내과 의사의 소견을 기다려 보자고 제안했다. 또한 자기도 곧 아기를 예의 주시하겠다고 말했다.

오렐리아 간호사는 이러한 처리 방식에 동의했지만, 이러한 상황에서는 맞는 양부모를 찾는 일이 훨씬 어려워질 수 있다고 MW에게 경고했다. 자기네들은 혼혈 아이들에 대해 잘 아는 사람이 없고, 특히 이런 일 자체가 이제까지 한 번도 없었다는 것이다. 대니얼 트루트만은 자기네들이 아는 한 그린 베이에서 태어난 최초의 물라토였다.

(MW / JE)

▶ 1953. 9. 1.

▶ D. 트루트만 검진, 세인트 메리 병원

아기는 태어난 지 7주하고도 이틀이 되었다. 일반적인 건강 상태나 영양 상태는 매우 좋다고 기록할 수 있다. 이제까지 아픈 적도 없다(일반적으로 미국계 검둥이들은 홍역이나 디프테리아에 걸려도 아주 가볍게만 앓는다고 알려져 있다. 성홍열이나 수두 역시 상대적으로 별 탈 없이 지나간다. 물론 백인보다 더 자주 소화기계 질병을 앓게 될 것이다).

코의 형태

아이의 코 너비는 최대(검둥이)와 최소(유럽 인종) 사이의 수치이고 그래서 중간 정도로 넓다고 할 수 있다. 잘 알려진 바대로 코의 너비는 나이를 먹으면서 아주 급격히 줄어드는데, 이는 코의 너비에 비해 높이 쪽이 더 많이 성장하기 때문이다. 미국계 검둥이들은 성장 단계에서뿐 아니라 성인이 되고 난 다음에도 평균적인 유럽인처럼 중간 너비의 코를 가진다.

피부색

왼쪽 팔 상단 안쪽의 피부는 외부 환경(태양)의 영향을 가장 적게 받는 부분으로, 이쪽 피부색은 밝다. 그러나 눈썹, 젖꼭지, 그리고 겨드랑이는 몸통보다 훨씬 색 농도가 짙다. 몸통은 사지보다 색깔이 더 짙다(접히는 부분). 옆에서 본 이마 부분과 목덜미 주위 부분에는 멜라닌 색소가 침착되어 있다.

두 손과 두 발 안쪽은 밝은색이라는 것도 언급되었다.

눈 색깔

아기의 갈색 홍채 색소가 확인되었다. 홍채의 전체적 인상은 빛이 많이 나면서 맑고 깊다. 덧붙여 아주 분명한 푸른빛 눈동자 테가 확인된다. 두 눈의 검둥이 주름은 (아직) 확인되지 않는다.

미국계 검둥이는 대개 서아프리카 출신으로, 이들에게는 검둥이 주름이 아주 강하게 남아 있다.

머리카락 색깔

머리카락 색깔은 갈색이고 머리털 형태는 (이제까지 확인된 바로는) 직모다.

입술 형태

두 입술은 살이 두툼한 편이다.

기형

인종이 혼합될수록 부조화가 더 증가한다는 의견이 문헌에서 반복되기 때문에 특히 기형에 주목해서 관찰하고 있다. 기형은 발견되지 않았다.

결론

검둥이 혹은 인디언의 영향을 다 배제할 수 없다. 미국계 검둥이를 아프리카 태생의 검둥이와 동일시할 수 없다는 것은 자명한 사실이다. 미국계 검둥이는 혼혈의 특징을 보여 준다. 그들은 검둥이의 근본 요소를 그대로 간직하고 있으면서도 유럽인의 흔적 혹은 적게나마 여러 인디언의 흔적을 보인다. 미국계 검둥이의 22퍼센트는 순혈이지만 51퍼센트는 유럽 인종과 섞여 있으며, 나머지 27퍼센트는 유럽 인종 혹은 인디언과 섞여 있다.

다음은 내과 의사의 검진을 기다리는 것이다.

▶ 1953. 9. 14.

▶ 데니스 박사 통화

아기의 IQ를 측정했다. 내과 의사는 종합해서 볼 때 IQ가 120이라 평균보다 높다고 결론 내렸다. 최종 결과는 두 번째 테스트 후에 내려질 것이다.

아기의 인종에 대해서는 아직 아무런 언급도 오가지 않았다. 혼혈아일 경우에는 자주 그렇다. 의사와 대화가 끝난 후 트루트만 양에게 전화해서 9월 21일 월요일에 사무실로 와 달라고 요청했다.

범례

60 이하: 정신 박약

70~79: 경계

80~89: 하위 평균

90~109: 평균

110~119: 상위 평균

120~139: 평균 이상 지능

140 이상: 천재

(MW / JE)

▶ 1953. 9. 21.

▶ 면담 / 트루트만 양과 벨린 부인, 9시

트루트만 양은 어머니를 대동하고 오늘 면담에 왔다. 우리는 갓난아기의 인종을 분명하게 규정하는 데 어려움이 있다고 두 여성에게 설명했다. 아이는 물라토인 것처럼 보인다. 데니스 박사도 이 추측에 동의한 바 있다.

예상과 달리 분노나 격렬한 반발은 없었다. 트루트만 양은 어머니와 마찬가지로 자제하는 태도였다. 벨린 부인은 아기 생부가 그린 베이를 방문한 사람이었고 자기는 그의 지인들을 알고 있다고 말했다. 아마 그 사람들한테서 생부의 성이나 출신을 알아낼 수 있을 거예요. 트루트만 양은 아무 말이 없었고 그사이 얼굴이 붉어졌다. 그녀는 살이 좀 빠졌지만, 예나 지금이나 통통한 편이다.

갑자기 트루트만 양이 아이 생부가 폴란드 사람이고 그의 성은 "아주 확실하게" '-스키'라는 음절로 끝난다고 말했다. 또한 얼굴의 특징은 "거칠고" 입술은 "두툼하고" 피부는 "우리보다 갈색이며" 두 눈과 머리카락은 "어두운 갈색인데 거의 흑색에 가까워요"라고 말했다. 그 외에도 키가 큰 편이고(180센티미터), 마른 편이지만 탄탄해요(90~100킬로그램). 그리고 그는 벌써 앞머리가 벗어지기 시작했어요. 트루트만 양은 그가 폴란드 사람임을 맹세한다고 했다.

이 말은 우리에게 트루트만 양의 가계에 대해 질문

할 기회를 주었다. 벨린 부인의 결혼 전 성은 부르카르트인데, 친가와 외가 모두 독일 출신이라고 했다. 전 남편 트루트만 씨의 경우는 친가와 외가 모두 오스트리아 출신이다. 두 가족, 부르카르트(부르크하르트?)와 트루트만(트라우트만?)은 19세기에 위스콘신으로 이주했다. 캐럴을 자세히 보면 슬라브 계통 얼굴이 엿보인다.

우리는 아이에게 맞는 입양 부모를 찾기 전에 생부에 대한 정보가 더 필요하다는 점을 할 수 있는 한 강하게 설명했다. 우리의 목표는 내적으로나 외적으로나 서로에게 적합한 아이와 부모를 맺어 주는 것입니다. 최선의 경우는 입양 부모와 아이 사이에 아무런 차이가 드러나지 않는 거죠. 우리는 주님이 원하시는, 자연스러워 보이는 가정을 만들려고 합니다. 그럴 경우에만 이 아이들의 행복을 보장할 수 있으니까요.

벨린 부인은 우리의 사정을 이해했다. 그리고 빠진 정보들을 곧 전달해 준다고 약속했다.

▶ 1953. 9. 22.

▶ 오렐리아 간호사 통화

오렐리아 간호사는 트루트만의 족보에 "적어도 위네바고 계열의 인디언이 한 명 있음"이 확실하다고 말했다. 따라서 캐럴은 반쯤 인디언이라 할 수 있지만, 그녀의 아기는 또 사정이 다르다고 한다. 아기 얼굴의 특징은 인디언이라기에는 너무 거칠어 보인다는 것이다. 물론 아이의 생부가 슬라브 계통의 거친 특징을 가지고 있다면 그 아기가 유색 인종처럼 보일 수도 있다고 그녀는 말했다.

MW는 이 의견을 머피 양에게 전달하겠다고 약속했다. 그사이에 간호사가 멀린 박사에게 아이를 정밀히 검진해 달라고 요구한 것 같다. 그는 특히 아이의 인종을 자세히 살펴봐야 할 것이다. 오렐리아 간호사는 바로 이 일에 착수하겠다고 확약해 주었다.

JT의 주석: 마거릿 머피 양은 그린 베이 교구의 사회복지국 과장이다. 찰스 멀린 박사는 세인트 메리 병원의 소아과 의사다.

▶ 1953. 9. 28.

▶ 벨린 부인 통화

사무실 문을 닫기 직전에 벨린 부인이 왔다. 아주 급하게 와서는 자기는 길게 이야기할 수 없다고 했다. 자기 남편은 손자의 존재에 대해 아무것도 모른다는 것이다.

벨린 부인은 아이의 아버지가 확실히 폴란드 사람이고 시카고에 살며 이름은 세빈스키(소빈스키? / 소비에스키?)라고 했다. 더 이상은 알아내지 못했다고 했다.

▶ 1953. 9. 29.

▶ 멀린 박사, 슈라이버 박사, 데니스 박사 면담 / 세인트 메리 병원, 9시

멀린 박사, 슈라이버 박사, 데니스 박사가 아이를 아주 면밀하게 검진했다. 그들은 아기에게 검둥이의 피가 흐른다는 의심을 하고 있다. 엉덩이 피부색을 관찰해 보면 올리브색에서 밝은 갈색까지 넓게 펼쳐져 있는데 이는 부모가 혼혈이라는 증거라고 한다.

아직은 더 이상은 말할 수 없다고 한다. 일반적으로 아기는 어른보다 인종적으로 구분하기가 더 어렵기 때문이다. 데니스 박사는 일주일 있다가 두 번째 IQ 테스트를 하겠다고 했다.

▶ 1953.10. 6.

▶ 데니스 박사 면담 / 세인트 메리 병원

두 번째 테스트가 시행되었고 대니얼 트루트만의 IQ는 118로 나왔다. 이것은 지난 테스트보다 떨어진 수치다. 데니스 박사는 아이가 후에 고등 교육을 받아 끝마칠 정도의 지능은 갖추었다는 결론을 내렸다.

평균적으로 검둥이 아이들의 지능은 백인 아이들보다 2 정도 낮다고 한다.

▶ 1953. 10. 7.

▶ 가정 방문 / C. 트루트만

MW는 의사들의 의구심을 직접 전달하려고 캐럴의 집을 방문했다. 이 절차는 미리 머피 양과 이야기가 된 것이다. 캐럴은 트루드 렌트미스터 부인의 집에 방 하나를 세내어 살고 있다. 렌트미스터 부인은 예순 살 정도이고 마르고 키가 크다. 아주 밝아 거의 흰색이라 할 피부와 가늘고 밝은 갈색인 눈을 가졌다. 길고 흰 머리카락은 땋아서 위로 올렸다. 렌트미스터 부인은 남편의 유족 연금을 받고 있고, 자기가 사용하지 않는 방 셋을 혼자 살거나 일하는 여성들에게 세를 주고 있었다. 수입은 많지 않으나 충분하다고 할 수 있다.

부인은 자기가 젊은 여성들에게 요구하는 게 별로 없다고 말했다.

캐럴은 아직 일이 끝나고 귀가하지 않아서 렌트미스터 부인이 거실에서 커피 한잔을 권했다. 집은 정돈이 아주 잘되어 있고 잘 가꾸어져 있다. 정원에서 따 온 신선한 꽃다발이 탁자 위에 놓여 있었고 쿠션들도 신선한 냄새를 풍기고 있었고 책꽂이에는 먼지 한 톨도 없었다.

폴란드 사람 드루비스키 부인이 요리, 청소, 다림질, 빨래를 돕고 있다. 켈로그 거리는 좋은 동네에 속한다고 볼 수 있었다. 렌트미스터 부인은 커피에 향이 좋은 과자를 곁들여 내었다. 고향인 벨기에의 특산물이라고 한다.

부인은 캐럴 처자를 몇 년 전부터 잘 알고 있었다고 말했다. 자기에게는 캐럴이 아직도 열일곱 먹은, 치아 사이가 벌어진 여자아이, 음악 학교에서 개최한 피아노의 밤에 울면서 무대에서 내려왔던 아이로만 보인다고 한다. “그런 귀한 소녀”는 “마음씨가 곱고 부드러워요. 그리고 부끄럼을 잘 타는데, 아이고 정말, 얼마나 부끄럼을 잘 타는지!” 그러나 캐럴이 아버지 없는 아기를 출산했다는 사실은 그녀에게 큰 충격을 주었다. 자기는 많은 젊은 처녀들을 신뢰해 왔지만 이제 캐럴은 아니게 되었다. 생각해 보면 이미 오래전부터 마치 “유행병”처럼 그게 이 나라에 돌고 있다. 전쟁이 끝난 다음에 이제까지 유례가 없을 정도로 아버지 없는 아이들이 많이 태어났다. 큰 도시건 작은 도시건 미혼모를 위한 집들을 세웠는데, 거기에서는 의사들이 여자들을 진찰해 주며 아무런 방해를 받지 않고 아이를 해산할 수도 있다.

렌트미스터 부인은 의미심장한 눈빛으로 “아무런 방해를 받지 않고”라고 말했다. 그때 캐럴이 집에 들어왔다. 그녀는 깜짝 놀랐으며 MW를 보게 된 것을 전혀 반기지 않았다. 그녀는 바로 자기 방으로 가자고 했다. 부인이 같이 커피를 마시자는 친절한 제안을 했지만 무시했다.

캐럴의 방은 무질서가 지배했다. 문 옆의 나무로 만든 의자 위에는 세탁하지 않은 옷들이 쌓여 있었다. 옷장은 반쯤 열려 있었고 양말, 브래지어, 블라우스, 치마 더미가 틈에서 삐져나와 있었다. 이 난장판에 대한 양해를 구하기는 커녕 캐럴은 허락도 없이 자기 집에 쳐들어왔다고 MW를 비난했다. 사회복지국 직원이 집주인에게서 자기 정보를 빼낼 권한은 없다는 것이다. MW는 자기를 방어하면서 그런 일을 하지 않았다고 맹세했고 그게 캐럴을 좀 진정시킨 것 같았다. MW는 이 틈을 이용해서 의사들이 품은 의심을 캐럴에게 이야기해 주었고, 그러자 캐럴은 풀이 꺾이며 자기 침대에 주저앉았다. 그녀는 MW에게 앉을 자리를 제공하지 않았다. 그녀는 자기가 한 번도 검둥이와 교제한 적이 없다고 얼굴을 붉히며 맹세하더니 그걸 믿어 달라고 말했다. "1년 동안" 메이너드 헬노어라는 남자와 사귄 적은 있다. 메이너드는 피부색이 어둡다. 처음에 아이 아버지라고 했던 제럴드(조지가 아님!) 세빈스키와는 오랫동안 알고 지내지는 않았다.

우리가 헬노어 씨와 접촉해 보겠다고 말하자 캐럴은 이를 거부했다. 사회복지국 직원이 이 소식을 들고 가서 그를 놀라게 하는 건 원치 않아요. 우리는 아버지를 분명하게 규정하는 것이 왜 중요한지에 대해 캐럴의 진심에 호소했고, 이내 캐럴은 이 문제를 진지하게 생각해 보겠다고 말했다. 그녀는 10월 12일 월요일 9시에 사무실에 오겠다고 했다.

이번 문제에 오스트리아나 독일이 연관돼 있냐고 묻자 캐럴은 놀란 듯했다. 하지만 자기는 그 나라들에 대해 아는 것이 거의 없다고 순순히 대답했다. 부모님이 떠나온 고향에 대해 이야기한 적이 거의 없다는 것이다. 아이 때 독일어를 배우거나 말을 했냐는 물음에 캐럴은 아니라고 했다.

그녀는 그 언어는 오로지 영화를 볼 때만 들었다고 한다.

더 이상의 질문들은 생략되었다. 캐럴에게서 젊은 여성이 감당하기 힘든 상황 즉 마음의 뿌리가 뽑혀 있는 상황을 감지했기 때문이다. 어쩌면 그런 부분이 혼외 임신의 이유일 수도 있을 것이다.

▶ 1953. 10. 12.

▶ 면담 / C. 트루트만

방금 전에 캐럴은 사회복지국이 메이너드 헬노어에게 편지를 써도 된다고 허락해 주었다. 현재 그는 조지아주에서 국방의 의무를 이행하고 있다고 한다. 캐럴은 이번 주 내에 우리에게 그의 주소를 전화로 주겠다고, 자기는 현재 주소를 갖고 있지 않다고 했다.

MW는 캐럴에게 그녀 자신의 삶을 정상으로 돌리겠다는 약속을 하도록 했다. 캐럴의 혼란스러운 설명을 듣다 보니 현재 빚이 많음을 알 수 있었다. 그녀 방의 무정돈 상태는 많은 것을 이야기해 준다. 캐럴은 생각을 가볍게 하는 단순한 사람이다. 캐럴이 과거에 순진했다는 건 분명해 보인다. 그녀는 해로운 환경에 내던져졌음이 틀림없다. MW는 그녀에게 이제부터는 변해야 한다고 할 수 있는 한 강력하게 이야기했다. 그러지 않으면 다시금 비슷하게 곤란한 지경에 처할 수 있기 때문이다.

처음에는 이 말들이 별 효력이 없는 듯했지만, 좀 지나자 캐럴의 얼굴이 약간 무너지는 듯했다. 흥미로운 부분은 입술연지였는데, 이게 흐려질수록 그녀는 더 불안정해졌다. 오늘 그녀는 입술을 벚꽃색으로 칠하고 왔는데 병원에서는 이 정도로 눈에 띄는 모습이 아니었다. 그때는 화장하려는 욕구도 적었던 것이다.

캐럴이 정신을 차리기를 바라 마지않는다. 어찌 되었든 간에 캐럴은 달라지겠다고 했고 일요일마다 미사에 갈 것이며 매달 15달러씩 세인트 메리 병원에 수표를 보내겠노라고 (울면서) 약속했다.

– –

▶ 1953. 10. 16.

▶ 방문 / 세인트 메리 병원

대니얼 트루트만은 13주하고도 5일이 되었다. 오렐리아 간호사에 따르면 대니얼은 조용한 아기이고 울거나 떼를 쓰는 법이 별로 없다.

아직 웃지는 않았다. 찾아오는 사람이 없어서 대부분의 시간을 혼자서 침대에 누워 있다. 우유도 잘 먹고 잠도 잘 자고 깨어 있는 시간에는 "호기심이 아주 왕성하다."

자세하게 관찰해 보니 피부색이 더 밝아진 것 같았다. 자고 있어서 검진은 할 수 없었다. 머리카락은 예나 지금이나 갈색이고 직모이며, 입술이 두툼하지만 폴란드 태생이라고 하든 유색 인종이라고 하든 모두 가능해 보인다.

▶ 1953. 10. 19.

▶ 렌트미스터 부인 통화

금요일까지 캐럴의 전화를 기다려 보았으나 헛일이었다. 10월 22일 9시에 사무실로 오라고 트루트만 양에게 전해 달라는 부탁을 렌트미스터 부인에게 해 두었다.

▶ 1953. 10. 20.

▶ 방문 / 포드 박사, 그린 베이 법의학 연구소

그의 소견에 따르면 아이가 유색 인종인지를 분명하게 알려 주는 과학적 방법은 없다. 유력한 분류 특징들은 바로 머리카락의 형태와 색깔, 입술의 상태(두께), 코의 형태와 색소 침착, 그리고 손톱의 색깔이다. 포드 박사는 여러 해 전에 인종 규정에 관한 논문을 읽은 적이 있다고 한다. 그는 당장 이 논문을 찾을 수는 없지만 한번 찾아보고 전화로 알려 주겠다고 약속했다.

▶ 전화 / 포드 박사, 그린 베이 법의학 연구소

포드 박사는 늦은 오후에 전화를 걸어 그 논문은 1932년에 전문 학술지에 실렸고 그때에는 법정 사건(강도)과 연관돼 있었다고 말했다. 하지만 인종을 규정지으려는 시도는 그 사건에 아무런 영향을 끼치지 못했고 조사 결과마저도 분명하지 않았다고 했다.

포드 박사는 검둥이의 신체 특징들은 시간이 가면 더 분명해지므로 아기가 더 나이가 들 때까지 기다리자고 제안했다. 그의 견해에 따르면 아이는 폴란드 태생일 수 있고 골반 특징도 슬라브족에 귀결시킬 수 있다는 것이다.

▶ 1953. 10. 22.

캐럴은 오늘 면담 약속을 지키지 않았다. 캐럴은 점점 더 신뢰할 수 없다.

▶ 도르슈너 부인 통화, 노먼 & 델러루 신용 정보 회사

10월 27일, 화요일 11시에 면담하기로 합의했다.

▶ 1953. 10. 26.

▶ 면담(예고 없었음) / C. 트루트만, 9시

캐럴은 예고도 없이 사무실에 찾아왔다. 눈에 띄게 불안해하고 풀이 죽은 상태였다. 캐럴은 지난번 약속을 어긴 것에 대해 사과했고 밤 근무가 원인이었다고 말했다. (어쩌면 그녀를 잠들기 어렵게 만든 것은 그린 베이 피커딜리 클럽의 이글스턴 콤보 밴드였는지도 모른다는) 악의 없는 농담은 캐럴의

표정을 더욱 굳게 만들었다. 이 표정은 좋은 말로 한참을 달랜 후에야 풀어졌다.

캐럴은 메이너드 헬노어가 휴가를 내서 방문했는데 그에게 아들 이야기를 할 엄두가 나지 않았다고 했다. 캐럴은 1952년 가을에 그와 아주 가까웠다고 말했다. 그녀는 그가 아이의 생부라고 생각한다. 그녀는 그에게 아들의 존재에 대해 알리고 우리에게 (11월 8일까지) 그의 주소를 주겠다고 약속했다. 캐럴은 그 외에도 (월급을 받으면 즉시) 이번 주 내로 20달러 수표를 보내겠다고 약속했다. 그리고 매주 빚을 5달러씩 갚아 나가도록 최선을 다하겠다고 확약했다. 아기는 세상에 태어난 지 벌써 석 달이 넘었고, 캐럴은 세인트 메리 병원에 280달러의 빚을 지고 있다. 비용은 매달 35달러씩 추가된다. 멀린 박사와 데니스 박사는 대니얼이 고아원에 가기 전에 그를 검진하기 위해 6주 내지는 8주 동안 소아 병동에 두어 달라고 우리에게 요청했다.

▶ 1953. 10. 27.

▶ 도르슈너 부인 통화, 노먼 & 델러루 신용 정보 회사

도르슈너 부인은 아주 협조적이었다. 중년의 나이에 금발에 살집이 있는 편이며 두 손은 아주 통통했다. 대화 중에는 열심히 껌을 씹었으며 안경이 코에서 흘러내려서 계속 다시 위

로 밀어 올려야 했다.

도르슈너 부인은 이 면담을 위해 미리 트루트만 양의 서류들을 조사해 왔다. 그녀는 트루트만 양에게 불리한 사실은 없으며 신용 등급에도 아무런 제한이 걸려 있지 않다고 말해 주었다. 트루트만 양과 관련해 지난 석 달 동안 네 군데 옷 가게와 한 군데 백화점에서 문의를 받은 적이 있지만, 모든 문의처에 긍정적인 회신을 보낼 수 있었다고 한다. 채무나 빚더미에 대해서는 들은 바가 없다. 있다면 틀림없이 사적 채무(부모나 친지, 친구 등)일 것이다.

(MW / JE)

▶ 1953. 11. 3.

▶ 봉크 씨 통화, 벨 전화 회사

캐럴의 성격 분석을 마치기 위해서 MW는 그녀의 직장 상사인 봉크 씨와 전화 통화를 하려 노력했다. 여러 번 시도한 끝에 드디어 오늘 아침에 봉크 씨와 연결이 되었다. 대화 중에 그는 이 조사가 별 이득을 가져다주지 못할 거라고 판단한 듯했다. 그때부터 그는 대충대충 말을 얼버무리며 불친절해졌다.

그는 과거의 동료에 대해서는 아무런 언급도 하고 싶지 않다고 말했다. "과거요?"라는 질문을 던져 나는 그가 통화를 끝마치려는 것을 막을 수 있었다. "과거요"라고 그는 수화기 너머에서 소리쳤다. 그린 베이에 교환원 없는 자동 전화가 도입되었기 때문에 캐럴은—다른 동료들과 함께—해고되었다. 이 일은 불과 며칠 전에 일어났다.

▶ 1953. 11. 5.

▶ 가정 방문 / C. 트루트만

캐럴은 실업자가 되었는데도 우리에게 알리지 않았기 때문에 사전 예고 없이 가정 방문을 실시했다. 트루드를 통해서 우리는 적어도 전날 오후 이후로 캐럴이 집 밖으로 나가지 않았다는 것을 알고 있었다. 그에 따르면 우리가 캐럴을 그녀의 방에서 만나기에 적당한 시간은 12시다. 문을 연 캐럴은 때 잠옷 위에 목욕 가운을 걸치고 있었고 머리에는 롤을 말고 있었다. MW는 이제까지 그 곱슬머리가 자연산이 아닐 거라고는 생각해 본 적이 없었다. 캐럴은 곱슬머리가 더 마음에 들기 때문에 언제나 롤을 만다고 대답했다. 그녀는 방문에 놀란 척을 했고, 그런 질문을 하려고 그 먼 길을 왔느냐고 건방지게 물어보았다. 그래서 MW는 해고 이야기를 했다. 이때 캐럴이 놀란 것은 진짜였다. 캐럴은 해고당했다는 사실을 인정할 수밖에 없었다(자기 잘못이 아니라는 변명도 하지 않고 인정했다). 또한 이어서 말하기를 실업 수당은 일주일에 22달러밖에 되지 않는다고, 집세를 내기 위해서는 이 돈이 꼭 필요하다고 했다. 채무를 다 갚았냐는 질문에 캐럴은 아니라고 말했다. 그래도 채무 총액은 줄었어요.

해고 건은 충분히 이야기되었기 때문에 주제를 바꾸었다. MW는 캐럴이 그린 베이의 교구, 세인트 메리 병원의 의사들과 간호사들, 그리고 추측하건대 부모까지도 다 속였다고 비난했다. 이 말에 놀라 캐럴의 두 눈이 확 커졌다. MW는 누가 아기의 생부인가를 물었다. 그리고 진실을 말해 달라고 간청했다. 캐럴은 대답을 하는 대신 울기 시작했다. 캐럴은 자기는 한 번도 검둥이랑 잔 적이 없다고 맹세했다. 단 한 번도요. MW는 캐럴이 진정되기를 기다리는 수밖에 없었다. 마침내 캐럴은 두 남자, 메이너드 헬노어와 제럴드 세빈스키와 아주 가까운 관계였다고 인정했다. MW는 그 두 남자에 대해 구술하라고 요구했다. 메이너드는 어두운색의 머리카락, 두꺼운 입술, 그리고 넓은 코와 어두운 피부를 가졌고 제럴드는 거의 검은 곱슬머리를 가졌어요. 그리고 앞머리가 벗어졌나요? MW가 물었다. 앞머리가 벗어졌냐고요. 캐럴은 혼자 뭐라고 중얼거리더니 얼굴이 빨개졌다. 제럴드는 눈이 파랗고 피부가 하얘요. 그녀는 황급히 털어놓았다. 앞서 그녀는 9월 21일에 그가 “거친 얼굴 특징” 즉 “두툼한 입술”, “갈색 피부”와 “어두운 갈색의 거의 검은 눈과 머리카락”을 가졌다고 진술한 바 있었다. MW는 이번에는 아무것도 받아 적지 않았고, 그렇다면 세빈스키는 아이의 생부에서 제외해도 되겠다고만 말했다.

갑자기 캐럴이 벌떡 일어나더니 옷장의 맨 위 서랍을

열어 종이와 연필을 가지고 돌아왔다. 캐럴은 어린아이 같은 필적으로 이디스 헬노어 부인의 이름과 전화번호를 종이에 적었다. 그녀는 우리가 자기를 믿지 않으니 대신 헬노어 부인과 이야기를 해야 한다고 강조했다. 헬노어 씨는 메이너드의 친부가 아니고 메이너드는 그에게 입양되었다는 것이다. 헬노어 부인은 우리에게 메이너드의 진짜 출신에 대해 훨씬 많은 이야기를 해 줄 수 있을 거예요. 캐럴은 창가로 가더니 메이너드의 형제 둘은 금발에 파란 눈인데요 하고 웅얼거렸다. 그사람이랑은 반대로요. 그의 친아버지가 누구인지 말해 줄 수 있는 사람은 그 사람 친어머니밖에 없을 거예요. 왜냐하면 메이너드는 현재 그린 베이에 살고 있질 않거든요. 하지만 헬노어 부인은 워싱턴가 구석 대로에 있는 모피 상점인 니그보르에 있어서 만날 수 있을 거예요.

MW는 캐럴에게 메이너드의 사회보장보험 번호를 받을 수 있느냐고 물어보았다. 캐럴은 걱정스러운 표정으로 왜 메이너드의 사회보장보험 번호가 필요한지를 물었다. MW는 이 이의 제기를 무시하고 캐럴의 번호도 필요하다고 말했다. 캐럴은 안색이 창백해진 채 옷장 쪽으로 터덜터덜 가더니 다른 서랍을 덜커덕거리며 억지로 열었다. 그리고 그 카드를 찾을 때까지 뒤졌다. 캐럴은 번호를 쪽지에 써서 MW에게 주었고 메이너드의 번호는 따로 구해 주겠다고 말했다. 그러면서 헬노어 부인에게 이 일은 말하지 말아 달라고 부탁했다. 메이너드의 어머니는 대니얼의 존재에 대해 아무것도 몰라요. 제 허락 없이는 그 부인에게 아무것도 이야기 해서는 안 돼요. MW는 그러나 사실 자기는 아무것도 약속할 수 없다고 대답했다. 부인에게 이유를 설명하지 않고 아들에 대한 정보를 얻기는 쉽지 않기 때문이에요. 캐럴은 당황해서 입을 다물었다. MW는 이 침묵을 이용해서 캐럴에게 아기 때 모습이 담긴 사진을 달라고 요청했다. 캐럴은 자기는 갖고 있는 게 없고 어머니가 갖고 있을 거라고 했다.

MW는 벨린 부인 그리고 헬노어 부인과 접촉할 것이라 예고하고 떠났다. 캐럴은 아이의 존재를 비밀로 해 달라고 다시 한번 부탁했다. MW는 그 약속은 할 수도 없고 지킬 수도 없다고 다시 반복해서 대답했다.

▶ 1953. 11. 6.

▶ 벨린 부인 통화

벨린 부인은 11월 9일 월요일 10시에 캐럴의 젖먹이 때 사진을 가지고 사무실로 오겠다고 말했다. 가정 방문은 거절했다. 부인은 쓸데없는 구설수를 걱정하고 있었다.

▶ 1953. 11. 9.

▶ 면담 / 벨린 부인, 10시

벨린 부인이 사진을 사무실에 남겨 놓지 않고 곧바로 다시 가져갔기 때문에 그것을 자세히 연구해 볼 시간은 충분하지 않았다. 그 사진은 캐럴의 단 한 장뿐인 잘 나온 사진이었다. 그녀는 다른 사진에서는 웃고 있지 않다.

겉으로 볼 때 캐럴과 대니얼은 거의 닮지 않았다. 둘이 어머니와 자식이라는 사실을 알고 있어야만 친족 관계임을 알아차릴 수 있었다. 그러나 이 둘의 닮은 점을 찾는 게 우리의 원래 계획은 아니었다. 오히려 우리의 목표는 대니얼의 얼굴 특징에서 엄마의 특징을 식별한 다음 그것을 분리해 내는 것이었다. 이러한 방식으로 생부의 정체에 한 걸음 더 다가갈 수 있을 터였다. 그러나 현재 주어진 상황에서 이 작업은 불가능하다. 그나마 다행히도 MW는 가족사의 빈틈을 일부 메꿀 수 있었다.

벨린 부인의 조부모인 오토 부르카르트와 엘리자베트 부르카르트는 남독일, 아마도 바이에른에서 태어났다. 1893년에 그들은 미국으로 이민을 왔다.

엘리자베트는 첫 아이(발터)를 낳고 배를 타고 오는 중에 사망했다.

뉴욕을 통해 육지에 상륙한 오토는 그린 베이에 오기까지 고생을 많이 했고 마침내 존 호베르크 제지 공장에서 일자리를 얻었다. 그는 진주만 공격 일에 사망했다.

그의 아들인 발터도 존 호베르크 공장에서 조장으로 일했다. 발터는 부인인 카롤리네 홀루베츠를 체조 동아리에서 알게 되었다.

카를 홀루베츠와 안네 홀루베츠는 벨린 부인의 외가 쪽 조부모다. 카를은 1869년 매니터웍에서 태어났다. 어린 시절 그의 가족은 소위 "잃어버린 땅"이라 불리는 벨뷰 지역으로 이사했고, 거기에서 농장을 꾸렸다.

안네는 1875년에 함부르크 근교에서 태어났다. 1893년에 안네는 신문 광고를 보고 뉴욕으로 가는 배에 몸을 실었다. 한 달간의 시험을 통해서 안네는 가정주부로서 유능함을 입증할 수 있었다. 카를은 안네에게 청혼했고 안네가 수락했다. 안네가 만약 거절했더라면 여행 경비는 일해서 갚았어야 했다.

그들은 아이가 셋 있었다: 카롤리네(1896년생), 클라라(1898년 출생 당시 사망), 그리고 파울(1900년생, 아이 때 사망, 정확히는 모름)이다.

트루트만 씨의 친가 쪽 조부모는 이름이 요제프와 헤트비히 트루트만이었다.

요제프는 빈에서 태어나 성장했다. 1880년, 소년이었던 그는 미국에 왔다. 그는 존 호베르크 회사에 일자리를 구했다.

헤트비히는 오스트리아에서 태어났다(정확한 장소는 모름). 부모가 사망한 후 헤트비히는 숙부, 숙모와 함께 미국으로 이민을 왔다. 19세에 요제프 트루트만과 결혼했다. 그들은 아들만 하나 있었는데 아들 요한이 아직 어린아이일 때 헤트비히가 사망했다.

헤트비히가 죽은 후 요제프는 재혼했다. 두 번째 부인인 로잘리네는 벨기에 태생이다. 요제프는 1947년에 사망했다.

캐럴의 아버지 조지프의 부모인 요한과 마리아는 증손자인 대니얼의 탄생에 대해서는 아무것도 알 수가 없었다. 요한은 1952년에 그린 베이에서 사망했고 마리아(클로스터노이부르크 생)는 그보다 4년 전에 마찬가지로 그린 베이에서 사망했기 때문이다.

그들은 자식이 넷이었다. 조지프(1910년생, 1949년 대장암으로 사망, 존 호베르크 회사의 조장), 프랭크(1911년생, 17세에 승마 사고로 사망), 테리사(1913년생?)와 맥스(1915년생, 1951년에 한국 전쟁에서 실종).

벨린 부인은 시어머니의 가족사에 대해서는 해 줄 말이 없었다. 부부가 서로를 특별히 존중하는 사이가 아니었다는 것은 분명했다.

▶ 1953. 11. 10.

▶ 이디스 헬노어 부인 통화

오늘 아침에 (여러 번 실패한 후) 드디어 헬노어 부인과의 통화에 성공했다. 부인은 캐럴이나 캐럴의 아이에 대해 알거나 들은 것이 전혀 없었다. 그녀는 우리에게 정보를 더 많이 달라고 요청했지만, 아들에 대한 일이고 이러한 사건은 단

둘이 있을 때에 이야기하는 것이 더 좋겠다고 말했다. 부인은 11월 14일 토요일, 10시에 사무실에 오겠다고 밝혔다. (소문이 겁나서) 부인도 주말까지 기다리는 편을 택했다.

－－－－－－－－－－－－－－－－－－－－－－－－

▶ 1953. 11. 11.

▶ 세인트 메리 사제관의 라이언 신부 통화

MW에게 11월 16일 8시에 사제관으로 오라는 요청이 왔다. 사제는 이유를 밝히지 않았다.

－－－－－－－－－－－－－－－－－－－－－－－－

▶ 1953. 11. 14.

▶ 면담 / 헬노어 부인, 10시

이디스 헬노어는 시간관념이 철저해서 약속 시간 5분 전에 도착해서 문을 두드렸다. MW는 그녀를 들여보내면서 아직 마무리하지 못한 면담 준비를 중단해야 했다.

헬노어 부인에게 커피를 한잔 권했으나 고맙다고 하면서 거절했다. 부인은 정말 내성적인 사람처럼 보였다.

부인은 불안해하고 있었는데 나쁘게 볼 수는 없었다. 그녀는 대화가 진행되는 동안 블라우스 왼쪽 소매의 단추를 계속 만지작거렸다. 단추를 끌고 당기고 돌려댔다.

우리는 캐럴과 아기에 대해 되도록 조심스럽게 이야기하고자 했다. MW는 자기는 이미 3년 동안 그린 베이에 살고 있지만 가족은 먼 유럽에 있다는 사소한 이야기로 물꼬를 텄다. 보통 이러한 문장은 말문을 트고 대화 상대방의 긴장을 풀어 주는데 이번에는 역효과를 냈다. 헬노어 부인은 왜 자기 아들 일을 물어보냐고, 아들이 무슨 잘못을 했냐고 곧바로 물었다. 캐럴은 헬노어 씨가 그린 베이에 실제 살고 있지 않다고 말했는데, 부인에 따르면 이것은 사실이었다.

MW가 헬노어 부인에게 트루트만 아기의 존재를 알려 주고 아들이 생부일 가능성을 이야기하자 부인은 격분해서 의자에서 일어났다. 부인은 만약 메이너드가 어떤 여자아이를 곤란하게 만들었다면 그 애와 결혼을 할 것이라고 커다란 소리로, 그러나 분해서 떨리는 목소리로 말했다. 어떠한 경우라도 우리 아들은 자기 몫의 책임을 질 거예요. 캐럴에 대해서는 들어 본 적이 없어요. 아들이 소개를 한 적도 없고 이야기를 한 적도 없다고요. 이런 일은 드물어요, 나는 아들과 관계가 아주 좋아서 아들이 항상 모든 것을 털어놓고 이야기하는 편이라고요. 아들은 이제까지 데이트한 여자애들을 모두 다 소개해 주었어요. 마지막이 어밀리아 뒤케인 양이고요. 아들은 아마도 그 여자애와 결혼을 할 거예요. 아직 정해지지 않은 건 그게 언제냐는 것뿐이에요. 걔는 지금 유럽에 배치돼 있으니 하느님만이 언제 걔가 다시 집에 올지를 이야기해 주실 수 있겠죠.

헬노어 부인은 좁은 이마와 튀어나오긴 했지만 둥근 뒤통수를 가졌다. 얼굴은 좁고 길었고 얼굴색은 밝은 장밋

빛인데 거의 희다고 할 수 있었다. 턱은 뾰족했다. 두 눈은 크고 둥글고 푸른색이었으며 코는 좁고 길었다. 머리카락은 금발 직모였다. MW가 물어보자 자기 가족은 거의 다 스코틀랜드 사람이지만 조상 중에 스페인 사람도 몇 명 있다고 대답했다. 결혼 전 성은 테일러였다. 남편의 가족은 스웨덴에서 왔다.

MW는 이제 헬노어 부인 가족이나 남편 가족 가운데 검둥이가 있었냐는 좀 위태위태한 질문을 던졌다.

그러자 헬노어 부인은 두 눈을 크게 뜨고 MW를 째려보았다. 세상에 어떻게 이런 질문을 할 수 있어요? 그 아이가 유색 인종인가요? MW는 대니얼 트루트만이 혼혈아일 가능성이 아주 높다고 설명했다. 헬노어 부인은 창밖을 뚫어지게 보았다. 이러한 정보에 어떻게 반응을 보여야 할지 모르는 게 분명했다. 그녀의 입을 다시 열기 위해 MW는 메이너드가 입양아라는 소문이 돌고 있다고 말했다. 남편의 친자식이 아니라던데요. 이 말은 헬노어 부인에게 너무나 큰 충격을 주었다. 부인은 눈을 심하게 껌뻑였고 얼굴이 붉어졌다. 메이너드는 당연히 자기 남편의 아들이고 다른 말들은 죄다 악질적인 거짓말이며, 그가 스페인에서 온 증조할머니를 닮았기 때문에 다른 형제들과 외모가 다르게 생겼을 뿐이라고 소리쳤다. 도대체 다들 무슨 생각을 하는 거예요, 내가 검둥이랑 스캔들이 있다고 에둘러 말하고 싶은 것이냐고요! 부인은 벌떡 일어나더니 외투를 들고 문으로 갔다.

MW는 부인에게 사과하면서 자기는 단지 소문을 전달했을 뿐이라고, 누가 트루트만 아기의 생부인지를 밝혀내는 것은 너무나 중요한 일이라고, 그러기 위해서는 교구 사람들의 도움이 필요하다고 강조하면서 부인을 만류하려고 했다.

그러자 헬노어 부인은 (좀 누그러져서) 아들은 절대로 "이 트루트만"이라는 여자와 뭘 한 적이 없으니 다른 데 가서 찾아보라고 말했다. 이 사건으로 나와 가족을 더 이상 괴롭히면 안 돼요. 메이너드가 실제로 갈색 머리와 갈색 눈을 갖고 있긴 하지만, 갠 피부색이 어둡지도 않고 어떤 점에서 보더라도 검둥이가 아니라고요. 부인은 이 말을 끝으로 사무실을 나가 버렸다.

아들의 사진을 요청하는 것은 불가능했다.

(MW / JE)

▶ 1953. 11. 16.

▶ 방문 / 세인트 메리 사제관

라이언 신부는 듬성듬성한 빨간 곱슬머리에 석고처럼 하얀 피부, 번쩍거리는 두 눈과 작은 키를 가진 전형적인 아일랜드 사람이었다. 사제관에서 그는 MW에게 쪽지 하나를 손에 쥐여 주었다. 그러면서 캐럴에게서 메이너드 헬노어의 주소와 사회보장보험 번호를 받았다고 (놀라울 정도로 낭랑한 목소리로) 설명했다.

메이너드 헬노어 소위

미국 55158091

M.D. 회사 3340 A.S.U.

포트 베닝, 조지아주

사회보장보험 번호: 804099 219841

라이언 신부는 교구에서 신망이 높은 인물 그 이상이다. 사회주의자인 그는 갖은 일에 다 개입하고 있으며 정치적 사건이나 사회적 안건에 목소리를 상당히 강하게 낸다. 또한 그는 그린 베이 패커스*의 경기나 서퍼 클럽**의 생선 튀김도 놓치는 법이 없다고 한다. 몇몇 사람들은 그가 캐럴의 부모와 친하고 트루트만 아이들 모두에게 세례를 주었다고 말했다. 신부는 그 말을 인정하면서 자기가 그 가족의 친구라 할 수 있다고 힘주어 말했다.

신부는 캐럴과 아주 오래 대화를 나누었다고 말했다. 캐럴은 그에게 약속을 하는 데 그치지 않고 더 나은 사람이 되겠다고 맹세까지 했다. 신부는 캐럴에게 병원비 계산서 금액에 대해 이야기했고 캐럴은 매주 수표를 병원에 보내겠다고 확언했다 한다. 20달러를 보낼 수는 없지만 5달

* 그린 베이의 풋볼 클럽 이름.

** 당시 미국 중서부에서 공연과 함께 저녁 식사를 제공하는 사교적 모임.

러는 가능할 거라면서 말이다.

MW는 헬노어의 주소를 준 신부에게 감사 표시를 하고 자리를 뜨려고 했지만 그는 다시 자리에 앉으라고 했다. 그는 심각한 표정으로 다음과 같이 말했다. 트루트만 가족은 그린 베이 교구의 사회복지국과 "더 이상의 교류"를 원치 않는다. 그들은 능력이 닿는 한에서 우리를 돕기 위해 모든 일을 다 했고 우리가 입양을 알선하는 데 필요한 정보는 모두 다 제공했다. 그는 헛기침을 하면서 이 말을 해야 하는 상황이 너무나 불편하다고 말했다. 앤과 캐럴은 더 이상 빙클러 양에게 "괴롭힘을 당하고" 싶지 않아 한다. MW는 자신은 그저 자기 일을 할 뿐이며 그 일을 어렵게 만드는 것은 트루트만 양이라고 말했다. 캐럴은 아이의 생부가 제럴드 세빈스키, 혹은 소빈스키라고 했는데 아직 이 남자는 생존조차도 확인되지 않은 상태다. 그리고 일주일 뒤 캐럴은 의견을 바꾸어 메이너드 헬노어란 남자가 생부라고 주장하고 있다. 그렇지만 어쩌면 누가 생부인지 말하는 게 가능하지 않을 수도 있다고, 라이언 신부는 자신의 신도를 옹호하려 했다. 어쩌면 "이런저런 상황"이 허용하지 않을 수도 있다. MW는 신부가 정보를 주지 않고 있다는 인상을 지울 수가 없었다. 그래서 혹시 캐럴이 아이의 생부에게 폭력을 당한 적이 있냐고, 혹시 생부에 대해서는 일부러 침묵하는 거냐고 물어보았다. 라이언 신부는 강력하게 반발했다. 그는 그런 것은 "말할 가치조차 없는 일이고" 심지어 "당신들은 요즘 젊은이들이 어떤지 알고 있지 않은가”라고 말했다. 이 질문을 받은 MW는 자기는 그에 대해 잘 모른다고 대답했다. 신부는 놀랍게도 얼굴이 붉어지더니 받아칠 말을 찾지 못했다. 그러더니 MW가 화가 난 걸 이해한다고, 자기도 그런 분노를 아주 잘 알고 있다고 더듬거리며 말했다. 그러면서 캐럴은 MW와 다르다고, 임신은 캐럴에게도 충격이었을 거라고, 그녀는 아직도 거기에서 헤어나지 못하고 있다고 말했다. 아마도 시간이 좀 더 지나고 안정을 찾으면 이 사건은—“모든 이에게”—만족스럽게 해결될 것이다.

- -

▶ 1953. 11. 17.

▶ 프랭클린 부인 전화, 조지아주 적십자사

프랭클린 부인에게 전화로 메이너드 헬노어의 사회보장보험 번호와 주소를 전달해 주었다. 그리고 친부 사건이 걸려 있는 아주 화급한 문제이니 이 번호들을 되도록 빨리 확인해 달라고 요청했다. 프랭클린 부인은 즉시 처리하고 바로 전화로 답을 주겠다고 약속했다.

- -

▶ 1953. 11. 18.

▶ 뒤케인 양 통화

기대하지도 않았는데 메이너드 헬노어의 약혼녀인 어밀리아 뒤케인 양이 전화를 해서 도움을 주겠다고 했다. 자기는 헬노어 부인에게서 “사건 전체”에 대해 들었으며, 약혼자가 대니얼의 생부라는 의심에서 벗어나도록 돕는 게 자기의 의무라는 것이다. 본인은 지금부터 얼마든지 준비가 되어 있다고 했다.

MW는 감사를 표했고 이 기회를 헬노어의 사진을 요청할 기회로 삼았다. 뒤케인 양은 11월 21일 토요일 10시에 사진을 가지고 사무실로 오겠다고 약속했다. 가정 방문은 거절했다.

▶ 1953. 11. 19.

▶ 방문 / 세인트 메리 병원

아기는 18주하고도 4일이 되었다. 예나 지금이나 아이의 인종적 특징들을 분명하게 규정하기 어렵다. 그러나 아기가 아직 어리다는 점을 고려해 보면 이것은 드문 일은 아니다. 그리고 아기는 확률상 혼혈아일 가능성이 아주 높다.

젖먹이는 자기 나이에 비하면 큰 편이고 몸은 아주 튼튼하다. 건강 상태는 아주 좋다. 오렐리아 간호사의 말에 의하면 우유를 잘 먹고 심지어 우유를 달라고 하기도 한다. 해님과 같은 성품을 가지고 있고 잘 울지 않고 미소를 잘 짓는다. 우리는 이것을 직접 확인했다. MW가 대니얼의 침대에 다가가자 아이는 MW에게 몸을 돌리고 그녀를 환한 표정으로 쳐다보았다.

대니얼은 호기심이 많은 꼬마인 듯 보인다. 그는 손가락을 쳐들고 그걸 빨기 시작했다. 이 일이 성공하면 대니얼은 만족한 듯한 시선을 내보인다. 아이는 매우 예쁜 편이며 크고 둥글고 노루 같은 갈색 눈을 가졌다. 피부색은 예나 지금이나 가벼운 갈색이 도는 흰색이다.

머리카락이 자랐다. 아직은 뻣뻣하고 중간 정도의 갈색이다. 입술은 변함없이 도톰하다. 코는 사다리꼴의 깔때기 코가 다소 부드러워진 형태인데, 약간 넓고 다소 납작하며 무엇보다도 좀 거친 편이다. 이것은 단추 코와 깔때기 코의 원형적 특징을 합한 형태다. 젖먹이의 코는 자라면서 모양이 많이 변하기 때문에 한 달만 지나도 아주 다르게 보일 것이다.

숙주 민족*의 특징은 그에게 아주 강하게 남아 있고 흑인의 특징도 약하게 보인다.

이번 방문의 끝에 데니스 박사와의 면담이 계획되어 있다. 그는 차후에 심리 검사를 수행할 예정이라고 말했다. 아기의 IQ는 이제 110이 되었다. 아마도 100까지 내려갈 것이다. 검둥이 아이들은 나이를 먹을수록 학습 능력이 저하되기 때문이다.

---

* 인종주의자들의 용어로서 민족을 숙주 민족과 기생(충) 민족으로 나눈다.

데니스 박사의 말에 따르면 보육원이나 고아원을 소개해 줄 때 문제가 될 장애 요소는 아무것도 없다.

▶ 1953. 11. 21.

▶ 방문 / 뒤케인 양

전화를 마치고 추측해 보니 어밀리아 뒤케인 양은 결단력이 있는 젊은 여성인 듯했다. 밝은 피부색과 푸른색의 두 눈, 그리고 갈색의 머리카락을 지닌 그녀는 처음에는 크게 눈에 띄지 않는 편이었으나 입을 열자마자 결단력이 드러났다. 그녀는 대화를 시작하면서 자신이 교사라 밝혔으며, 자기는 아이들의 장난질은 그냥 두고 보지 못한다고 말했다.

뒤케인 양은 자기와 메이너드 헬노어가 약혼한 사이라고 확인해 주었다. 그가 유럽에서 돌아오면 바로 결혼할 계획이에요(현재 그는 잘츠부르크에 배치되어 있다). 아마도 결혼은 1년 정도 후에나 가능할 듯하며 겨울 결혼식을 계획하고 있다고 한다. 마지막으로 그를 본 건 1953년 7월이었어요. 그는 규칙적으로 편지를 쓰고 있어요. 뒤케인 양은 편지들을 가져왔다. 헬노어 씨는 정말 아름다운 필체를 가지고 있었다. 눈에 띄는 점은 소문자 a와 l을 쓸 때의 규칙적인 굴림이다.

불행히도 그녀가 가져다준 사진은 흑백 사진이었다. 우리는 뒤케인 양이 색깔을 말해 주는 정도로 만족해야 했다. 그에 따르면 헬노어 씨의 피부는 약간 갈색빛이 감도는 흰색이다. 머리카락은 중간 갈색이며 눈과 눈썹은 밝은 갈색이다. 두 입술은 약간 부어 있고 입은 크다. 코는 납작하고 콧방울이 넓다. 그의 눈에서 도드라지는 점은 몽고주름인데, 이것은 몽골 인종이 아닌 사람들에게는 개인적 특징이 된다. 아마도 유전의 결과인 듯하다(그의 어머니에게서는 발견하지 못했던 부분이다). 그는 주름이 매우 많다. 아래로 떨어지는 깊숙한 눈꺼풀 주름 아래로 눈썹 끝이 삐져나와 있다. 대니얼 트루트만과 닮은 점은 확인되지 않는다.

뒤케인 양은 아기가 자기 약혼자와 닮았는지 물어보았다. 아주 긴장한 듯 보였다. MW는 아니라고 대답했지만 아이는 아직 젖먹이이고 앞으로 아주 많이 변할 것이라는 점도 언급했다. 뒤케인 양은 메이너드가 생부일 리 없다고 강조해서 말했다. 그는 트루트만 양을 알지도 못하고 한 번도 만난 적이 없다는 것이다. 그와 반대로 자기는 캐럴을 안다고, 그것도 잘 안다고 말했다. 자기가 작년에 렌트미스터 부인의 집에서 방을 하나 빌렸을 때 캐럴이 옆방에 살았다는 것이다. 한동안 둘은 아주 친했고 많은 일을 함께했다.

뒤케인 양은 미소를 지었다. 메이너드는 음악가이고 클라리넷을 연주하고 또 작곡도 해요. 저는 그 집에 들어간 후에 자주 재즈 클럽에 갔고 그걸 좋아했어요. 춤을 추러 간 게 아니라 음악 연주를 듣기 위해서였고, 음악이 고팠던 건 메이너드 생각이 나서였지요. 늘 제브러 라운지에 갔어요. 좋아하는 클럽이니까요. 캐럴은 따라왔고요. 바에서 일하는 종업원이 우리에게 구석에 있는 작은 테이블을 마련해 주었고, 거기서는 무대가 아주 잘 보였어요. 캐럴은 보통 첫 번째 노래가 연주된 후에 관객과 섞였지요. 뒤케인 양은 뒤로 몸을 기댔다. 처음에는 캐럴이 저에게 잘해 주려 하는구나, "남편이 잠시 멀리 떠나 있는 동안 혼자 남겨진 아내"에게 동무가 되어 주려 하는구나 생각했어요. 그러나 얼마 지나지 않아 그녀는 캐럴이 자기에게 잘해 준 것이 아니라 자기가 캐럴에게 잘해 준 것이라는 사실을 알게 되었다. 왜냐하면 캐럴은 그 클럽에 드나들게 되면서 비로소 자기가 추앙하는 남자에게 가까이 다가갈 수 있었거든요. 지미 조던 씨 말이에요.

뒤케인 양은 들고 온 가방에서 깨끗하게 접은 그린베이 신문 한 장을 꺼내서 펼쳤다. 제브러 라운지의 광고가 보였다. 그녀는 아기가 혼혈아라는 말을 들었다고 말했다. 그러면서 사진 속 피아니스트를 가리키더니 그 아이가 이 남자와 닮았냐고 물었다. 지미는 피부가 밝은 편인 검둥이였지만, 어쨌든 빼다박은 검둥이였다. 한눈에 대니얼과 조던 씨의 닮은 점을 확인할 수 있었다. 그러나 뒤케인 양에게는 이러한 방식으로는 결론을 내릴 수 없으니 조던 씨를 진짜로 만나 보아야 한다고 지적했다. 뒤케인 양은 이해한다고 말했고 자신의 가방에서 다른 신문을 꺼냈다. 그것도 아주 조심스럽게 접혀 있었다. 지미 조던 트리오가 12월 19일과

20일 밤 10시에 밀워키의 '플레임'이라는 클럽에서 연주한다. 주소는 노스 9번가 1315번지다.

뒤케인 양은 자신의 방문이 도움이 되었으면 좋겠다고 말하고 떠났다.

▶ 1953. 11. 23.

▶ 내부 회의

머피 양은 MW에게 현재 상황을 평가해 달라고 요청하면서 자기는 대니얼을 입양할 가정을 찾는 일에 집중하겠다고 말했다. 보통 생후 두 달이 지나면 입양처를 찾기 시작하는데, 이 젖먹이는 벌써 생후 넉 달이 지난 것이다. 아까운 시간이 흘러갔지만 그건 어쩔 수 없는 과정이었다. 주지하다시피, 인종적 특징이란 제대로 발현되려면 일정 시간이 필요하다. 피부와 머리카락은 시간이 가면 색깔이 더 짙어질 것이다. 뉴욕의 샤피로 박사는 생후 여섯 달 이하의 아기들을 조사하기를 거부했다지만, 우리는 그때까지 기다릴 만큼 여유 있는 형편이 못 된다. 입양 부모나 위탁 부모를 찾는 게 쉽지 않으리라는 것은 분명하다. 입양인들은 대개 백인 아기를 바라고, 소문이 말하듯 유색 인종 아기들은 입양시키기 힘들다. 지금 대니얼 트루트만의 출생 신고서 인종란에는 아무것도 적혀 있지 않다. 슈라이버 박사는 이 칸을 비워 두었다고 한다. "이제 이 한 줄을 채워도 되지 않을까요?" 머피 양이 물었다.

MW는 이 질문에 유감스럽게도 부정적인 대답을 해야 했다. 물론 대니얼이 물라토 아이라는 의심은 점점 확고해지고 있다. 아기 엄마는 예나 지금이나 그렇지 않다고 주장하고 있지만 이를 입증하거나 반증하는 증거는 아직 없다.

머피 양은 한숨을 쉬었다. 대니얼 트루트만은 데이비드 쇼의 경우를 상기시켰다. 밀워키에 있는 그녀의 친구가 데이비드의 담당자였는데, 그 아이 역시 생부를 알 수 없었다. 어두운 피부색 때문에 데이비드가 태어난 지 여섯 달이 되자 아이를 뉴욕으로 데려가야만 했다. 아이가 흑인 혼혈아라고 생각했기 때문이다. 샤피로 박사는 아이를 진단하더니 푸에르토리코 아이라고 설명했다. 박사는 머피 양의 친구에게 앞으로 아이의 피부색이 더 어두워질 테니 정확한 출신지를 알아내려면 좀 더 기다려 보라고 충고해 주었다.

1년 반 후에도 데이비드는 갈 집을 찾지 못했다. 관심 있는 사람들은 데이비드에게서 발현 가능한 모든 특징을 다 보았다. 이탈리아 사람부터 멕시코 사람 그리고 검둥이까지 다양했다. 온갖 지역명이 다 나왔지만 아무도 이 아기를 기르지 않겠다고 결정했다는 점은 한결같았다. 머피 양은 그 기억을 떠올리면서 MW에게 "인류학 전공자로서" "이 아이의 인종을 어떻게 평가하나요?"라고 물었다.

MW는 판단을 내리지 않고 좀 더 기다려 보라는 충고만 했다. 아기는 다음 몇 주 동안에 더 많이 변할 것이고 그렇다면 아마도 생부는 더 이상 필요하지 않을 것이다. 머피 양은 이 제안에 동의하지 않았다. 자기가 데이비드 쇼의 사례를 통해 배운 게 있다면, 바로 그렇게 해서는 안 된다는 거였다. 그냥 기다리는 것 말이다. 머피 양은 이미 한 번 유색 인종 아이를 소개한 적이 있는 매슈 로즈 신부에게 문의서를 보내 놨다고 MW에게 말했다. 그리고 밀워키, 매디슨, 러신, 커노샤, 애플턴, 워키쇼, 오시코시, 오클레어와 라크로스에도 편지를 보냈다고 했다.

"우리는 대니얼 트루트만이 유색 인종이라는 사실에서 출발해야 해요." 머피 양은 이 말을 끝으로 토론을 끝냈다. "그래도 확실히 해 둬야 하니까 다시 한번 재향군인협회에 문의해 보세요." 헬노어의 아버지가 전쟁에서 군인으로 복무했다면 관청은 그의 출신에 대한 자료를 가지고 있을 것이다. 군인의 인종은 서류에 명기되어 있기 때문이다.

▶ 1953. 11. 25.

▶ 콤스 양 통화, 재향군인협회

콤스 양에게 D. 트루트만의 사건에 대해 큰 특징들만 설명해 주었다. 콤스 양은 헬노어의 가족과 관련된 정보들을 모아 달라는 주문을 받았다. 콤스 양은 조사를 진행한 뒤 곧 연락을 주겠다고 약속했다.

▶ 1953. 11. 30.

▶ 윌리켓 양 통화, 애플턴 가톨릭 복지사무소

윌리켓 양은 우리의 편지에 대해 감사를 표하고 이미 두 아이를 위탁받아 키웠던 코넬 부부가 세 번째 아이를 받고 싶어 한다고 말했다. 그들은 일요일인 12월 13일 15시에 방문해 대니얼을 보고 싶어 하는데, 이 일정이 가능한지 물어보아 달라고 했다. MW는 가능하다고 대답했고 날짜를 확정했다.

윌리켓 양은 아주 기뻐했다. 코넬 부부는 정직하고 점잖은 부부다. 그리고 그들이 받은 아이들은 모두 행복하다고 말할 수 있다.

▶ 오렐리아 간호사 통화, 세인트 메리 병원

코넬 부부의 방문이 예고되었다. 간호사는 놀랍다는 반응을 보였다. 그녀는 방문에 대비해 필요한 만반의 준비를 하겠다고 말했다.

▶ 1953. 12. 1.

▶ 피셔 양 통화, 세인트 메리 병원

캐럴은 10달러 수표를 보냈다. 이것을 포함해서 병원에 아직 305달러의 빚이 있다.

▶ 1953. 12. 4.

대니얼 트루트만의 법정 재판은 1953년 12월 14일 월요일 9시로 확정되었다. 트루트만 양과 벨린 부인에게도 알렸다.

▶ 1953. 12. 9.

▶ 로즈 신부의 편지, 세인트 메리 교구, 밀워키

로즈 신부는 대니얼 트루트만의 사연을 다음 호 목자 편지에 쓰겠다는 편지를 보내왔다. 그러나 그의 교구에는 유색 인종인 신자가 없어서 대니얼을 받을 가정을 찾을 수 있을지는 잘 모르겠다고 말했다. 물론 마이클(예전에 그가 연결해 주었던 검둥이 아이)은 백인 가정에 보낼 수 있었는데, 어쩌면 그러한 가정을 또 찾을 수 있을지도 모른다. 우리는 대니얼의 사진 한 장을 반드시 그에게 보내 주어야 하며 희망을 버리면 안 된다.

이 지점에서 확실히 말할 수 있는 건, 백인 가정에 유색 인종 아이가 입양되는 일이 바람직한 게 아닐 수도 있다는 것이다. 즉 입양이 사회 통합이라는 목적 때문에 악용되어서는 안 된다. 혼혈아를 입양하려는 부부들은 자신들의 선택이 가져올 사회적 결과에 대해 심사숙고해야 한다. 게다가 아기는 같은 인종 사이에서 성장하는 쪽이 더 유리하다. 더욱 자연스러운 조합을 이룰 수 있기 때문이다.

▶ 1953. 12. 10.

▶ 방문 / 세인트 메리 고아원

며칠 전에 대니얼은 의사들의 동의를 얻어 세인트 메리 고아원으로 옮겨졌다.

오렐리아 간호사는 MW를 접수대에서 맞아 아기방으로 안내했다. 아기는 예나 지금이나 건강하며(아픈 적이 거의 없었다) 우유를 잘 먹는다. 배변도 특별한 문제가 없다. 대니얼은 전체적으로 볼 때 아주 명랑하며 (이렇게 판단해도 된다면) 민첩한 아기다. 말을 거는 사람이 없어도 아기는 빨리 배운다. 아주 점잖고 예쁜 남자아이이다. 생부를 찾았냐고 묻는다면 대답은 아직 아니다일 것이다. 오렐리아 간호사는 이런 경우 아이 어머니들이 협조적인 경우가 드물다는 데에 고개를 끄덕인 뒤 떠났다. 병원 일정 때문이었다.

대니얼은 천장을 뚫어지게 보고 있었다. 그래서 MW가 연필을 자기 눈앞에 대고 흔들기 전까지는 다른 어떤 것도 의식하지 못했다. 대니얼이 갈색(카카오 갈색) 눈을 가졌다는 점은 언급할 만하다. 검둥이 주름은 아직 없다. 아이의 머리카락은 예나 지금이나 중간 갈색이고 직모다. 머리카락은 피부가 밝아 보이는 효과를 내었다. 피부는 지난번 진찰 이후 다시 밝아졌다. 아이가 어른보다 인종적 특성을 덜 드러낸다는 이론은 동의할 수 없지만, 그 이론이 들어맞는 유일한 얼굴 부위가 있다면 바로 코일 것이다. 코의 형태는 학령기에는 실제로 다양하다. 대니얼은 아주 가벼운 깔때기 모양 코를 가졌다. 이 코는 조금 넓고 우리 코에 비하면 조금 묵직하다. 코 윗부분이 막 일어나려고 한다. 코 윗부분을 보면 인종이 섞여 있음을 잘 알아볼 수 있다. 이 얼굴의 여러 특징이 원시성을 띠고 있긴 하지만, 그래도 어떤 측면에서는 지금 우리의 얼굴을 떠올릴 수도 있다.

검둥이들이 미국에 흩어진 이후 그들의 인류학적인 구조는 어떤 변화를 겪었는가? 혼혈이 숙주 민족의 방향으로 진행되었다고 주장할 수 있는가? 대니얼은 그런 경우에 속하는 듯 보인다. 처음에는 아버지 쪽 유전이 더 분명했다. 이제는 어머니 쪽이 더 많이 보인다.

이제 대니얼은 MW를 관찰했다. 아이의 두 눈은 그녀의 움직임을 좇는다. 그리고 그녀가 카메라를 자기 얼굴 가까이에 갖다 대면 미소를 짓고 두 팔을 그녀에게 뻗는다. 자신의 관심사가 오로지 대니얼이라는 사실을 이 혼혈아에게 절대 들키고 싶지 않았던 그녀는 주변에 있는 다른 아기들 사진도 찍었다. 전문 서적을 믿어도 된다면, 유색 인종 아이들의 유형을 규정짓는 외모적 특징에 대한 지식은 아주 일찍부터 확립된 것이다.

아이의 어머니는 출산 이후 한 번도 방문하지 않았다. 아이는 이제 태어난 지 21주하고 3일이 지났다.

– –

▶ 1953. 12. 11.

▶ C. 트루트만 통화

캐럴은 아침 일찍 전화를 걸어서 밀프린트 회사에 지원했다고 알렸다. 이번 주 내에 그 자리를 얻을 수 있는지 알려 준다고 했다.

MW는 캐럴이 컨베이어 벨트에서 일하는지 사무실에서 일하는지 알고 싶어 했다. 캐럴은 셀로판 포장지 생산직이 아니라 비서직에 지원했다고 말했다.

JT 주석: 1953년에 밀프린트는 그린 베이에 큰 회사를 설립했다. 이 회사는 주로 포장재를 생산한다.

▶ 1953. 12. 13.

▶ 방문 / 세인트 메리 고아원

15시에 오렐리아 간호사와 MW는 코넬 부부를 고아원에서 맞이했다.

엘리너 코넬과 월트 코넬은 중년으로 대략 40대 중반이다. 그들은 두 아이(에비와 이저벨, 8세와 12세)를 위탁받아 키운 바 있으며, 엘리너가 웃으며 설명하듯 이번에는 남자아이를 한 명 받고 싶어 한다. “월트를 위해서.” 남편은 아들을 원했다고 한다. 그 애랑 야구를 하고 낚시를 하러 가고 싶어 한다는 것이다.

엘리너는 월트보다 몇 살 적다. 그녀는 붉은빛이 도는 금발이고 머리를 높이 올렸다. 피부색이 밝고 금발이며 두 눈은 파랗다. 키가 크고 아주 날씬해서 굽이 납작한 구두를 신었음에도 한참 우러러 보인다. 월트보다 한 뼘 더 컸다. 월트는 취미가 사냥이라고 했다. 배가 많이 나와서 마치 아기를 가진 것 같았다. 그는 금발에 밝은 파란 눈을 가졌고 대머리다. 그의 두 입술에 항상 걸려 있는 미소는 너무 억지인 듯 보였다. 분명하게 아이를 한 명 더 원하는 건 엘리너이고, 아이가 한 명 더 느는 것은 월트가 부인에게 양보를 한 결과로 보인다. 금발과 파란 눈 그리고 창백한 피부는 두 명 다 앵글로 색슨족에게 물려받은 것이다. 즉 엘리너와 월트는 영국 태생이다. 그들의 조부모가 19세기에 미국으로 이주해 왔다.

오렐리아 간호사가 대니얼을 대기실에 데려오자 엘리너와 월트의 두 눈이 커졌다. 혼혈아를 보게 될 것이라고는 예상하지 못했기 때문이다. 엘리너는 바로 정신을 차리고 두 팔을 벌렸다. 그리고 아이를 받아 안아서 달래 주려고 애를 썼다. 월트는 옆으로 몇 걸음 비켜선 채 대니얼을 안고 있는 부인을 지켜보았다.

엘리너에게 안긴 아기는 편안해하는 것 같았다. 웃으며 엘리너의 머리카락을 가지고 놀았다. 그녀 옷에 달린 브로치도 아이의 관심을 끌었다. 아이는 손가락 사이에 나비 브로치의 날개 부분을 잡고서는 그 촉감을 더 정확히 느끼려 했고, 심지어는 그 끝을 입에 넣으려 했다. 엘리너가 끼어들어 말렸다. 엘리너의 설득으로 월트가 가까이 다가가자 대니얼은 그의 안경을 잡으려고 했다. 그러나 월트는 아기가 안경을 가지고 놀게 내버려 두지 않았다.

마침내 코넬 부부가 고아원을 떠났다. 그들은 집에 가서 어린 트루트만을 받아들일 것인지 차분히 생각해 보아야 한다. 유색인 아이는 위험이 크다. 월트는 시청에서 일하는데 자칫하면 그가 쌓아 온 명성이 사라질 수 있었다. 대니얼에 대한 소문은 널리 퍼질 것이다. 방문객들이 떠난 후 오렐리아 간호사가 비난 어린 눈빛을 하고 다가왔다. 그녀는 코넬 부부가 검둥이 아이를 보게 될 줄은 전혀 모른 채 여기 왔으며, 다음부터는 입양에 관심이 있는 사람들에게 필요한 정보를 미리 주어야 한다고 주장했다. MW는 사회복지국의 처신에 대해 변호했다. 아직 갖고 있지 않은 정보를 제공하는 것은 권한 밖의 일이라는 것이다. 오렐리아 간호사는 그 말에 이의를 제기했다. 우리가 앞으로도 그에 관한 정보를 얻지 못할 법한 상황이라면, 이제는 아이의 인종을 확정해야 할 때라는 것이다.

▶ 1953. 12. 14.

▶ 면담 / 가정 법원, 그린 베이

대니얼 트루트만에 대한 양육권을 임시 양도하기 위한 법정 재판이 오늘 아침 10시에 열렸다. 캐럴은 어머니를 대동하고 나타났다. 둘은 소박한 복장으로 왔다. 어머니는 비둘기 잿빛, 딸은 어두운 청색, 그리고 거기에 어울리는 모자와 가방도 함께였다.

피터 밀퍼드 판사가 아이 엄마에게 자세한 질문들을 던진 후에 우리의 요청대로 판결을 내렸다. 캐럴은 한결 가벼워진 표정이었고 벨린 부인도 그랬다. 판사의 질문들은 편한 것과는 거리가 멀었다. 캐럴의 사생활과 미래의 계획에 대한 것이었기 때문이다. 캐럴이 그렇게 길게 생각하는 모습을 보니 의아했다. 그렇게 깊은 생각을 해 본 적이 없어 보이는 사람이기 때문이다.

캐럴은 자신과 아이를 함께 책임질 수가 없다고 말했다. 자기는 아직 직장을 찾지 못했고 오로지 어머니의 도움으로 간신히 버티고 있다고 했다. 벨린 부인은 매달 적은 돈을 주어 캐럴을 돕고 있다고 확인해 주었다. 그렇게 이 사건은 분명해졌다. 우리의 진술은 필요하지 않았다.

엄마와 딸은 만족스러운 표정으로 법정을 떠났다.

▶ 1953. 12. 15.

▶ 콤스 양 통화, 재향군인협회

콤스 양은 완전히 기대 이상이었다. 바로 전화를 해서 조사 결과를 알려 주었기 때문이다.

이디스 헬노어(결혼 전 성은 테일러)는 미시간의 버턴에서, 엘머 헬노어는 그린 베이에서 태어났다. 조부모는 스웨덴과 아일랜드(스페인은 언급하지 않았다)에서 미국으로 이주해 왔다. 이 가족은 그린 베이의 헤른후트 공동체 일원이다.

헬노어 부부는 아이가 셋이다. 나오미는 23세이고 몰리의 바에서 일한다. 웨인은 21세로 행크 스포츠 용품점의 판매원이다. 메이너드는 20세인데 일하는 곳은 모른다. 나오미와 웨인은 피부가 밝은색이며 눈은 파랗다. 메이너드는 갈색 눈이고 갈색 머리카락이다. 셋 다 직모다.

헬노어 가족 중에는 검둥이도 슬라브족도 없다.

<u>들은 것</u>

나오미는 마음이 착하고 나긋나긋한 아이라고 한다. 그리고 언제나 사랑스럽고 아주 튼튼하다.

웨인은 훌륭한 스포츠맨으로, 심지어 프로 미식축구 선수를 꿈꿨을 정도였다. 나중에 그는 다리에 부상을 입었다. 지금은 스포츠 용품점에서 판매원으로 일한다.

메이너드는 피아노와 클라리넷, 이 두 악기를 연주한다고 한다. 그는 “얼마 전까지” 제브러 라운지에서 어슬렁거렸다. 그는 여자를 쫓아다닌다는 평판을 얻고 있고 늘 돈이 부족하다는 소문이다.

▶ 1953. 12. 16.

▶ 거부 / 가톨릭 복지사무소, 러신

슈타인그레버 양은 대니얼 트루트만을 도울 길이 없다고 편지에 썼다. 러신에는 이 아이에게 맞는 양부모 자리나 입양 자리가 없다는 것이다.

▶ 1953. 12. 17.

▶ 거부 / 세인트 빈센트 고아원, 밀워키

에벌린 자코프스키 양은 불행하게도 아이를 수용하거나 소개할 가능성이 없다고 편지에 썼다. 자기는 지금 양부모를 기다리는 23명의 유색 인종 또는 반(半)유색 인종 어린아이들을 돌보고 있어서 우리의 고충을 이해한다고 했다.

인화된 사진들을 오늘 찾아왔다. 한 장은 로즈 신부에게 보냈다.

내일, 12월 18일 금요일에 MW는 밀워키로 가서 조던과 이야기해 볼 것이다. 돌아오는 것은 12월 20일, 일요일로 예정되어 있다.

▶ 1953. 12. 21.

밀워키 출장은 기대했던 효과는 없었다. 그 대신 확실한 사항을 하나 확인했다. 지미 조던은 아이 아버지가 아니라는 것이고 우리는 이것을 개인적으로 확신할 수 있었다.

MW의 보고를 첨부한다.

JT의 주석: 보고서 누락

- -

▶ 1953. 12. 22.

▶ H. 프랭클린 부인의 편지, 조지아주 적십자사

프랭클린 부인은 이 지역 책임자인 포트 베닝의 존 크레이머와 접촉한 뒤 그의 대답이 담긴 편지를 보내 주었다.

크레이머의 편지에 따르면, 자료 조사 결과 메이너드 헬노어는 한 번도 포트 베닝에 배치를 받은 적이 없다고 한다. 심지어 지금도 그곳에는 헬노어는커녕 그와 비슷한 헬네어, 헬네르, 헬노르, 헬노르드 등의 이름을 가진 사람조차 없다고 한다.

그 밖에 자기에게 온 사회보장보험 번호에는 뭔가가 빠져 있다고, 숫자 하나가 적다고 했다.

- -

▶ 1953. 12. 23.

▶ 거부 / 세인트 테레사 고아원, 커노샤

치머 양은 유감스럽게도 검둥이 아이를 소개할 수는 없다는 편지를 보내 왔다.

▶ 1953. 12. 24.

▶ 코넬 부인 통화

오늘 아침에 코넬 부인이 전화를 걸어 와서 긴 상담을 위한 면담 날짜를 잡으려고 했다. 대니얼이 뇌리에서 떠나지 않아서 기꺼이 그 아이와 함께 살아 보고 싶다는 것이다. 그러나 남편은 그다지 찬성하지 않는다고 한다. 12월 29일 화요일 10시로 약속을 잡았다.

▶ 1953. 12. 28.

▶ 거부 / 가톨릭 복지사무소, 워키쇼

카마이클 양은 물라토 아이를 소개할 수 없을 것 같다는 편지를 보내 왔다.

▶ 1953. 12. 29.

▶ 면담 / 코넬 부인, 10시

코넬 부인은 정확히 10시에 사무실에 도착했다. 그녀는 아주 흥분한 듯 보였다. 자리에 앉자마자 잡지(『리더스 다이제스트』)를 가방에서 꺼내더니 책갈피로 표시한 페이지를 펼쳐서 책상 위에 놓았다.

양 페이지에 걸쳐 "우리 집은 국제 가족"이라는 구절이 장식을 넣은 글꼴로 쓰여 있었다. 그 아래에는 혼혈로 구성된 14인 가정의 사진이 인쇄되어 있었다. 코넬 부인은 그 기사의 마지막 문단을 가리켰는데 거기에는 다음처럼 쓰여 있었다, "우리 집 아이들이 다 함께 성장하고, 같이 놀고 서로 배우며, 밝은색 머리카락 옆에 어두운색 머리카락이, 파란 눈 옆에 검은 웃는 눈이 자리한 모습을 당신이 보게 된다면, 당신도 우리가 보는 것을 마찬가지로 보게 되리라 확신한다. 즉 이 아이들이 깊이 느끼는 진정한 사랑을 접하게 되면 인종이나 국적 같은 인위적인 장벽은 사라질 것이다. 우리는 단순한 국제 가족 이상이다, 우리는 하느님의 가족이다."

코넬 부인은 환하게 웃었다. 이 글이 자기와 월트를 변하게 만들었다고 했다. 자기들은 쓸데없는 걱정을 했다는 것이다. 입양 부모나 위탁 부모가 되는 건 쉬운 일이 아니에요. 그녀가 말했다. 자기는 경험해 보아 안다는 것이다. 사람들은 기회가 있을 때마다 자기에게 넌지시 알리려 한단다. 그 여자아이들[생모]은 본래부터 못됐거나 악하거나, 어쨌든 저질이라고……. 그녀는 더 긴 설명을 이어 가려 했지만, MW는 그걸 중단시키면서 아직 아기를 맡길 수가 없다고 통보했다. 출신이 해명되지 않았고 생부도 찾지 못한 상태이기 때문이다. 그러나 이 문제를 해결하려고 정말 많은 노력을 기울이는 중이라는 점 역시 확인시켜 주었다.

코넬 부인은 실망스럽다는 반응을 보였다. 그녀는 대니얼을 보고 기뻤다고 말했다. 남편이나 자기나 아기의 출신은 신경 쓰지 않는다고, 중요한 건 아기를 너무 오래 혼자 놔두어서는 안 된다는 거라고, 젖먹이는 접촉과 온기, 사랑이 필요하다고 그녀는 말했다. 그녀는 자기가 그 모든 것을 줄 준비가 되어 있다고 확신했다. MW는 그녀의 요청에 바로 응할 수 없어서 유감이라는 점을 강조했다. 그러나 보호자 없는 아이를 아무런 조치 없이 기존의 건강한 가족에게 데려다주는 것은 무책임한 행동이다. 아이의 친모는 예나 지금이나 사회복지국에 협조하는 것을 거부하고 있으며 생부는 아직 아들이 있다는 것조차 모른다. 코넬 부인은 한숨을 쉬었다. 그러면 자기는 기다리겠지만 아무런 약조를 해 줄 수는 없다는 것이다. 유색 인종 아이를 수용하겠다고 남편 월트를 설득해야 하는데, 이 시도가 다음에도 또 성공할 것인가? 그녀는 고개를 흔들면서 의심했다. 미래는 불투명했다.

MW는 이 어려운 문제에 곧 대답을 주겠다고 약속한 뒤 코넬 부인과 헤어졌다. 아직 아이를 넘겨주지 않은 것은 옳은 결정이다. 양부모의 안녕도 생각해야 하기 때문이다.

▶ 1953. 12. 30.

▶ 거부 / 세인트 빈센트 사제관, 오클레어

오하라 신부는 편지에서 자기 교구에서 맞는 가정을 찾아보겠지만 전망은 회의적이라고 썼다. 그의 교구에는 유색인 신자가 없다.

▶ 1953. 12. 31.

▶ 렌트미스터 부인 통화

트루드는 어떤 남자가 세 번이나 저녁에 캐럴을 집에 바래다 주었다는 보고를 하려고 우리에게 전화했다. 거실 창문으로 이 커플을 관찰했다고 한다. 그 커플은 나무 그늘 속에 숨어 있으려 했지만 (낙엽이 다 떨어졌기 때문에) 트루드는 이 두 사람을 볼 수 있었다. 그 남자는 캐럴을 정열적으로 껴안고 키스를 했다. 여자는 그의 부끄러움을 모르는 포옹과 키스에 화답을 했다.

그녀의 이웃인 오브라이언 양이 전해 준 바에 따르면, 그 남자의 이름은 헨리 월턴이라고 한다. 그는 캐럴보다 적어도 열 살은 많고, 2차 대전 참전 용사이며, 엘크 여관의 요리사와 결혼한 상태라고 한다.

트루드는 이런 일이 자기 집에서 벌어지고 있다는 사실이 매우 불쾌하다고 여러 번 강조했다. 하지만 아직 캐럴에게는 이 일에 대해 말하지 않았다고 한다. 우선 이번 주 일요일에 라이언 신부와 만나 먼저 상의하고 싶다고 했다.

MW는 전화에 감사를 전하며 계속해서 상황을 알려 달라고 부탁했다.

(MW / JE)

▶ 1954. 1. 4.

▶ 피셔 양 통화, 세인트 메리 병원

피셔 양은 이제까지 지불된 트루트만의 정산에 대한 정보를 주었다. 이제까지 캐럴은 40달러를 갚았고 이제 360달러가 남았다.

▶ 1954. 1. 5.

▶ 거부 / 세인트 캐서린 고아원, 라크로스

허버트 양은 지금은 고아원에 남은 자리가 없고 우리 사건을 몇몇 선별된 사제관에 전달하겠다고 편지를 썼다.

▶ 1954. 1. 6.

▶ 렌트미스터 부인 통화

트루드는 흥분한 채 라이언 신부가 캐럴과 벨린 부인을 사제관으로 불렀다는 사실을 보고했다. 신부는 캐럴이 처해 있는 상황에 대한 나쁜 소문이 돌 뿐 아니라 그 소문이 거의 치명적이라는 점에 대해 두 여성과 논쟁을 벌였다고 한다. 캐럴은 이미 미혼으로 임신을 한 적이 있지 않은가? 그런 일을 또 겪으려고 각오한 것인가? 신부는 캐럴과 월턴 씨의 약혼이 성사되기 전까지는 그 둘이 만나는 것을 절대로 허용하지 않겠다고 선언했다. 또한 월턴 씨와의 약혼은 그가 아직 유부남이기 때문에 금방 이루어질 수는 없다고 덧붙였다.

라이언 신부의 말로는 이때 벨린 부인이 충격을 받았다고 한다. 부인은 자기는 딸의 소문에 대해서 아무것도 모르고 있었다고 맹세했다. 그에 반해 캐럴은 침묵을 고집했고, 신부가 나가도 좋다고 하자마자 그 방에서 뛰쳐나갔다. 신부는 교회가 이 결합을 허용할 때까지 딸의 데이트를 막으라고 벨린 부인을 설득했다. 벨린 부인은 캐럴을 월턴 씨와 떨어뜨려 놓기 위해 할 수 있는 모든 일을 다 하겠다고 맹세했다.

트루드는 실제로 벨린 부인이 이 일에 대해 이전까지 아무것도 전해 들은 것이 없었을 거라고 확신했다. 한편 그녀는 우리에게 이 일에 대해 단호한 조치를 취해 달라고 요청했다.

▶ 1954. 1. 7.

▶ C. 트루트만 통화

MW는 캐럴에게 전화를 해서 사무실로 오라고 명령을 내렸다. 캐럴은 망설이면서 혹시 병원비 영수증 때문이냐고 물었고, MW는 영수증보다 더 중요한 것 때문이라고 설명해 주었다. 캐럴은 혼혈 사내아이를 낳았고 그 아기의 엄마가 되기를 거부했다. 생부가 누구인지는 아직도 알아내지 못했다. 적어도 메이너드 헬노어는 절대로 아닌 상황이다. 캐럴은 내일 8시에 사무실에 와야 하고 그렇지 않으면 그 결과에 대한 책임을 져야 할 것이다.

▶ 1954. 1. 8.

▶ 면담 / C. 트루트만, 8시

캐럴은 8시 정각에 사무실에 왔다. 극도로 기분이 안 좋은 상태였다. 캐럴은 MW에게 자기가 요즈음 병원비 청구서를 다 정산할 수 없는 상황임을 이해시키려 애썼다. 그러자 MW는 캐럴에게 인생에는 돈보다 더 중요한 것이 있다는 걸 설명하려 했다. 예를 들어 자기가 낳은 아이 말이다. 캐럴은 아직도 위탁 가정을 찾지 못한 자신의 아이를 돌보지 않고 있다. 우리가 신청한 보호 요청은 기한이 정해져 있는 한시적 보호이며, 이 요청을 진행하는 이유는 하나뿐이다. 오직 당신 즉 캐럴 트루트만을 돕기 위함이다. 우리는 이타적으로 움직이고 있다. 만약 당신이 그런 우리의 조력을 악용한다는 판단이 서게 되면, 그때부터 당신은 모든 책임을 혼자

져야 하는 부담을 짊어지게 될 것이다.

“조력”이라니, “저같은 애가 당신들의 조력 없이 뭘 할 수 있겠어요?” 캐럴의 대답이 담긴 말투는 분명히 비꼬는 투였다. MW는 캐럴이 무슨 생각을 하고 살아야 할지, 무엇에 전념해야 하는지를 다시금 엄중히 알려 주었다. 그러자 캐럴은 자기가 곧 결혼할 예정이라고, 조금 머뭇거리며 대답했다. 그러나 그 말투와는 달리 그녀의 목소리에는 승자 특유의 어조가 담겨 있었다. 그녀는 곧 우리의 도움이 필요 없게 될 거라고 말했다. 그게 무슨 말이냐고 MW가 물었다. 저는 약혼자에게 대니얼을 입양하지 않겠냐고 물어볼 참이에요. MW는 당신의 약혼자가 헨리 월턴이 맞냐고, 그는 유부남이 아니냐고 물었다. 캐럴의 얼굴이 약간 붉어졌다. 그는 이혼할 거예요. 그녀는 더듬더듬 말했다. 이혼 서류를 곧 제출할 거라고요. MW는 캐럴이 단 한 번이라도 고아원에 있는 대니얼을 방문한 적이 있냐고 말했다. 그런데 이제 와서 갑자기 그 아이를 돌본다고요? 캐럴은 이 질문에 대답하지 못했다.

MW는 이 처녀에게 똑똑히 일러 주었다. 캐럴이 자신과 아이를 돕고 싶다면 거짓말을 퍼뜨리는 짓을 그만두어야 한다. 그리고 이 일에 또 다른 사람을 끌어들인다면, 그러면 이제는 아무도 더 이상 돕지 못하는 상태가 될 것이다. 그러니 이제 제발 생부의 이름을 바로 말해야 한다. 이미 오래전에 알려드렸잖아요, 생부는 메이너드 헬노어라고요.

캐럴이 말했다. 그의 모친은 캐럴 트루트만이란 이름은 들어 본 적이 없다고 하던데요. MW가 반박했다. 뭐 별로 이상한 일도 아니에요. 메이너드는 부모님과 관계가 좋지 못해요. 헬노어 식구들은 다 그래요. 맏딸만 부모와 대화를 하는데 그건 부모 집에 같이 살기 때문에 예외적으로 그런 거예요. 다른 자식들은 기회가 오자마자 바로 집을 나갔거든요. 공휴일이나 추수 감사절, 크리스마스에만 집에 얼굴을 내밀 뿐이죠.

이 말에 MW는 인내심의 끈을 모두 놓아 버렸다. 검둥이와 교제한 당신, 캐럴 트루트만이 어떻게 헬노어 부부를 나쁜 부모라고 비난할 수 있어요? 그러자 캐럴은 절대로 비난하려는 게 아니라고, 자기는 단지 들은 것을 이야기했을 뿐이라고 말했다. 저는 절대로 유색 인종과 사귄 적이 없어요. 흑인은 알지도 못한다고요. 캐럴이 말했다. MW는 그러면 지미 조던은 어떻게 된 거냐고 물었다. 이 '관계'를 증언해 줄 증인이 최소 한 명은 있어요. 만약 내가 제브러 라운지로 직접 찾아가서 물어보면 증인이 얼마나 더 나올까요?

캐럴은 얼굴이 창백해지더니 얼결에 말을 내뱉었다. "지미는 검둥이가 아니에요, 음악가라고요." 그리고 방을 뛰쳐나갔다.

이 반응은 한편으로는 캐럴이 지미 조던을 알고 있다는 사실을 증명해 주었고, 다른 한편으로는 흑인에 관해 그녀가 얼마나 무지한가를 보여 주었다.

트루트만 집 정원은 컸다. 내 방 창문에서 내다보고 짐작한 것보다 훨씬 컸다. 정원은 여러 작은 정원으로 이루어져 있고, 이 소정원들은 구불구불한 좁은 길로 연결되어 있었다. 그렇지만 식물들이 아주 두꺼운 눈 이불 아래에서 다 잠을 자고 있어서 그 아래에 어떤 식물이 있는지는 조앤의 설명에 의존할 수밖에 없었다. 갑자기 맹인이 된 것만 같았다. 식물들의 전체 조망도를 그리는 건 불가능했다. 덤불이나 키가 작은 나무들, 꽃부리 화관이나 뿌리 둥치들도 모두 눈과 얼음에 싸여 있었다. 오직 오후 해의 약한 빛만이 이 극지방처럼 보이는 잘못된 풍경에 흔적을 남겨 놓는 중이었다.

조앤 뒤에서 발자국을 떼던 나는 가끔씩 길 위를 가는지 꽃밭 위를 가는지를 몰라 갈팡질팡했고, 그럴 때마다 조앤이 내 시선 방향을 지시해 주었다. 오른편에는 달리아가 있다고 상상하면 되고, 왼쪽에는 캐나다 라일락이 있고, 앞쪽 모퉁이에는 작은 이끼 식물이 심긴 암석 정원이 있고, 다른 편에는 대나무 숲 소정원이 있다고 그녀가 말해 주었다. 노르스름한 빛이 나는 갈색의 이파리 끝이 눈더미에서 삐져나와 있는 것을 보면서 만지고 싶다는 충동을 느꼈다. 색깔이 있는 이파리들이라니, 그 모습 그대로가 너무 기이해 보였기 때문이다. 하지만 나는 충동을 접고, 고개를 끄덕이고, 길에서 벗어나지 않으려 애를 썼다. 조앤은 나를 안되었다는 듯 바라보았다. 이런 난센스가 있나, 겨울에 당신에게 내 정원을 보여 주려 하다니, 여름 정원을 겨울에 보여 주다니 말이야! 하고 탄식하기도 했다. 그래도 조금만 참으면 돼, 우리 거의 다 왔어.

우리 *여정*의 목적지는 나무 덤불들이 모여 있는 장소였다. 내 눈에 그곳은 아무런 형태가 없는 것처럼 보였지만, 조앤은 바로 여기에 강렬한 구조를 이루고 있는 덤불 무리가 있다고 말했다. 그 덤불들은 나선 모양으로 심겨 있고 사다리꼴 모양으로 구획되어 있는데, 지금은 아주 빽빽하게 눈이 덮여 있어서 보이지 않는다는 거였다. 대니의 미로. 그가 원해서 조앤이 만들어 준 이 미로는 그녀의 선물, 결혼 20주년 선물이었다. 겨울이 되면 정원은 눈 속에 가라앉고 이 미로 정원의 *성벽*들은 들여다볼 수 없게 된다. 여기저기 얼어붙어 있는 덤불들 위로 올라서면 *바깥 성벽* 너머로 펼쳐진 안쪽을 엿볼 수 있었다. 문득 조앤은 큰 소리로 웃었고 그 웃음은 그녀의 두 뺨에 구덩이를 깊이 팠다.

미로의 중심에는 작은 사각형 광장이 있었고, 거기에는 (포장으로 덮어 놓은) 기다란 목재 벤치와 플라스틱 상자가 놓여 있었다. 조앤은 상자에서 방석과 담요를 두 개씩 꺼냈고 우리는 그 위에 앉았다. 방석과 담요는 약간이나마 추위를 막아 주었다. 오후 3시의 태양은 이제 내려올 채비를 하고 있었다. 달이 하늘로 올라오기 전까지는 반짝이는 눈이 그 자리를 차지할 터였다. 조앤과 나는 두꺼운 털 담요로 몸을 둘둘 감았는데, 그녀에 따르면 그 담요는 대니의 어머니가 짠 것이었다. 담요는 눈과 얼음 냄새가 났다. 가끔씩 나는 아직도 움직일 수 있는지 확인하려고 발가락을 꼬물거려 보았다. 조앤이 나에게 따뜻한지 물었다. 나는 고개를 끄덕였고 그녀는 오른쪽 외투 주머니에서 꺼낸 플라스틱 컵을 손에 쥐여 주었다. 왼쪽 주머니에서는 보온병과 초콜릿 한 개를 꺼내더니 보온병의 뚜껑을 돌려 열어 커피를 내 잔에 따라 주었다. 초콜릿은 벤치 위에 놓였다. 나는 예전에 선생님이었어, 처음에는 대학에서 그다음에는 고등학교에서 가르쳤지. 그만 둘 기회가 왔을 때 바로 나와 버렸는데, 내 성격상 뭔가 발전을 희망해서는 아니었어. 눈이 왔다. 눈송이는 내릴 때는 하얗다가 땅에 떨어지면 이른 아침처럼 어슴푸레 파래졌다. 조앤이 불빛을 등지고 앉아 있어서 나는 그녀가 짓는 표정을 해석해야 했다. 무슨 과목을 가르쳤는데요. 내가 물었다. 프랑스어와 독일어, 독일어는 세인트 줄리언 대학에서 가르쳤는데 거기에서 대니를 처음 만났어.

석사를 마친 건 1974년이었어. 1년 동안 유럽을 여행하는 꿈을 꾸었지만 자금이 모자라더라고. 내가 저금한 돈으로는 프랑크푸르트까지 가는 항공료밖에 안 나왔거든. 그래서 그린 베이로 돌아왔지. 대학에서 독일어 강사를 찾고 있다고 들었거든. 첫 번째 수업은 잘되지 않았어. 긴장을 너무 많이 했고 모든 학생이 그걸 느꼈지. 일부는 악의적인 반응을 보이기까지 해서 그날이 끝나 갈 때는 자동차 열쇠도 제대로 못 꽂을 정도로 두 손을 덜덜 떨었어. 그때 갑자기 대니가 나타나더니 나에게 말을 걸더라고. 혹시 내가 독일에서 산 적이 있냐고 물었어. 나는 대니를 무시했지. 대니는 자기가 학생은 아니지만 혹시 가능하다면 내 수업에 와서 앉아 있고 싶다고 말했어. 자기는 언젠가 독일에 여행을 가고 싶고 그러려면 준비를 해야 하는데, 적어도 몇 마디 말은 할 수 있어야 하지 않겠냐면서 말이야. 난 그 정도면 여행 안내서에 담긴 내용만으로도 충분할 거라고 대답했지. 그러자 대니는 크게 웃었어. 자기는 "기차역이 어디예요?"나 "너 이름이 뭐니?"보다 더 많은 게 필요하대. 거기 사람들을 깜짝 놀라게 하는 문장들로 대화를 하고 싶다는 거야. 자기 양어머니가 독일에서 왔다고.

그날 저녁에 우리는 크롤스 레스토랑에서 치즈버거와 부저 스튜* 한 그릇을 놓고 데이트를 시작했고, 여덟 달 뒤에 결혼했어. 우리 어머니는 결혼식에 오는 것을 거부했고 대니를 좋아하지도 않았어. 어머니는 1967년 여름에 자기 삼촌의 가게가 파괴된 뒤부터는 아프리카계 미국인에 대해 좋은 말을 한 적이 없지. 콜먼 부인은 늘 말했어. 그 사람들은 언제나 강도질을 한다고. 늘 모든 것을 다 망가뜨려 놓는다고. 콜먼 부인이요? 내가 묻자 아, *우리 어머니Ma mère*야 하고 그녀가 말했다.

우리 대단하신 어머니. 그녀의 멸시가 아무렇지도 않았다고 말하면 거짓말일 거야. 대니는 정말 놀라울 정도로 의연하게 어머니를 견디어 냈지만, 나는 그 끔찍한 저녁을 마치면 그때마다 어머니와 인연을 끊겠다고 맹세했어. 영원히 말이야. 그러나 다음 날이면, 보통은 아침이 되자마자, 내가 어머니와 인연을 끊고 나면 결국 다른 모든 사람과도 인연을 끊게 될 거라는 걸 분명하게 느낄 수 있었지. 대니를 *원숭이*라고 생각한 건 어머니만이 아니었거든. *포치 원숭이*** 말이야.

조앤은 자기 플라스틱 잔을 완전히 비우고 점퍼 주머니에 보온병을 집어넣었다. 두 뺨이 조금 붉어졌고 두 눈도 마찬가지였다. 나는 그 말을 참을 수가 없었어. *포치 원숭이*. 그건 대니에게 부당하잖아, 그때 그는 댄서였지, 정말 몸과 마음을 다 바쳐 헌신하는 댄서! 두 번째 데이트 날, 대니는 나를 옛날 고등학교의

---

* 지중해식 생선 스튜인 부야베스와 비슷한 스튜.

** 흑인을 동물화하여 비하하는 인종 차별적 표현.

체육관으로 데리고 갔어. 카세트 플레이어를 가지고서 말이야. 그 납작하고 네모난 기계에서는 음악이 제대로 나오질 않았어. 심지어 덜덜거리면서 테이프를 잡아먹어 버렸지. 대니는 이럴 때를 대비해서 주머니에 복사본을 하나 더 가져왔다고 했어. 나더러 두 번째 줄에 앉으라고 한 뒤 시작 단추를 누르고 춤을 추기 시작했지. 피터 오툴이 노래를 했어. *불가능한 꿈을 꾸기 위해 / 이길 수 없는 적과 싸우기 위해*……. 몇 년 뒤에 이 노래를 실제로 부른 사람이 오툴이 아니고 사이먼 길버트라는 배우인 걸 알게 되었어. 뭔가 아귀가 딱 들어맞지 않아? 오툴의 립싱크에 맞춰서 대니는 자기 식의 발레를 춘 거야. 마담 레드비나가 가르친 어린이 발레와 스포츠학 교수 카지크가 가르친 모던 댄스가 조합된 대니만의 발레. 그리고 거기에는 불가능한 꿈도 있었지. 뉴욕에서 댄서로 살아가기 위해서 줄리아드 음악 학교에 가겠다는 꿈. 대니는 몇 년 동안 그 꿈을 이루려고 일했고 나도 몇 년간 도왔지. 우리는 꿈을 꾸는 몽상가들이었어. 피자 배달을 할 때도, 애들 숙제를 고쳐 줄 때도 우리는 깨어나지 않았어. 왜 그래야 하는데, 그건 정말 아름다운 꿈이었는데. 조앤은 입을 다물었다.

무슨 일이 있었나요? 내가 물었다. 입학 시험에 합격하지 못했나요? 조앤은 천천히 고개를 저었다. 대니는 시험을 본 적이 없어. 조앤은 점퍼 주머니에서 손전등을 꺼내더니 딱 하고 켰다. 갑자기 늦은 오후가 깊은 밤으로 바뀌었다. 대니는 밀워키까지 가지도 못했어.

시보이건에서 핸들을 돌렸거든.

그다음 날은 토요일이었다. 나는 이 뻐꾸기 둥지에서도 이례적이라 할 만큼 조용한 가운데 잠을 깼다. 움직이는 것은 아무것도 없었다. 저 멀리 자동차 소리조차 들리지 않았다. 마치 진공 상태에 놓인 듯했다. 하루 전에 조앤의 정원에서 시각을 잃어버렸었다면, 오늘은 갑자기 그녀의 집에서 청각을 상실한 것 같았다. 흐릿한 계단을 거쳐 거실로 가서 여기저기를 살피고 나서야 주위의 소음이나 소리가 왜 그렇게까지 이상하게 느껴졌는지 알게 되었다. 라디오가 꺼져 있었던 것이다.

부엌으로 갔더니 잡다한 바깥 소음이 평소보다 많이 들려왔다. 내가 집에 혼자 있다는 게 분명하다는 확신이 들었는데, 그건 착각이 아니었다. 내 이름이 아주 깔끔하게 쓰인 편지 봉투가 식탁 위에 놓여 있었다. 조앤이 쓴 편지였다. 그녀는 요양원에 대니를 만나러 간다고, 월요일이 되어서야 집에 돌아올 거라고, 미리 말하는 걸 깜빡해서 미안하다고 쓰여 있었다. 그녀는 잃어버린 날들에 대해 이야기해서 아주 좋았다고 했다. *잃어버린 날들*.

나는 이렇게 가벼운 마음이 물결처럼 퍼지는 걸 바란 적이 없었지만, 갑자기 적막까지도 평화롭고 편안하게 느껴졌다. 커피를 내리다가 콧노래를 부르고 싶다는 유혹에 결국 지고 말았다. 거의 진짜 노래가 될 뻔했었는데, 그렇지만 내 목소리는 이미 녹이 슬어 있었다. 아침을 먹고 나자 식탁에서 일어나는 것조차 쉽지 않았다. 조앤의 부엌은 그린 베이에서 내가 가장 잘 아는 세상의 한구석이었다. 나는 일부러 급히 일어나 거실로 갔다.

거실은 뻐꾸기 둥지가 얼마나 어두운지 확인해 주었다. 이 집은 빛을 삼켰고, 그 구석마다, 모서리마다, 틈마다 어둠이 자리를 잡고 있었다. 장의 뒷면에 주로 머물던 어둠들은 책상 아래와 천장 가장자리를 거쳐 방의 한가운데로 기어갔다. 그것들은 창문에서 그다지 멀리 떨어져 있지 않은 곳까지 진출한 것이다. 창문 유리는 먼지에 눈이 먼 채로 빛을 걸러 내면서 밝음의 목을 졸랐다. 처음에는 이 거실이 얼마나 많은 기억용 물품을 간직하고 있는지 알아차리지 못했다. 형태가 되어 버린 기억들 말이다. 가장 인기 있는 것은 엽서다. 사멸해 가는 장르. 조앤은 이 엽서들을 옷장 서랍 안에 보관하거나 구석에 차례대로 세워 놓았다. 크고 작은 촛대들, 짧고 높은 꽃병들, 넓고 좁은 그릇들은 책장의 책 사이에, 장 위의 모자 상자 앞에 놓여 있었다. 말린 꽃다발,

손거울, 약상자, 보석 상자 들이 여러 모양의 인형들과 함께 장식장 속에, 혹은 수많은 접시와 잔과 주전자 주위에 늘어서 있었다. 하지만 진짜 보물은 가구 아래에 숨겨져 있었다. 나는 거실 책장 아래에서 편지 뭉텅이를 발견했고, 식당 찬장 아래에서는 오래된 (연도가 적힌) 노트들을, 온실 등나무 장 아래에서는 사진이 터질 듯이 가득 차 있는 플라스틱 주머니를 찾았다.

하지만 신기하게도 네 벽은 모두 텅 비어 있었다. 한 남자의 흑백 사진이 걸린 거실 한 벽을 제외하고는 말이다. 그 사진은 1920년대 물건 같았다. 흑단으로 된 넓은 가장자리에는 *아버지*라는 글자가 새겨진, 폭이 좁은 황동 명패가 붙어 있었다. 나는 그 초상화를 벽에서 떼어 빛 쪽으로 들고 갔다.

나는 심한 근시라서 어둠 속에서는 거의 맹인이나 다름없다. 그럼에도 불구하고 그걸 단점이라고 생각한 적은 없었다. 오히려 그 반대였다. 한때 안경 같은 시각 보조 도구 하나 없이 집을 나갔던 때가 있었다. 왜곡되고 흐릿한 세계, 먼 곳은 소리와 냄새로, 가까운 곳은 표면과 입체로 존재하는 세계. 나는 그 세계를 만질 수 있었다, 아니, 만져야만 했다. 그 정체를, 그 본질을 알기 위해서 말이다. 나는 그렇게 접한 세계가 내 두 눈으로 본 세계보다 더 현실적이라고 느꼈다. 시각은 거리를 필요로 하는 감각이다. 대상을 아주 가까이에서 본다고 하더라도 주체와 객체는 무조건 서로에게서 거리를 두어야 한다. 아주 짧은 거리라 하더라도 말이다. 이와 달리 후각이나 촉각은 아주 내밀한 과정이어서, 그 감각들로 인지되는 대상은 인지하는 주체와 결합한다. 비록 아주 짧은 순간이긴 하지만, 그때 주체와 객체는 하나가 된다. 낯선 사상을 이해하고 파악하고 따라가는 것, 낯선 생각을 건드리는 것 역시 그만큼 내밀한 행동이다. 그것은 나와 저 낯섬 사이에 존재하는 모든 거리를 버리는 행위이며, 궁극적으로는 자기 자신을 버리는 행위이다. 어디에 어떻게 착륙할지도 모른 채 저 아래로 내려앉는 일.

사진 속의 남자는 밝은색의 짧은 머리카락에 옆가르마를 탔으며, 작고 둥근 안경을 끼고 어두운색 양복과 하얀 셔츠를 입었다. 넥타이는 회색이다. 그는 나무로 만든 선 베드에 누워 있었는데, 배경에 풀숲이 보여서 주위에 나무들이 있음을 짐작할 수 있었다. 얼굴은 긴장감 없이 편안해 보였다. 그는 카메라를 보고 미소를 짓고 있었다. 아니, 카메라 쪽으로 미소를 짓고 있었다고 할까. 그 미소는 사진사를 향한 거였을까? 어쩌면 사진사가 여자였을까? 그 따뜻한 미소는 오직 자기가 잘 알거나 잘 안다고 생각하는 사람에게만 선사하는 미소였다. 다 잘 안다는 미소. 답을 주는 미소.

그는 행복해하고 있었다. 그게 그의 답이었다.

외출에서 돌아온 조앤이 나를 피했기 때문에 그 사진에 대한 질문을 던질 기회가 없었다. 대니에게 잘 다녀왔는지 물어보려고 거실에 들어설 때마다 조앤은 거실을 빠져나갔다. 맞은편 문을 통해 온실로 휙 사라지는 것을 볼 수 있었다. 조앤을 쫓아가려 해도, 그녀는 내가 부르는 걸 듣지 못했는지 온실 입구와 연결된 방을 통해 2층으로 올라가 버렸다. 내가 포기할 때까지 우리는 이 숨바꼭질을 몇 차례 더 했다. 처음에는 조앤이 대화를 나눌 기분이 아니라 내가 못 쫓아오게 하는 건가 생각했고, 나중에는 혹시 내가 조앤에게 경솔한 말이나 부적절한 어휘로 상처를 주었던 적이 있는지 자문해 보았다. 편지를 쓸까 아니면 부엌에서 볼 수 있게 메모를 남길까 고민했다. 그러다 그런 생각을 접어 버렸다. 뭐라고 써야 할지도 몰랐고, 시간이 갈수록 그녀와 이야기하겠다는 내 바람 자체가 점점 줄어들었던 것이다. 그즈음부터는 조앤만 나를 피한 것이 아니라 나도 그녀를 만나지 않도록 조심했다. 우리는 서로 피해 다녔다.

*봄 방학*이 끝난 어느 날, 나는 에이다 버킨스의 품에 뛰어들었다. 에이다는 그때까지는 목소리로만 알고 있었던 이웃이었다. 그녀는 세인트 줄리언 대학에서 우드론 대로까지 30분 정도 걸어 온 나를 자기 집 대문 앞에서 낚아챘다. 어쩌면 상대적으로 온화한 그날의

저녁 날씨 때문이었는지, 마침 그때 나 역시 그때까지 의욕이 한가득 남아 있었다. 에이다가 차 한잔 마시자고 초대했을 때 나는 기쁘게 받아들였다. 그녀는 나에 대한 모든 것을 알고 싶다고 말했다. 자신에게 내 인생사를 이야기해야 한다는 것이다. 에이다가 엄청난 호기심을 품고 나를 몰아붙여서, 나는 거의 아첨받는 기분으로 내 인생의 주요 여정을 스케치하듯 털어놓으며 그 소원을 들어주었다. 그녀는 그걸 *스케치하다*라고 불렀다. 우리는 지금 *유화*를 그릴 시간이 없으니 *연필*로 그릴 수밖에 없다는 거였다. 에이다는 화가이자 예술가로, 그녀의 존재 전체가 예술, 특히 삶의 지혜에 바쳐져 있었다. 약초를 팔아서 돈을 버는 그녀는 자신을 공인된 치료사가 아닌 영적 치료인이라고 불렀다. 그녀의 치료 방법은 아주 독특했는데, 바로 아시아의(이 부분을 말할 때 그녀의 시선은 내 얼굴에 소위 찰떡처럼 딱 붙어 있었다) 약초를 쓰는 것이었다. 그녀는 자기가 그린 그림에 치유의 힘이 있다고 주장했다. *진짜요?* 그 말을 믿기 어려웠던 나는 얼결에 질문하고 말았다. 진짜라니까요. 그녀는 웃으면서 확인해 주었다. 영 허풍처럼 들린다는 건 자기도 알고 있지만, 성공 사례들을 보면 자기 말이 옳다는 사실이 증명된다는 거였다. 대니는 이 치료 덕분에 뇌졸중에서 회복했고, 중환자실에서 나올 수 있어서 자기에게 감사하고 있다. 지금 대니는 어때요? 에이다가 물었다.

좀 나아지고 있나요?

나는 사실 그녀가 저녁 내내 원했던 건 이 질문 하나였다는 인상을 지울 수가 없었지만, 그럼에도 불구하고 아니면 바로 그렇기 때문에 그녀의 부탁을 들어주었다. 나는 조앤의 독특한 태도에 대해 불평하기 시작했고, 그것은 말 그대로 *판도라의 상자*를 연 *셈*이 되었다.

에이다와 대니는 같은 고등학교에 다녔다. 그들은 같은 학년이었고 몇몇 강의를 같이 들었다. 에이다는 찻잔을 위스키 잔으로 바꾸고 나서 자기가 대니를 사랑하게 되었노라고 털어놓았다. 에이다가 자기와 대니에 대해 이야기하자 삶의 지혜들은 모두 다 사라지고 갑자기 내 앞에 한 인간이 서 있었다. 자신이 상처받았다는 사실을 숨기려 하지 않는 인간. 에이다는 거의 놀라울 정도로 자신의 지나간 감정에 충실했다. 에이다는 그를 사랑했으며 그건 단순한 추앙이 아니라 하나의 결심이었다고 숨기지 않고 고백했다. 그녀는 그의 장점과 단점 모두를 사랑하기로 결심했다. 그리고 불행하게도, 그녀는 그에게 이런 자신의 사랑을 고백하기로 결심했다.

친구들과 작별 인사를 하고 헤어진 후 그녀는 뒤에 남았다. 누가 자기를 보고 있다고 생각되면 계속 가방 속을 뒤적거렸다. 대니가 나타났다. 그는 히죽거리며 떠벌리는 무리에 둘러싸여 있었다. 에이다는 어떻게 해야 사람들의 눈에 띌 수 있는지 몰랐고, 그래서 그냥 불안하게 서 있었다. 갑자기 대니가 머리를 에이다 쪽으로 돌리더니 그녀를 바라보았다. 그는 에이다에게 고개를 끄덕이고는 자기의 동료들을 떠나보냈다. 그리고 에이다에게 천천히 다가와서 혹시 집에 같이 가겠냐고 물었다. 그건 그때까지 에이다가 그토록 고대해 왔던 말이었다. 에밀리 웨브*처럼 에이다는 비난으로 고백을 시작했다. 1년 전까지 자기는 대니를 아주 좋아했었다. 그런데 그 후에 그는 변해 버렸고, 건방져졌다. 쿼터백으로 그리고 무대에서도 성공을 거두며 우쭐해졌던 것이다. 이런 말을 해야 해서 가슴이 아프지만, 가슴이 매우 아프지만, 그러나 친구로서 자기는 정직해야 할 의무가 있다. 그때 그녀는 말을 더듬었다.

그런 뒤 그녀는 웃었다. 이제 그가 충격받은 반응을 보이면서 지난 날들을 후회한다고 말할 차례였다. 그러나 그는 그녀를 다짜고짜 째려보더니 혹시 미친 것 아니냐고 물었다. 그러고는 혼자 집에 가고 싶으면 그러라고 말하더니 그냥 그 자리를 떠 버렸다. 조지 기브스**는 아니네. 그녀는 찡그리며 웃었고 조지의 조도 없네 하고 중얼거렸다. 그때 에이다는 *아이스크림 소다* 한 잔을 떠올렸는데 그 대신 비가 오기 시작했다.

비는 그녀의 머리를 찰싹찰싹 때렸고 두 눈으로 흘러들어 왔다. 어쩌면 그건 눈물이었을 수도 있었다. 아니다, 그녀는 머리를 흔들었다. 눈물은 뜨거운데, 이 물방울들은 차갑다.

에이다는 이후로도 계속 대니를 지켜보았다. 다만 그저 멀리서 지켜보기만 할 뿐이었다. 지켜볼 만한 일은 몇 가지 더 있었다. 〈사운드 오브 뮤직〉의 트랩 대령인 대니, 〈웨스트 사이드 스토리〉의 베르나르도인 대니, 〈라 만차의 남자〉의 돈키호테인 대니였다. 음악 선생님이었던 카지크는 애제자에게 몇 가지 힘든 수련을 요구했지만, 난방도 안 되는 체육관에서 몇 시간 동안이나 노래하고 춤출 준비가 되어 있었던 대니는 어느새 선생에게 사랑받는 배우가 되었다. 마치 히치콕 감독에게 지미 스튜어트가 그랬듯이 말이다. 카지크는 대니가 춤꾼이나 가수 혹은 배우가 되어 브로드웨이에 설 것이라는 확신을 불어넣어 준 사람이었다. 영화는 잊어버려, 댄. 그가 말했다. 진짜 예술, 진짜 예술가는 극장에서 활약하는 거야, 브로드웨이가 너를 부를 거야.

---

* 손턴 와일더의 희곡 「우리 읍내」에 등장하는 인물로 죽은 후 자신의 생일로 다시 돌아가 절절한 고백을 한다.

** 마찬가지로 「우리 읍내」에 등장하는 인물로 에밀리 웨브의 이웃으로 그녀의 애인이 된다.

에이다는 대니가 왜 이 부름을 좇지 않았는지, 왜 차를 타고 떠난 지 겨우 한 시간 만에 시보이건에서 돌아왔는지에 대해서는 알지 못했다. 나는 고교 시절 대니의 피부색이 문제가 되었던 적이 있냐고 조심스레 물었고, 에이다는 발칵 화를 내며 부인했다. 도대체 어떻게 그런 말도 안 되는 생각을 하는 게 이해가 안 된다고, 대니는 자기 학년의 스타였고 모두에게 사랑을 받았고 모두가 부러워하던 인물이었다고 말이다. 그는 풋볼 팀의 쿼터백이었어. 졸업 무도회의 왕이었다고. 그의 피부색은 아무런 문제가 아니었어. 아무도 그런 걸 보지 못했다. 즉 아무도 따돌리지 않았다. 같이 자란 그 누구도 말이다. 그런데 조앤은 그의 다름에 대해 잘 알고 있었고 심지어 그 다름을 더 부추겼어. 겉보기에는 조앤 바에즈이지만 내적으로는 재키 케네디였던 그녀가 대니를 흑인으로 만든 거지. 조앤이 없었더라면 대니는 아웃사이더가 되지 않았을 거야. 그녀와 함께하게 되면서 비로소 그는 자기가 이방인이라고 느꼈고 그렇게 행동했어. 에이다는 대니가 뇌졸중을 겪기 직전에 다시 그와 가까워졌다고 말했다. 그때 그는 에이다에게 누가 자신을 아웃사이더로 만들었는지 고백했다는 것이다.

아이스크림 소다 한 잔을 놓고서 말이다.

그날 이후로 에이다는 내가 대니에 대한 책을 쓰고

있다는 소문을 퍼뜨렸다. 그린 베이에서 에이다의 소프라노는 조앤의 알토 소리보다 훨씬 많은 사람의 귀에 가닿았다. 어떤 사람들은 내 작업이 백인만으로 들어찬 도시에 사는 흑인 대니의 어린 시절을 담을 거라고 했다. 또 다른 사람들은 대니의 삶은 소설을 쓰기 위한 바탕일 뿐이라고, 그 소설은 영화 시나리오가 될 거라고, 그리고 그 영화에는 적어도 덴젤 워싱턴만큼 유명한 일급 배우들이 나올 거라고 떠들었다. 그즈음부터 신문과 담배를 파는 보스네 가게 혹은 에버트&거버트 가게에 뭔가를 사러 나가면 나는 내 출신에 대해서가 아니라 내 직업에 대한 사람들의 호기심과 맞닥뜨렸다. 이전의 내가 할리우드 영화에 나오는 *중국 여자*였다면 이제는 할리우드에서 파견된 대사가 된 것이다. 하지만 나에게 직접 대니에 대한 소설을 쓰고 있냐고 물어본 사람은 없었다. 있었더라도 왜 하필이면 대니냐고 물어보는 정도였을 것이다. 사람들은 그저 대니나 조앤 아니면 자기 자신에 대해 이야기를 하려고 나를 찾았다. 이처럼 무엇인가를 전달하고 싶다는 사람들의 욕구는 퍽 놀라웠다. 이전까지 나는 이 동네 사람들이 말수가 적다고 생각했기 때문이다. 내가 조앤을 피하려고 오전을 앨의 햄버거 가게에서 자주 보냈기 때문에 말할 게 있는 사람들은 그곳으로 와서 나를 찾았다.

앨의 가게는 마틴 스코세이지의 옛날 영화들을

상상하면 떠오를 법한 식당이다. 그곳은 방이 여럿 있는 널따란 가게가 아니라 좁다랗고 지붕이 낮은 식당으로, 기다랗고 폭이 좁은 두 개의 우윳빛 유리 창문이 나 있다. 바닥 타일은 밝은 갈색으로 마치 목욕탕에 앉아 있는 것 같은 느낌을 주었다. 파란색 바 의자들 앞에 놓인 긴 탁자 맞은편에는 엘비스 프레슬리 포스터가 걸려 있었고, 한쪽에는 버터, 우유, 맥주가 가득 들어 있는 냉장고와 엄청나게 큰 바비큐 그릴이 있었다. 아침에는 기껏해야 한 명의 손님만이 바 의자에 앉는다. 밤 근무를 끝내고 집에 가는 길에 들른 그 손님은 감자튀김과 양파 링을 치즈 버거와 같이 먹어 치운다. 길 쪽으로 난 유리 창문 옆으로는 녹색으로 *위스콘신에 온 걸 환영합니다Welcome to Wisconsin*라는 간판이 걸려 있었는데, 그건 뉴 글라루스 맥주 회사의 협찬품이었다. 바닥 타일과 잘 어울리는 긴 천 의자는 앉을 때 삐걱거리는 소리를 냈다. 이 소리는 라디오 음악보다 크게 들렸다. 그곳의 아침은 보통은 브루스 스프링스틴의 노래로 시작되었다. ……*이봐, 난 아무 데도 가지 않아 / 난 그냥 이런 쓰레기 같은 곳에서 살고 있어*…….

두 번째 커피를 마실 때 벨이 내 곁으로 왔다. 이 가게의 임대인인 그녀는 아주 튼튼하고 둥근 팔을 가지고 있었다. 원래 여기에는 앨이라는 사람이 있었다고, 벨은 나를 처음 보자마자 바로 털어놓았다. 그녀의 머리가 아직 자연산 금발이었고 티셔츠가 멀쩡했을 때의 이야기라고 했다.

나는 늘 내가 좋아하는 식탁에 앉아서 방문객을 맞이할 수 있었던 게 밸의 배려 덕분일 거라고 추측했다. 아니다, 맞이했다기보다는 맞이할 수밖에 없었다. 날 찾아오는 사람들을 거절하지 못했던 것이다. 물론 딱 잘라 거절하기 어려운 입장이었던 것도 사실이지만, 한편으로는 그런 종류의 막무가내에 마침표를 찍지 못하는 내 무능함 때문이기도 했다. 처음에 나는 그런 대화들을 줄이고 싶은 충동을 느꼈다. 나는 낯선 곳에 가면 익명으로 존재하는 쪽을 좋아한다. 심지어 나는 내가 고향이라 부르는 장소에서도 단골이 되는 게 불편해서 나를 알아보는 가게에는 절대 다시 가지 않는다(나만의 자리를 얻는다는 것은 내게는 없는 재능이다). 하지만 나는 앨의 가게에서 시간을 보내면서 내가 작가 역할로 축소되는 상황을 즐기게 되었다. 이 역할은 나를 나 자신에게서 멀리 떨어뜨려 놓았고 말 그대로 나는 말 뒤에 숨을 수 있었다. 그러자 나 혼자 녹색 만(灣)이라 지칭한 이 장소에 대한 상상과 이 도시 사람들이 *연인*들이라고 불렀던 조앤과 대니에 대한 상상이 내 안에서 자라나기 시작했다.

연인들이라는 명칭이 항상 호의적인 의미로 쓰인 건 아니었다. 대니와 조앤은 한 쌍으로만 눈에 띄었다.

흑백 커플은 1970년대 초만 해도 밀워키의 대로에서조차 보기 어려운 조합이었다. 그러니 당시 인구가 9만이고 주민 대다수가 폭스강이 휘감고 있는 제지 공장에서 일하는 그린 베이 같은 소도시에서는 말할 것도 없었다. 2차 대전 이전에도 이미 인구 증가가 있었던 이 도시는 공장이 제공하는 높은 임금과 안정적인 고용으로 사람들을 유혹했다. 그 뒤에는 전쟁에서 돌아온 사람들과 그 가족들로 인구가 다시 증가했다. 주택을 대량으로 지을 때는 도시 전체가 공사장으로 변했다. 그러나 동네 이웃들은 그대로 모두 백인이었다. 그렇게 되도록 사람들이 신경을 썼기 때문이었다. 20년이 지나도 도시의 모습은 별로 변한 것이 없었다. 50년이 지나도 말이다. 2000년대가 시작되었을 때도 그린 베이는 놀라우리만치 똑같았다. 조앤은 그린 베이 온 사방을 둘러봐도 동양 인종은 내가 유일하다고 말했는데 그건 틀린 말이 아니었다.

심지어, 에이다가 묘사한 바에 따르면 조앤과 대니는 사랑에 빠진 것을 비밀에 부치지 않았다. 길거리에서 열정적으로 껴안고 키스하고 손을 꼭 잡고 다니던 이들의 쇼맨십에 가까운 사랑은 이 동네 사람들에게는 낯설고 불쾌한 것이었다. 이게 진짜 사랑인지 단순한 욕정인지 많은 이들이 의문을 표했다. 아니면 이렇게 공공연하게 애무를 하는 게 일종의 도전이라고, 거의 정치적인 행동이라고 보는 사람들도 있었다. 좁게 보면 아프리카계 미국인의 동등한 권리를 주장하는 행동이고, 넓게 보면 소수자에 대한 압박에 맞서려는 투쟁적 행위라는 거였다. 또한 어떤 사람들은 이들이 영화를 촬영하고 있다고 생각했고, 또 몇몇은 대니가 그린 베이 패커스의 선수라고 생각했다. 이 두 경우에 대니는 사인을 해 달라는 요청을 받았다. 하지만 사인을 요청한 사람들은 그 커플을 더 자세히 들여다보고는 자신들이 오해했음을 깨닫게 되었다. 그러면 그들은 불평에 맞부딪혔다. 아웃사이더의 불평.

왜 조앤이 대니를 사랑하게 되었는가는 더 이상 설명이 필요 없는 사안이어서 아무도 궁금해하지 않았지만, 대니가 왜 조앤을 사랑하게 되었느냐고 묻는 사람은 꽤 많았다. 조앤은 건방지고 자기중심적이고 잘난 척하는 사람인데 뭐가 그리 잘났는지? 조앤은 예쁘거나 귀여운 편은 전혀 아니었고 매력적이지도 않았다. 옷을 잘 입고, 물론 그것은 맞고, 키도 컸다. 머리카락은 흐린 갈색이었고 앞머리는 *뻣뻣했다*. 얼굴이 *좁았는데* 머리카락이 직모이다 보니 원래보다 더 좁아 보였다. 사람들이 보고도 그냥 지나치기 쉬운 외모였다. 하지만 눈 색깔만은 좋은 평을 받을 만했다. 예전에 조앤의 눈은 빛나는 파란색으로, 파랗다기보다는 터키석의

청록색이어서 마치 대서양처럼 빛이 났다. 이제는 낡아 버린 콘크리트처럼 잿빛으로 변했지만 말이다. 딱 한 사람만이 조앤의 편을 들었는데, 바로 이번 금요일에 만난 오티스였다. 그는 *초콜릿 칩 쿠키*를 먹으려고 이 가게에 들른다고 했지만 밸은 일주일 전만 해도 이 쿠키를 판매하지 않았었다. 오티스 본인의 주장에 따르면, 그는 트루트만 가족의 친구는 아니지만 그린베이 역사 협회의 창립 멤버이자 체스 클럽의 회장이고 무엇보다도 사려 깊은 동시대인이자 관찰자다. 마치 스스로를 연대기 기록자로 임명한 듯, 내가 보기에 그는 정말 주관적인 객관성을 가지고 조앤의 어머니에 대해, 바로 그 *괴물*에 대해 이야기해 주었다.

조앤이 태어난 지 아홉 달이 되었을 때 케이틀린은 가방을 싸고 나서 남편과 아이를 떠나겠다고 선언했다. 자기 자신을 찾기 위해서라는 거였다. 그날 밤에 경찰이 출동했다. 조앤이 너무 울어서 이웃 사람들을 깨웠기 때문이었다. 그 뒤에 제임스가 부인을 때리곤 했다는 소문이 돌았다. 그래서 부인이 집을 뛰쳐나갔다는 거였다. 제임스는 친구들과 지인들을 통해서 케이틀린이 도박 중독이고 그의 재산의 상당 부분을 탕진했다는 소문을 퍼뜨려 자신을 방어했다. 조금 지나자 케이틀린은 이혼 서류를 제출했다. 재판에 참여한 증인들은 판사 앞에 나와서 선서를 하고서 제임스의 부인은 히스테리를 가진 알코올 중독자이며 자기 자신이나 아이에 대한 책임을 질 수 없는 사람이라고 증언했다. 제임스는 부인에게서 조앤의 양육권을 빼앗는 데 그치지 않고 그녀를 금치산자로 확정하려는 소송을 제기했다. 코널리 판사는 그의 편이었고, 자기 자신을 찾고 싶다며 아이를 두고 나가는 여자는 정신병자가 맞다고 생각했다. 그런 여자가 집을 떠나면 아이와 남편에게 오히려 도움이 될 터였다. 하지만 그녀를 금치산자로 보는 건 좀 심했다고 여겼는지 해당 소송은 기각했다. 물론 이혼 서류는 승인되었고 양육권은 아버지에게 넘어갔다. 밀워키의 모든 신문이 이 사건을 자세히 다루었고 케이틀린의 별명을 '캐시'라고 부르게 되었다. 당시 막 베스트셀러가 된 존 스타인벡의 소설 『에덴의 동쪽』에 나오는 여자 주인공의 이름을 딴 것이었다. 어떤 사람들은 캐시에게 전기 자극 치료 같은 수단을 다 동원해서라도 정신을 차리도록 만들어야 한다고 말했다. 또 어떤 사람들은 캐시가 선천적인 변태임이 확실하다고, 그런 여성은 뇌 절제 수술을 해서라도 제정신으로 돌아오게 해야 한다고 말했다. 하지만 결혼이라는 덫에 걸린 남편이 동정을 받아 마땅하다는 점에서만큼은 모두의 의견이 일치했다.

오티스의 설명에 따르면, 당시 이미 먼 곳에 살고 있던 케이틀린은 자신에게 내린 여러 진단과 선고에 전혀 흔들리지 않고 자신이 추구하는 길을 계속 따라갔다. 밀워키에서 북쪽으로 약 188킬로미터 떨어진 그린 베이에서 케이틀린을 찾아낸 사람은 조지 콜먼이었다. 본명이 콜레마이넨인 이 남자는 보험 외판원이자 체스 선수이고 취미가 사냥인 사람이었다. 홀아비에 자식도 없었던 그는 케이틀린을 받아주었고, 그런 다음 그녀를 다시 사회로 이끌었고 알코올 중독을 극복하게 해 주었다. 이 결혼은 아직도 이어지고 있다면서 오티스는 이야기를 끝마쳤다. 마치 무(無)에서 태어난 것처럼 자기 엄마에게서 사랑받지 못했던 그녀의 딸 이야기도 동시에 마무리되었다.

그다음 날 조앤이 부엌에서 나를 기다리고 있었다. 식탁에는 김이 나는 커피가 담긴 주전자가 두 개의 찻잔 사이에 놓여 있었고 그 옆에는 아직 따뜻한 *커피 케이크*가 있었다. 눈이 다시 내리면서 어제까지 조금 작아졌던 눈의 산이 다시 커지기 시작했다. 엄청난 눈 덩어리가 쌓여 있던 정원은 하얗게 밝혀지면서 흐릿한 하늘을 압도하기 시작했다. 하늘과 땅이 자리를 바꾼 듯했다.

조앤은 내가 대니에 대한 전기를 쓴다는 말을 들었다고 했다. 그러더니 조심스럽게 혹시 자기에게 질문할 게 있냐고 물었다.

그 순간 조앤이 진실을 들을 자격이 없다는

생각이 들었던 나는 가만히 고개를 끄덕였다.

거실에 있는 남자는, 사진에 있는 그 행복한 남자는 당신의 아버지인가요? 내가 물었다.

조앤은 크게 웃었다. 행복한 남자라니! *너무 귀엽네.*

그 사람은 우리 아버지가 아니야. 조앤은 고개를 세차게 흔들고는 말했다. 아버지는 정말 여러 가지를 하셨지만 행복하지는 않았지.

제임스 오도너휴는 소심하고 남을 믿지 못하는 주식 중개업자로, 차라리 공무원이 더 잘 어울릴 법한 사람이었다. 노름꾼이었던 그의 아버지는 미국으로 가려는 모험가 기질과 부유한 삶에 대한 동경에 휩쓸려 어느 신경 예민한 젊은 여인의 품에 뛰어들었다. 결혼하고 몇 해 지나기도 전에 남편에 대한 부인의 불신은 쌓여만 갔고, 이는 결혼의 파탄을 다룬 수많은 드라마에서처럼 정점을 향해 갔다. 이 부부가 서로 교환한 시선들은 나중에 제임스에게 두려움을 가르치기에 충분했다. 아버지가 죽은 후에 오도너휴는 어머니가 파도 속의 암석 혹은 바위와 같은 존재임을 깨달았다. 잠자코 파도에 감겨들 수도 있지만 방해가 되는 것들을 모두 산산조각 내기도 하는 바위 말이다. 이 어머니의 머리에서 케이틀린을 모함하고 금치산 선고를 내리게 하자는 계획이 나왔다. 금치산 선고가 좌절된 것은 그녀에게 타격을 입혔지만 그건 사소한 실패일 뿐이었다. 그것만 빼고 그녀는 계획했던 것을 모두 다 이루었다.

나는 유모가 길렀거든, 조앤이 말했다. 아버지가 아니라. 아버지는 할머니가 옆에 있을 때만 내게 다가올 엄두를 냈었지. 제임스는 엄격함을 유지할 능력이 없었고, 어쩌다 선보이는 엄격함은—적어도 유모가 보기에는—어머니를 향한 딸의 반항심을 기르는 용도로만 쓰였다. 딸과 아버지 둘만이 집에 있을 때면 그는 딸에게 모든 걸 다 해도 된다고 허락했다. 딸이 엄마 없이 자란 게 자기 책임이라고 생각했기 때문이다. 모든 수단을 다 동원해서 애썼더라면 부인이 집에 남게 되었을 수도 있지 않았을까, 그는 이런 자책 속에서 어린 조앤을 대했다. 딸은 아버지의 그런 모습을 보면서 그를 향한 존경심을 모두 잃어버렸고, 결국 그에게 그냥 어머니와 다시 합치라고 요구했다. 그때 조앤은 열두 살이었고 유모가 죽어서 무덤에 묻힌 지 며칠이 채 지나기도 전이었다. 아버지가 이 부탁을 들어주지 않자 조앤은 집을 나갔지만, 그다지 멀리 가지는 못했다. 버스 정류장에서 잡힌 그녀는 황금 새장에 다시 갇혔다.

밀워키의 거리에서 [흑백] 분리 정책을 끝내자고 호소하는 운동이 벌어졌을 무렵, 제임스는 전처에게 딸을 만나 달라고 호소하고 있었다. 케이틀린은 오랫동안 망설였다. 마침내 그녀는 딸을 만나기로 했고, 멀리서 제임스가 이 만남을 지켜보았다. 조앤과 케이틀린은 밀크셰이크를 마시면서 지난 12년에 대해 이야기했다. 더 이야기할 소재가 떨어졌을 때 조앤의 잔은 아직도 반쯤 남아 있었다. 그럼에도 딸은 엄마를 만났다는 사실을 너무 좋아했고, 이제 여름마다 엄마를, 그린 베이에 있는 엄마의 집을 방문할 거라고 주장했다.

그린 베이의 여름은 길었다. 밀워키보다 길었다. 시간은 흐르지 못하고 멈춘 채로 숨 쉬는 것조차 힘든 습기와 더위 속에 갇혀 있었다. 조앤이 그렇게 고집불통이 아니었다면 자기 어머니가 모범 여성(착한 엄마라 하자!)일지도 모른다는 희망을 일찌감치 내려놓았을 것이다. 케이틀린과 조지가 제공한 방은 사람이 살 공간이라기보다는 진짜 창고에 더 가까웠다. 이 공간에는 좁은 침대와—여성 협회의 요구에 따르기 위해—케이틀린이 1년에 한 번 사용하는 재봉틀, 낡은 구두와 스케이트, 정원 일에 쓰는 손수레, 그리고 케이틀린이 아직도 작별할 수 없었던 인형과 봉제 동물 인형 들이 있었다. 조앤은 몸과 가방을 그 안에 꾸겨 넣었다. 옷장을 넣을 공간도 없었다. 이 좁은 공간은 그 집에 사는 모든 이에게 불만의 대상이 되었다. 조앤은 자리가 없다고 불평했고 케이틀린은 창고에 박아 놓았던 물건들을 버려야 해서 불만이었고 조지는 이 불평을 같이 들어야 하는 상황 자체가 불만이었다. 그는 도어 카운티에 있는 자기의 별장으로 물러갔다가 조앤이 밀워키로 돌아가는 고속 버스를 탈 때 돌아오는 방식으로 이 문제를 해결했다. 별장에 머물던 그는 자신의 핀란드인 할아버지와 아버지가 같이 지은 오두막에서 히틀러의 『나의 투쟁』 영어본을 한 부 찾아냈다. 이 여름과 이후 다섯 해의 여름 동안, 그는 자기 할아버지와 아버지가 이해는커녕 읽지도 못했을 이 책을 어떻게 손에 넣었을까를 추측하면서 보냈다. 그들 둘 다 대부분의 핀란드 사람처럼 벌목꾼으로 미국에 왔고 결국 자기만의 나무 물레방아를 갖게 되었지만, 읽는 것을 배울 시간이 난 적은 한 번도 없었다. 그들은 문맹이었다.

조앤은 케이틀린과 의견이 달랐을 때도 늘 화해로 끝맺었다. 어머니와 딸의 드라마는 어머니가 딸을 원치 않았다는 원망과 눈물로 끝났지만, 우습게도 '사실은 그렇지 않았단다'라는 반쯤만 진실이었던 맹세가 결정적인 파국을 막아 냈다. 그들 사이의 끈은 가느다란 데다 흐트러져 있었다. 책에서 읽었던 희생하는 어머니, 모든 것을 헌신하는 어머니는 조앤의 상상 속에만 존재하고 있었다. 조앤은 고등학교 졸업 학년이 되어서야 케이틀린이 *어머니*라는 개념을 남들과 다르게 이해하고 있음을 알아차렸다. 이때부터 조지는 자기의 부인까지도 오두막에 데려가야만 하는 상황이 되었다. 그때부터 그는 자기 조상들의 정신 상태에 대해 생각해 볼 시간을 얻지 못했다. 조앤이 케이틀린에게 다음처럼 썼기 때문이다.

사랑하는 어머니께

엿이나 먹으라고요.

J.

조앤은 찡그렸다. 자기는 그 편지에다가 별 상처가 되지 않을 말들과 이런저런 변명 같은 것만 늘어놓았는데, 지금 생각해 보니 그렇게 순순했던 게 화가 난다는 거였다. 그녀는 그 편지 이후 몇 해 동안은 그린 베이에 나타나지 않았으며, 그녀가 추측한 바에 따르면, 케이틀린은 그제야 안도의 한숨을 내쉬었다. 조앤이 보기에는 자기와 대니에게 공통점이 있었다. 바로 어머니가 없었다면 모든 게 더 좋았을 것이라는 사실이다. 혹시 당신은 이 어머니라는 호칭에 합당한 어머니가 있어? 조앤이 내게 물었다.

이 질문에 어떻게 대답해야 할지 확신이 서지 않았다. 나는 아버지가 날 키웠다고만 짧게 말했다.

그래.

조앤은 고개를 끄덕였고, 이제 다시 기억이 난다고 말했다. 그런데 내가 반쯤 고아였는지 아니면 반쯤 버려진 아이였는지는 모르겠네. 버려진 아이

쪽이요 하고 대답한 나는 이 말이 돌풍처럼 질문을 몰고 오리라는 걸 알고 있었다. 첫 번째 질문은 우리 어머니도 나를 버렸냐는 것이었다. 완전히 그렇다고 볼 수는 없어요. 내가 어머니 편을 들려고 애를 쓰는 상황이라니, 나조차 호기심이 들었다. *완전히 그렇다고 볼 수는 없어요.* 그게 무슨 뜻이냐고 조앤이 물었다. 우리 부모는 내가 태어난 다음 몇 년 동안 별거했거든요. 나는 그 별거가 합의 별거였다고 강조했다.

조앤은 뭔가를 곰곰이 생각하면서 나를 바라보았다. 그러고 나서 어머니를 자주 방문했는지 물었다. 나는 고개를 저었다. 아버지가 나를 혼자 여행 보내도 되겠다고 생각하자마자 매해 여름 혼자 어머니를 방문했다는 말을 왜 꺼내지 않았는지는 모르겠다. 아버지는 나의 자립성을 추호도 의심하지 않았는데, 그건 아버지 자신의 독립을 쟁취하기 위해서였다. 나는 7월 내내 서울에 있는 어머니의 10층 원룸 아파트에서 지냈다. 왜 하필 집중 호우가 내리는 7월에 서울로 갔는지는 더 이상 기억나지 않는다. 나는 그전에는 그렇게 가차 없는 비를 본 적이 없었다. 하늘이 무너져 흘러내리는 것 같았다. 나는 선풍기 앞에 앉아서 어머니가 연습하는 소리를 듣곤 했다. 나는 그녀를 어머니라고 부른 적이 없었고 Herz*의 시작 철자 H의 발음인 Ha[하]라고 불렀다. 아버지는 어머니를 'Mein

Herz'**라고 불렀다. 나는 어머니의 첼로 연주를 기억한다. 연주가 끝날 무렵 공기 속에 여운을 남긴 몇몇 음도 기억이 난다. 오후에는 혼자서 시간을 보냈는데 Ha가 레슨을 했기 때문이었다. Ha는 작곡가였지만 의뢰가 들어오지 않았다. 그녀는 내게 아파트를 나가지 말라고 엄하게 일러두었지만 나는 1층으로 내려가는 엘리베이터를 한 번 이상 탔다. 엘리베이터에서 나와 현관문까지 몇 미터를 걸어가서 문을 열고 자유로운 공기를 향해 머리를 내밀면 소음, 냄새, 더위와 습기가 나를 감쌌다. 그러고 나면 다시 엘리베이터를 타고 가르소녜르***로 돌아왔다. 가르소녜르는 내가 Ha의 집에 붙인 이름이었는데, 그 명칭을 쓴 가장 큰 이유는 Ha가 이 단어를 발음하지 못했기 때문이다. 이후 Ha는 내가 고등학교 졸업반일 때 재혼했고 빈으로 나를 보러 오겠노라고 약속했다. 그러나 약속을 지키지 않았다. 그 이후로 나는 다시 그녀를 보지 못했다.

어머니는 1980년대 말에 서울로 돌아갔어요. 그때는 남한과 오스트리아를 왕래하기가 쉽지 않았어요. 나는 큰 소리로 말했다. 조앤은 나에게 물어보는 듯한

---

* 독일어로 마음이라는 뜻.

** 내 마음, 내 사랑이라는 뜻.

*** garçonnière. 독신용 아파트를 뜻하는 프랑스어.

눈빛을 보냈다. 비행기 표가 비쌌었고요. 냉전 시대였고 여행은 시간이 오래 걸렸어요. 냉전이라고? 그녀가 물었다. 북한의 테러 공격을 두려워했거든요. 내가 말했다. 여행 시간이 오래 걸렸다고? 스물두 시간에 더해 알래스카에서 중간 기착을 해요. 알래스카? 그녀가 물었다. 앵커리지 말이에요. 내가 말했다. 어머니를 마지막으로 본 건 언제야? 그녀가 물었다. 1996년이요. 그다음에는 못 보았고? 나는 못 보았다고 고개로 표시했다. 그녀는 천천히 고개를 끄덕였다. *우리 클럽에 온 걸 환영합니다 Welcome to the club.*

다시 만났을 때, 어머니가 나를 바로 알아보았냐고 그녀가 물었다. 물론이지요. 내가 말했다. 그러면 대니보다 사정이 좋네. 그녀가 말했다.

캐럴에게 유일하게 중요했던 것은 골프였어. 아마추어 대회에는 모두 참가했는데 별 성과는 없었지. 그래도 날씨가 어떻건 간에 상관하지 않고 늘 연습했대. 눈이 올 때만 집에 있었어. 캐럴은 눈을 싫어했거든. 대니는 골프를 치지 않았지만 캐럴 때문에 골프 클럽 회원이 되었지. 어느 날 그는 캐럴에게 말을 건넬 유리한 순간을 찾고 있다고 내게 말했어(유리한 순간, 나는 중얼거렸다). 그때 난 이렇게 대답했지. 유리한 순간 같은 건 없어. 캐럴을 보면 그냥 바로 말을 걸라고. 당신은 유년 시절 내내 그런 순간이 오기를 기다렸잖아?

이제 어머니의 이름도 알고 그녀가 매일 오전 어디서 뭘 하는지 아는데도 아직까지 유리한 순간이 오기를 기다리고 있다고? 그러자 그는 이렇게 대답했다. 응, 난 유리한 순간을 기다리고 있어. 그는 기다리는 걸 그만둘 생각은 추호도 없었다. 마침내 대니는 새 바지와 새 셔츠와 야구 모자 차림을 하고 골프 클럽으로 갔다. 이 복장은 타이거 우즈에 대한 그의 깊은 존경심을 표현한 것이었다. 클럽에서 돌아온 대니는 접촉이 있었다고 말했다. 접촉? 내가 물었어. 그는 많은 비밀을 품은 채 고개를 끄덕였지. 그는 자기가 먼저 다가갔다고 했어. 그런데 갑자기 캐럴이 자기를 불렀대. 그러니까 어머니가 나를 알아보았구나, 그런 생각이 들었다는 거야. 그 생각은 이렇게 이어졌대. 캐럴은 그린 베이를 떠난 적이 없으니 어느 날 자기 아이가 눈앞의 거리를 걸어가는 모습을 떠올리곤 했을지도 모른다고, 어쩌면 남몰래 그걸 희망해 왔을지도 모른다고 말이야. 그는 한 손을 들어 흔들었대. 정말 놀랍게도 그녀도 같이 손을 흔들어 주었다지. 그는 그걸 자기 쪽으로 오라는 요청으로 이해했고. 그래서 서둘러 그녀에게 갔는데, 너무 떨려서 거의 비틀거릴 정도였대. 그리고 그렇게 그녀 앞에 도착했을 땐 햇빛에 눈이 부셔서 눈을 감을 수밖에 없었더래. 심장은 세차게 뛰어서 박동 수를 셀 수 있을 정도였고 말이야. 그러나 그녀는 그에게 인사를 하지 않고 혹시 그가 잔디 담당이냐고 물었대. 11번 홀에 잔디를 보수할 데가 있다고.

대니는 클럽 회원 가입을 철회했어. 캐럴이 대니를 클럽의 일꾼으로 여긴 첫 번째 사람도 아니고 마지막 사람도 아닐 텐데 그것 때문에 우울해할 필요는 없다고 내가 말했는데도 말이야. 조앤은 그때 자기가 그런 말을 했던 걸 후회한다고 말했다. 그 말, 그 문장이 기억에 둥지를 틀고 밤마다 메아리처럼 나타나는데, 시간이 지나도 사그라들기는커녕 그 소리가 점점 더 커지고 있다고 한다. 그녀는 아주 오래전부터 *과거의 장면*들이 자신을 찾아온다고, 그게 자신이 마주한 커다란 문제라고 했다. 그 장면들은 사소한 것일 때도 있고 중요한 것일 때도 있는데, 어쨌건 이미 지나간 것들이었다. 지나간 뒤로는 일부러 떠올릴 생각조차 하지 않았던 순간들 말이다. 조앤은 언젠가 기억을 불러일으키는 자료를 다 없앨 거라고, 모두 다 정원에서 태워 버릴 거라고, 편지나 일기, 엽서를 전부 태워 없앨 거라고 말했다. 어차피 자기는 그것들을 다시 읽을 생각이 없으니, 굳이 그것들을 놔둬 봐야 거기서 저주 말고 뭘 얻겠냐는 거였다. 그녀는 기억이 반복되는 상황 자체도 고문 같지만, 그보다 더한 고문은 그 기억들이 자기 안에 가라앉아 있는 감정을 계속 불러일으키는 부분이라고 말했다. 고통은 반복되는 기억 속에서 더욱 강력해지고 더 *생생해진다*고 한다. 이 고문에 시달리다 보면 아침에 일어나자마자 자문자답하게 되고, 어느 과거에 자기가 다르게 반응하고 다르게 결정했더라면 인생이 어떻게 흘러갔을지 곰곰이 생각하게 된다. 예를 들어 대니에게 이레네가 병원에 실려 갔다고 말해 주지 않았더라면 어땠을까 하고 생각해 보는 것이다. 이런 생각에 한번 빠져들면 거기서 나올 방법이 없다고 그녀는 말했다.

대니는 양아버지인 프랭크에게서 자동차를, 조시에게는 하얀 셔츠를, 그리고 피터에게는 멋진 바지를 빌렸다. 대니는 흥분해 있었어. 시험을 앞뒀기 때문이기도 하지만, 생전 처음으로 장거리 자동차 여행을 떠나는 거기도 했으니까. *로드 트립* 같은 거잖아. 시카고에서 한 번 쉬기로 했고 다음은 클리블랜드 그리고 화이트 헤이븐에서 또 한 번 쉬기로 했어. 조앤은 다음 날 수업이 있어서 같이 갈 수가 없었다고 한다. 그녀는 세인트 메리 고등학교에서 막 독일어 교사로 일을 시작한 참이었다. 대니는 그게 더 좋은 점도 있다고, 혼자 가면 차 안에서 잘 수도 있다고 히죽 웃으며 말했어. 그래도 마지막 날에는, 그러니까 시험 보기 전날에는 모텔에 방을 잡는 게 어떻겠냐고 말했어. 걱정이 됐거든. 그러자 그의 웃음만 더 커졌지. 그는 어깨를 으쓱하는 걸로 대답을 대신했어. 그의 형제들은 큰 소리로 그를 부추기고 자극했지. 대니는 차에 타더니 세 번 빵빵거린 후에 출발했어. 프랭크는 이별의 뜻으로 손을 들어 올렸고 이레네의 두 눈은 막 젖었지. 대니는 뉴욕을 폭풍처럼 정복할 거였어. 줄리아드는 그에게 홀딱 반해서는 어서 입학하라고 재촉할 게 뻔했지. 한 시간 뒤에 이레네에게 심장 마비가 왔어. 대니가 *주유소마다 멈추고 전화를 하겠다*고 약속했기 때문에 나는 전화기 옆에 붙어 앉아 있었고, 그동안 다른 사람들은 병원에서 기다리고 있었어. 나는 너무 떨렸어. 무슨 말을 해야 할지 모르겠더라고. 그에게 이레네의 상태를 솔직하게 말해 줘도 되는 걸까? 그때 조앤은 사실을 그대로 전할 경우 대니가 바로 돌아올 거라고 예상했다. 대니는 *그의 이레네*를 사랑했고 그녀를 위해 배우가 되려 하고 있었거든. 그는 나머지 가족들은 좋아하지 않았어. 그래서 이렇게 말하곤 했지. 그들에게 과거의 자신은 무릎 위에 놓인 애완동물 같은 거였다고, 그러다가 이제는 길거리로 내쫓지 못해서 정원에 그냥 살게 놔두는, 방치한 경비견 같은 게 되었다고 말이야. 하지만 이레네는 그들과 달랐어. 그녀는 그의 *엄마*였지.

조앤은 머리를 저었다. 이레네는 대니가 그 여행을 멈추기를 원치 않았다고 한다. 이레네는 그가 멀리 가기를, 시험을 보기를, 그리고 합격하기를 바랐어. 하지만 대니는 바로 돌아왔지. 자신을 다시금 설득할 기회를 한 번도 주지 않은 채로 말이야. 현관 쪽에서 대니의 발소리가 들렸을 때, 난 비로소 내가 그 시험에 얼마나 많은 희망을 걸었는지, 얼마나 많은 힘을 싣고 있었는지 깨닫게 되었어. 줄리아드의 학생 자리는 저 바깥 세상으로 나가는 통로가 되었을 거야. 이레네의 장례식 후에 난 대니에게 말했지. 그린 베이에는 미래가 없다고. 그에게도 나에게도 말이야. 여기에 있으면 죽을 때까지 대니는 버거를 굽고 나는 독일어를 가르치게 될 거라고. 하지만 대니는 들으려고 하지 않았어. 자기는 내년에 그 시험을 칠 거라고, 심지어 1년 동안 더 연습할 수 있으니까 오히려 잘됐다고 말하기까지 했지. 나는 회의적이었어. 그가 다음 해에 시험을 잘 준비할 수 있을까 의심했지. 내 생각이 맞았어. 대니는 나이가 많아질 때까지 해마다 시험을 계속 미루었어. 마침내 대니는 아무도 서른 살 먹은 배우 지망생을 받으려 하지 않는다고 내게 설명했지. 나는 침묵했고 두 입술을 다물었고 다시 침묵했어.

그때 내가 무슨 말을 해야 했을까? 이레네가 병원에 누워 있다는 말을 하고 싶지 않았다고 털어놔야 했을까? 그러면 정말 뭔가가 변했을까? 장소는 사람에게 도장을 찍고 각인한다. 장소가 사람을 만든다. 대니도 예외가 아니었다. 대니는 이 도시에 매달렸다. 그것도 간절히 매달렸다. 그는 정말 특별한 재능을 갖고 있었지만, 그 자신은 그 재능이 그린 베이에서만

통한다고 확신했다. 진짜 특별한 것, 평균 이상인 것은 저 바깥에서 온다는 거지. 그건 일종의 딜레마였다. 사실 대니 역시 이 도시의 다른 사람들과 같지 않았다. 그에게는 다른 사람들과 같은 기회가 주어지지 않았던 것이다. 게다가 그는 이 도시 사람들의 평균을 상회하는 재능, 스타로서의 재능을 갖고 있었다. 비록 그 재능은 그가 도달할 수 있는 범위 내에서는 쓰일 일이 없었지만 말이다. 이렇게 그는 모든 면에서 남들과 달랐지만, 그런 그도 결국에는 다른 사람들과 같은 사람이 될 수밖에 없었다. 평균—*지극히* 평범함—에 대한 신념은 이 지역 사람들의 뇌리에 굳게 박혀 있었다. 이 신념은 도시의 모습, 건물, 거리, 고속 도로 진입로, 연결 도로, 다리에서 드러난다. 모든 게 남다를 수 없다는 듯 서로의 모방이며 본뜬 모형이다. 그린 베이는 아무런 특색 없는 도시이고 과거의 늪지대 위에 앉아 있는 회색의 도시다. 그러다 여름이 오면 이 도시가 늪지대 위에 만들어져 있다는 사실을 더는 부정할 수 없게 된다. 참을 수 없는 습기와 함께 모기떼가 출몰하면서 이 지역은 위태로워지고, 그 위태로움만이 잠시 동안 이 도시에 특별함을 가져다준다……. 그런데 어떤 사람이 자기가 바라 오던 것을 스스로 보이지 않는 것으로 만들어 버리면 무슨 일이 일어날까? 아무것도 남지 않을 때까지 자신의 희망을 증발시키고 나면 무슨 일이 일어날까?

조앤은 내 손을 잡고 거실로 데려가서 그 사진을 가리켰다.

무슨 일이 일어나냐면, 낯선 사람의 사진을 벽에 걸고 그걸 *아버지*라 부르게 되지.

그 사진은 네빌 공공 박물관 전시회에서 구한 거야. 대니가 박물관 상점의 할인 함에서 발견했어. 자기는 아버지를 그렇게 상상한다고, 아버지와 함께하는 삶을 그렇게 상상한다고 말했어. 그는 사진을 가져와서 계산대에 세우고는 말했지. 캐럴이 나에게 주지 않은 경험을 지금 살 거야.

내가 질문을 하기도 전에 조앤은 말했다. 아니, 그는 밝은 피부색을 별로 꺼리지 않았어. 그 색깔에 익숙해져 있었지.

우리는 대부분의 대화를 조앤의 자동차 안에서, 그러니까 이미 사용한 공원 입장권과 빈 플라스틱 병, 그리고 가지가지 옷, 재킷, 모자, 장갑 사이에서 나누었다. 조앤은 자신이 센티멘털하지 않다고 생각했지만, 사실 그녀는 추억의 물품들과 결별할 수 없는 사람이었다. 극장표나 주워 온 돌 따위가 죄다 집 안 어느 자리를 차지하고 있었고, 그렇게 모인 것들 모두가 일종의 앨범이자 기억이었다. 그런 관점에서 보면 얼핏 변하지 않는 듯한 그녀의 집은 사실상 계속 변해가는 집에 가까웠다. 비록 집이 그녀의 자동차 안보다는 정리가 잘되어 있긴 했지만 말이다. 눈 덩어리 크기가 줄어들지 않았기 때문에 조앤은 나를 어디에나 데리고 다녔다. 덜컹거리는 버스를 타고 도시 여기저기를 방문하거나 눈을 뚫고 직접 걸어 다니는 건 그녀가 상상할 수도 없는 일이었다. 마침내 나는 대니에 대한 소설이나 전기를 쓰고 있지 않다고 고백했지만, 조앤은 차를 타고 다니는 동안 인간 대니얼 트루트만이 어떤 사람이었는지 이야기하는 걸 그만두려 하지 않았다. 그때 나는 그녀가 내가 아닌 그를 향해 이야기를 하고 있다고, 중단된 대니와의 대화를 다시 이어 가려 한다고 느꼈다. 그렇게 이야기를 이어 가던 그녀는 자기 말 속에서 사라졌고, 그와 함께 목소리도 같이 낮아졌다. 결국에는 몇 마디 단어만 알아들을 수 있었다. 그러나 나는 더 캐묻지 않았다. 그 문장들의 흐름을 중단시키고 싶지 않았다.

우리는 도어 카운티로 가는 길에 있었다. 조앤은 케이틀린이 죽은 다음에 유산으로 물려받은 조지의 오두막을 보여 주기로 약속했다. 안개가 끼어 있었지만 3월에는 흔한 일이었다. 보통은 오후에 안개가 걷혔다. 그사이에 추위의 공격은 좀 누그러졌고 나는 구름 담요에서 햇빛의 구멍을 보았다고 믿었다.

조앤이 자동차 운전에만 온전히 집중하는 바람에 나는 졸기 시작했다. 그런데 돌연 조앤이 말을 하기 시작했다. 대니는 사실 캐럴에 대해 그다지 관심이 없었어. 자기가 캐럴의 아들이었으면 어땠을까를 한 번도 상상해 본 적이 없었으니까. 그가 젖먹이일 때 경험했던 거부는 평생 에피소드와 소문으로 변해서 그를 따라다녔지. 세세한 부분은 이야기하는 사람에 따라 달라졌지만 그가 거부당했다는 사실 자체에 대해서는 다들 입을 모았지. 그런 상황 속에서 대니는 살아가기 위한 전략을 정했어. 캐럴을 그리워하지 않기로 한 거지. 그건 그냥 그리움을 거부한 게 아니야. 대니는 캐럴이 자신을 거부했다는 사실을 거부한 거야. 조앤은 속도를 줄였다. 자기 나름대로 대니의 인생을 그려 보던 사람들 중에 이 부분을 빼먹은 사람은 아무도 없어. 그 누구도 대니를 불쌍하게 여기지 않았지.

나는 '불쌍하다'는 단어를 꾹 누른 뒤 긁어 보았다. 그 희귀하고 낯선 동물, 불쌍한 것. 조앤이 입을 열었다. 무언가를 향한 동경을 키우는 건 그의 주위 사람들에겐 적대적인 행위나 다름없어. 어떻게 다른 삶을 동경하고 있는 사람을 사랑한다고 주장할 수 있겠어? 조앤은 자신에게는 단 한 번의 기회도 주어지지 않았다고 말했다. 대니의 양아버지 프랭크도 그런 사람이었어. 나랑 마찬가지 처지였지.

만약 대니가 진짜 아버지를 찾는다면 과거는 덜 중요해지고 동시에 그에게 강요된 삶의 한 장이 막을 내릴 터였다. 거기에다 아버지를 자기 힘으로 찾을 수만 있다면 자기가 희생자라는 낙인에서 벗어나 한 인간으로 다시 설 수도 있을 터였다. 이 목표가 그의 새로운 뉴욕이 되었다. 모든 노력이 여기에 집중되었다. *아버지를 찾자, 행운을 찾자.* 골프 클럽에서의 불행했던 만남이 있고 나서 조앤은 캐럴에게 편지를 한 통 썼다. 셋이서 만나자는 제안이었다. 캐럴은 두 달이 지나서야 조앤에게 전화를 했다. 캐럴은 이 만남이 좋은 생각인지 확신이 없다고 말했지. 머뭇거리면서 이렇게 말했어. *어쩌면 한번 시도는 해 보아야겠지요.* 캐럴은 조앤에게 주소를 주고 조앤과 대니를 저녁 식사에 초대했다. 대니는 그 상황을 진심으로 반기지는 않았다. 골프 클럽에서 캐럴과 만났던 순간, 대니는 그간 이레네와 프랭크가 캐럴에 대해 자기에게 말해 준 여러 '썰'들이 모두 사실이었음을 직접 확인했던 것이다. 그러나 대니는 캐럴과 친분을 쌓게 된 상황을 기꺼이 받아들였다. 오직 아버지를 찾기 위해서. 자기와 같은 희생자였을 그 남자를 찾기 위해서.

우리는 스터전 베이로 향하는 국도에 도착했다. 안개는 걷히지 않고 오히려 내다보기 더 어려워졌다. 한 시간 전만 해도 더 멀리 더 넓게 볼 수 있었는데 말이다. 그때 나는 저 멀리에 있는 나무들과 전봇대를 하나하나 알아볼 수 있었다. 아니, 아닐 거라고, 그건 착각이었을 거라고 조앤이 확신 없이 말했다. 조앤은 그사이에 속도를 많이 줄여서 거의 멈춰 버린 듯한 느낌이 들 정도였다. 나는 안개를 뚫어지게 바라보는 것 말고는 아무 할 일이 없었다. 보는 행위는 뚫어지게 보는 것으로 변형되었는데, 더 오래 뚫어지게 볼수록 귀가 더 머는 듯한 느낌이 들었다. 마치 두 눈을 뜨고 자는 것 같았다. 이 안개는 눈이 더 발전한 것이었다. 안개도 눈처럼 세상을 뒤덮어 숨겼다. 이게 안개의 본성이고 목적이었다. 보는 걸 방해하는 일만큼 한결같이 계속할 수 있는 게 있을까? 관찰자의 눈 속에 있는 세계를 지워 버리는 것, 눈이 멀게 만드는 것, 수천만 개의 물방울을 통해서 말이다.

나는 가시성은 하나의 멍에라고 말했다. 조앤이 들으라고 한 말은 아니었다. 그녀는 나를 쳐다보지 않은 채 내가 문장을 더 정확하게 말해야 한다고 중얼거렸다. 그러더니 지금 자기는 더 많은 가시성을 원한다고, 그렇지 않으면 며칠이 지나서야 목적지에 도착할 것이라고 말했다. 나는 다음 휴게소에서 쉬자고 제안했다. 커피를 한잔 마시는 게 좋겠어요. 조앤이 동의했고 우리는 몇 분간 스무고개 놀이로 시간을 보냈다.

마침내 조앤은 저 멀리서 색깔이 있는 점을 하나 찾아냈다. 짙은 회색을 배경으로 붉은 지붕이 솟아 있었다. '벨기에식 행복'이라는 그 레스토랑은 완전히 조용했다. 아무것도 보이지 않았지만 우리는 창가에 앉았다. 클레어라고 자기를 소개한 뚱뚱한 금발의 종업원은 알고보니 밸과 쌍둥이였고 우리에게 커피 두 잔을 가져다주었다. 나는 *라바 케이크**를 하나 주문했는데, 벨기에 식당에서 초콜릿을 먹어 보지 않는 것은 부당하다는 생각이 들어서였다. 하지만 생각해 보니 우스운 결정이었다. 이곳의 초콜릿은 메뉴에도 쓰여 있듯 미국에서 만든 거였다. 애초에 벨기에 초콜릿이 있을 리가 없었던 것이다. 나는 포크를 접시 가장자리에 놓았다. 조앤은 내 케이크를 자기 숟가락으로 잘라 먹기 시작했다.

그 생각을 못 했어 — 입안에 케이크를 잔뜩 넣은 채 — 그녀가 말했다. 무엇을요? 내가 물었다. 당신이 혼혈이라는 사실, 그녀가 대답했다. 당신은 완전히 아시아 사람처럼 보이거든. 조앤은 나를 (다시) 자세히 관찰했다. 그녀는 내가 어머니와 닮았냐고 물어보았다. 네, 그쪽을 더 많이 닮았어요. 내가 대답했다. 조앤은 고개를 끄덕이며 입안의 빵을 씹었다. 그러고는 내게 어떤 문화권을 자기 문화권이라고 느끼는지 물었다. 아시아인가 유럽인가? 아니면 혹시 당신은 이 세상에 흩어져 있는, 뿌리 없는 중생 중의 하나인가? 다시 말해 여기도 저기도 다 집이 아닌 것은 아닌가? 그녀는 창밖을 바라보았다. 그럴 수는 없지. 그녀는 중얼거렸다. 외모가 영혼에 아무런 영향을 끼치지 않는다는 말 말이야.

나는 그 말에 예민해졌다. 몇 주 전부터 나는 이 겨울이 끝나기를 기다리고 있었다. 세상을 다 덮어 버린 추위와 눈 때문에 눈으로 덮이지 않은 곳, 감추어지지 않은 곳을 발견하는 건 거의 불가능한 일이었다. 추위와 눈은 나의 마음을 아프게 때리고 있었다.

나는 뿌리가 있어요. 나한텐 분명한 뿌리가 있다고요. 이렇게 말한 뒤 나는 다시 입술을 깨물었다. 내가 생각이란 걸 할 수 있게 되자마자 사람들은 나만 보면 뿌리가 없냐는 노래를 해대기 시작했어요. 인생이 좀 꼬였다고 해서 딱히 다른 뭔가를 시도해 볼 수도 없는 애한테 뿌리를 잊고 사는 거냐는 말을 해댔다고요. 그사람들이 말하는 '뿌리 없음'이란 시장의 야채상이 나에게 건네는 *곤니치와*라는 말하고 같은 거예요. 나에 대한 *인종 검사*를 수행하려는 행동이라고요. 분명한 뿌리가 있다는 게 아버지 쪽이 당신 뿌리라는 말이야? 조앤이 전혀 흥분하지 않고 내 말을 잘라 들어왔다. 나는 긍정했다. 그러면 어머니 쪽은 어쩌고? 조앤이 물었다. 그쪽은 무시해도 돼요. 내가 대답했다. 어머니와 시간을 보낸 적이 거의 없어요. 태어나고 첫 3년은 기억이 안 나고, 뒤를 잇는 기억의 조각들도 별 가치가

---

* 초콜릿이 용암처럼 흘러내리는 케이크.

없어요. 그냥 아는 사람과 드문드문 만난 것 같은 정도예요. 그래도 당신 어머니는 당신이랑 많은 시간을 같이 보냈네. 조앤이 말했다. 어느 정도로요? 나는 혼란스러워하면서 물었다. 어머니는 당신 안에 있어, 그건 당신이 받아들이려 하지 않아도 어느새 그저 보게 되는 거야, 당신이 거울을 볼 때마다, 당신이 거울 속의 당신 모습을 볼 때마다, 어머니가 거기 있는 거야. 조앤이 주장했다. 그게 당신에게 큰 영향을 미쳤을 게 틀림없어. 아뇨, 당신 말과 반대예요, 거울을 볼 때마다 나는 나를 봐요, 어릴 때 소파에서 떨어지면서 생겼던 내 이마의 상처를 본다고요, 좀 더 길면 좋았을 텐데 하고 소원하는 내 눈썹을 보고요, 그리고 내 갈색 머리 속에서 새치를 발견해요. 나는 대답했다.

조앤은 나를 회의적인 시선으로 바라보았다. 그러더니 다시 입을 열었다. 당신 안에 있는 아시아 여자를 받아들이지 못하는 거 아니야? 아시아적인 부분이 남들이 당신을 그렇게 봐 줬으면 하는 유럽적인 부분보다 훨씬 더 시각적으로 두드러지지. 당신은 자신을 속이고 있든지 아니면 자기 출신을 부인하고 있는 거야. 아니면…….

조앤은 내가 내 안에서 먼저 나 자신을 본다는 것을 믿으려 하지 않았다. 아시아 여자도 아니고, 아시아계 오스트리아 여자도 아니고, 나, 프랜, 그저

*프랜만*을 본다는 것을. 나는 그녀의 불신이 (작지만) 근거가 있다는 점을 인정하려 하지 않았다. ……나는 왜 어머니의 출신이 아버지의 출신보다 더 중요히 여겨져야 하는지를 전혀 이해할 수 없었다. 처음에는 내 주변에서는 아버지 쪽을 보지 않는구나, 사람들이 그쪽에는 이미 익숙해져 있기 때문인가보다 하고 생각했다. 그러다 나중에는 이 *보지 못하는 것*이 혹시 일종의 결정 같은 건 아닐까 하고 자문하기 시작했다. 어쩌면 사람들은 내게서 그냥 인간이라는 카테고리만 보기로 결정한 건지도 모르겠다고 말이다. 반면에 내 안의 또 다른 측면은 조앤이 나를 이해하지 못하는 상황을 무척 자연스럽게 받아들이고 있었다. 나 역시 어렸을 때 아버지가 나와 다르게 생겼다는 사실에 상처를 받았고, 그럴 때마다 아버지에게 아빠도 나처럼 그 사실이 신경 쓰이냐고 묻곤 했기 때문이다. 그러나 아버지가 대답하기도 전에, 원래 이름은 힐데이지만 내가 바르바라라고 불렀던 우리 할머니가 무슨 바보 같은 생각을 하는 거냐고 소리를 지르며 대화를 가로막았다. 내가 아버지랑 똑같이 생겼다는 거였다. 심지어 할머니는 그 증거를 집 안 여기저기에 배치해 놓았다. 그 사진들 속의 아버지는 나와 닮은 점이 보이긴 했지만, 죄다 흑백 사진인 데다 초점도 잘 맞지 않은 게 대부분이었다(게다가 늘 그의 얼굴은 콩알만큼 작게

드러나 있었다). 어쨌든 나는 이 주제에 대해 가족들에게 말을 꺼내지 못하게 되었고, 그렇게 스스로에게만 묻게 되었다. 혹시 사람들이 아버지가 언제 나를 입양했는지, 젖먹이일 때였는지 아니면 아이일 때였는지를 물어보면 아버지는 충격을 받을까? 사람들이 나를 *작은 아시아 여자*라고 부르니까, 그럼 아버지는 *큰 유럽 남자*인가? 그걸 뭐라고 부르건 간에 아버지와 나 사이에는 *그게* 항상 있었다. 카페에 앉아 있는 나는 조앤이 격해지면 격해질수록, 자기가 맞다고 강하게 주장하면 할수록 아버지와의 *그것*을 다시 강하게 느꼈다. 나이를 먹을수록 내 머리카락에서는 가벼운 붉은 톤이 사라졌다. 눈꺼풀은 무거워지고 눈꼬리는 더 삐죽해졌다.

가끔은 내 자신이 주장하는 나와 실제 내가 다른 존재일지도 모른다는 느낌이 든다. 마치 착시 같은 존재, 늑대 가죽 속의 양, 나는 그런 변장 속에서 태어났다. 나는 늑대 양이다. 아니면 환상 회화라고 말하는 편이 더 정확할지도 모른다. 하지만 뭔가를 일부러 베껴 만든 모사작과는 거리가 멀다. 왜냐하면 이미 말했듯 나는 지금의 나를 일부러 만들어 낸 적이 없기 때문이다. 어쨌든, 만약 내가 만들어진 환상이라면 문제가 생긴다. 내 외모가 착각이고 내 내면이 진실인가 아니면 정반대로 내 외모가 진실이고 내 영혼은 그 반대인가라는 문제 말이다. 주변 세계가 나에게 보이는 반응에서 출발하면,

즉 사람들이 내 내면과는 *맞지 않는 내 외형*에 먼저 반응을 보인다는 것에서 출발하면, 나의 외모가 옳고 나는 옳지 않은 것이다. 감히 생물학이 틀리다고 말할 수 있겠는가?

식당 바 뒤에서 헛기침 소리가 들렸다. 뭔가 더 주문할 게 있나요. 클레어가 확성기에 대고 크게 말했다. 이 확성기는 내부 공간의 크기에 비하면 터무니없이 컸다. 우리는 갑작스레 몸을 돌렸다. 조앤은 수프 주세요 하고 소리 질렀다. 오늘의 수프요? 클레어가 물었다. 야채예요? 조앤이 물었다. 예. 클레어가 대답했다. 넵, 조앤이 대답했다. 옆의 숙녀께서는요? 클레어가 물었다. 괜찮아요, 내가 소리 질렀다. 나도 보통 때보다 쉿소리가 났다. 아, 잠시만요. 나는 목소리를 낮추고는 샌드위치 하나요 하고 덧붙였다. 계란도요? 클레어가 물었다. 넵, 내가 말했다. 하나요, 둘이요? 클레어가 물었다. 하나요, 내가 말했다. 프라이요? 클레어가 물었다. 넵, 내가 말했다. 베이컨은요? 클레어가 물었다. 아니요. 치즈는요? 넵. 커피는요? 넵. 조앤이 대답했다. 오케이. 그 말을 끝으로 클레어는 주방으로 사라지더니 보온병을 들고 다시 나타났다. 커피는 미지근했고 썼다.

그 공간 속의 빛이 변하고 있었다. 뭔가 더 밝아졌는데 밖은 아직 변치 않은 채로 잿빛이었다. 조앤은 창문으로 몸을 돌렸고 나는 식당의 바를 향해 천천히 걸어갔다. 별로 크지 않은 바 테이블은 기껏해야 1미터 정도의 너비였고 바의 나머지는 유리 장식장이었다. 그 안에는 고양이 피규어들이 있었다. 도기와 자기, 나무, 플라스틱으로 만든 고양이들과 고양이용 장난감들이 보였다. 모직으로 만든 공과 장화, 쥐도 있었다. 클레어는 그중 하나를 고갯짓으로 가리키면서 자기는 요가 고양이를 가장 좋아한다고 말했다. 그다음에는 자기 손을 가리키면서 샌드위치 나왔어요 하고 말했다. 나는 천천히 우리 식탁으로 돌아갔다.

그것은 입속에서 특이한 맛을 내기 시작했다. 조앤에 따르면 대니는 뭔가 걸쭉한 것을 먹으면 특이하고 쓴 맛, 어딘가 날카로운 맛이 느껴진다고 말했다 한다. 그러면서 그는 그 맛을 조앤의 요리 탓으로 돌렸다. 그녀가 요리를 잘하는 편이 아니었기 때문에 그 말은 설득력 있게 들렸다. 조앤은 요리를 더 잘해 보겠다고 약속하고 요리 강습에 등록했고, 멕시코 음식을 가장 좋아했던 대니를 위해 세뇨라 카밀라에게서 몰래 포블라노 요리를 배웠다. 대니는 부리토와 속을 채워 넣은 타코를 원했다. 그러나 칠리를 먹은 그는 배뿐만 아니라 혀에서도 불이 났고, 칠리 특유의 향은 다시금 그 쓰고 날카로운 맛을 남겨 그에게 고통을 주었다. 조앤은 그에게 민간요법 치료사를 찾아가 보라고 채근했다. 그 사람은 대니가 이제부터는 조미료 없이 살아야 하고 토마토나 파프리카, 칠리와 같은 붉은색 채소류, 그리고 양파와 마늘도 먹지 말라고 말했다. 후추도 허용되지 않았고 소금만 먹을 수 있었다. 결국 대니는 빵과 땅콩버터와 우유만 먹고 살았다. 입안의 그 기분 나쁜 맛은 다시 돌아오지 않았지만, 그렇다고 완전히 사라진 것도 아니었다. 이즈음부터 그는 잠을 잘 수 없다고 불평했다. 그는 보통 두세 번씩 잠에서 깼고 그러고 나면 다시 잠들지 못했다. 그가 밤에 집에서 돌아다니면 조앤도 잠에서 깼다. 조앤은 대니에게 책을 읽어 보면 어떻겠냐고 조언했다. 그가 아주 두꺼운 소설을 달라 청해서 『에덴의 동쪽』을 주었다. 사람들이 조앤의 어머니를 캐시라고 부른다는 것을 알게 됐을 때 그녀가 샀던 책이었다. 대니는 그 책을 읽는 대신 자기 침대 옆 탁자에 올려놓고 잠이 도망가는 것을 막아 주는 액막이처럼 써먹었다. 하지만 이 책으로도 원하는 효과를 얻지 못하자 조앤은 대니를 심리 치료사에게 보냈고, 치료사는 *환자*가 우울증을 앓고 있다고 설명했다.

대니는 이 진단을 받아들이기를 거부했다. 나는 슬프지도 않고 열등감을 느끼지도 않아. 그는 우울증 진단에 대한 처방전도 받아들이지 않았다. 조앤의 인내심도 한계에 다다랐다. 조앤은 오래전부터 자신들을 둘러싼 뭔가가 정상이 아니라는 의심을 하고 있었다.

대니 본인의 주장에도 불구하고 조앤은 그가 완전히 기진맥진한 상태임을 알아차렸다. 처음에는 그가 브로드웨이 경력을 포기하는 바람에 서러움에 빠진 것 같다고 추측했지만, 언제부턴가 그 반대일지도 모른다는 생각이 들기 시작했다. 이 서러움이 그가 시험 보러 가는 것을 막은 게 아닌가 하고 말이다. 조앤은 대니에게 자기를 믿고 속을 털어놓으라고, 말을 해 보라고 요구했다. 대니는 침묵했다. 처음에는 반항심에서였고, 시간이 지났을 때는 뭘 어떡해야 할지 알지 못해서였다. 그는 이러한 종류의 *고백*을 어떻게 해야 할지 몰랐다. 그런 대니를 이해하지 못했던 조앤은 그가 그녀의 도움을, 심지어 *그녀 자신*마저도 거부한다고 생각했다. 화가 나고 상처받은 조앤은 자기 자신에게까지 화를 냈고 상처를 주었다. 대니가 자신의 입양에 대해 말하기를 꺼렸기에 늘 조앤이 먼저 말을 꺼냈다. 그녀는 대니에게 무심코 아프리카계 미국인에게 입양되기를 원했냐고 물었다. 왜 그렇게 생각하지? 그가 물었다. 흑인 부모라면 어쩌면 당신을, 그러니까 당신의 사정을 더 잘 이해했을 거라고 조앤이 대답했다. *내 사정*. 그는 조앤의 말을 반복하더니 한숨을 쉬었다. 우리 부모님은 잘 대해 주셨어. 그는 짤막하게 말했다. 나는 이해받지 못한다고 느꼈던 적이 한 번도 없었어. 그는 더 말하고 싶어 하지 않아 보였지만 조앤은 그만두려 하지 않았다. 그러면 혹시 당신은 아프리카계 미국인 친구들이 있었으면 좋겠다고 생각했어? 대니는 다시 깜짝 놀라서 그녀를 쳐다보았다. 놀라면서도 당혹한 눈치였다. 나는 좋은 친구들이 있어, 왜 당신은 걔들을 나쁜 친구로 만들어. 조앤은 내게 자신을 변호했다. 그러려던 게 아니라 그냥 물어본 거야. 그가 *같은 종류의 사람*들과 있을 때 더 행복하냐고 그냥 물어본 것뿐이라고. 그런데 대니는 내 말을 잘랐어. 자기를 그들에게 떠넘기려는 것 아니냐면서 화를 냈지. 그는 이렇게 말했어. 흑인들에게 돌아가라고? 아니면 아예 고향으로 가라고? 아프리카로 가란 말이야?

그가 생각보다 격렬한 반응을 보이자 조앤은 충격을 받았다. 그녀는 대화를 이런 방향으로 가져갈 생각이 아니었다. 그녀는 그가 그런 생각을 하고 있으리라고는 짐작조차 하지 못했고, 심지어 그가 이미 자주 그런 말을 들어 왔을 줄은 꿈에도 몰랐다. 무슨 대답을 해야 할지 몰랐던 그녀는 화가 나서라기보다는 어찌할 바를 몰라서 집을 나갔다. 조깅 바지와 티셔츠 차림으로. 따뜻한 초여름 밤, 조앤은 도시를 헤매고 다녔다. 걸어 다녔던 덕분에 그녀는 이 도시의 모습이 신기하리만치 변하지 않았음을, 도보로 다니면 건물들 사이의 거리가 얼마나 멀게 느껴지는가를 난생처음 알아차렸다. 그녀는 보도가 온종일 텅텅 비어 있다는 사실에 놀랐다. 마치 보행자가 이 위를 걷는 게 잘못된 일처럼 느껴질 정도였다. 갑자기 대니가 뭘 하고 있는지 알고 싶었던 그녀는 버스 정류장에서 방향을 돌렸다. 그녀는 용서를 구하기로 마음먹었는데, 자기가 먼저 그를 공격했기 때문이었다. 난 이 생각을 잊지 않기 위해서 계속 반복했지. *희생자는 내가 아니야. 나는 가해자야. 희생자가 아니라 가해자야.*

집에 도착하니 집은 텅 비어 있다. 그녀는 침실에서 대니를 기다린다. 불안했지만 잠에 든다. 다음 날 아침에 그녀는 대니가 거실 소파에서 자고 있는 것을 발견한다. 그는 코를 가볍게 곤다. 그녀는 대니를 깨우지 않는다. 살금살금 침실로 돌아간 뒤 옆에서 나는 소리에 귀를 기울인다. 일요일이다. 학교에 갈 필요가 없다. 학생들 숙제를 검토하기 시작했지만 집중할 수가 없다. 마침내 그녀는 소파에서 끼익 소리가 나는 것을 듣는다. 그녀는 망설인다. 그에게 시간을 더 주어야 할까? 조심스럽게 머리를 문틈으로 들이민다. 그는 눈을 비비고 있다. 그리고 머리를 가르더니 하품을 한다. 두 눈을 감았다가 다시 뜬다. 그는 나를 발견하고 큰 소리로 숨을 내쉬더니 아직도 잠에서 덜 깬 쉰 소리로 물어본다. 왜 당신은 나를, 현재의 나를 있는 그대로 받아들이지 못하는 거야?

조앤이 헛기침을 했다. 그녀는 가시성이 멍에라는 내

말이 옳다고 인정했다. 그의 가시성은 많은 걸 어렵게 만들었지. 가시성은 조금도 투명하지 않아. 오히려 완전히 불투명한 거야. 빛도 그림자도 이 가시성을 통과하지 못해. 가시성은 거대하고 폭력적인 데다 자기한테만 주의를 집중하길 원하지. 그런 다음 그 모든 특성을 묶어 명확함을 향해 내던져 버려. 여기서 명확함이란 오로지 한 가지로만 보여야 한다는 뜻이야. 다른 가능성, 다른 방식의 읽기나 뉘앙스의 차이 같은 건 허용되지 않아.

나는 말을 끊지 않았다. *이의 있어요*, 라는 말이 내 혀 위에 얹혀 있었지만 무엇인가가 나를 저지했다. 비겁함? 노곤함? 모든 전투가 다 치러 낼 가치가 있는 것은 아니다. 모든 적이 다 적은 아니다. 대개는 그저 백색 소음일 뿐이다.

그녀는 인정했다. 자기는 대니 안에서 분명히 아프리카계 미국인을 보고 있었다. 어떻게 그것을 보지 않을 수가 있겠어? 보지 않으려면 눈이 멀어야 했을 걸. 대니처럼 말이야. 어떻게 그 사람은 자기의 인종적 출신이 중요하지 않다고 생각할 수 있었을까? 휘파람 부는 재능이나 파란색을 좋아하는 것처럼, 출신 역시 그의 일부인데 어떻게 그걸 모를 수가 있었을까? 어떻게 그는 아무 조건도 제약도 없이 어딘가에 속하는 게 가능하다고 믿을 수 있었을까?

그저 인내하면 되는가? 아니면 소속감은 특별한 종류의 노력에 대해 주어지는 보상인가? 사람들이 우리, 즉 대니와 나를 끼워 줄지 말지를 완전히 자의적으로 결정한 사례는 꽤 많았다. 우리는 그런 변덕에 매번 새롭게 적응해야 했다. 명예 백인. *언제나 우리는 충성심을 증명하고 가치와 소속을 증명해야 했다.*

가끔 난 혹시 대니가 원래부터 유색 인종이란 사실을 자각하지 못했던 게 아닐까 자문하곤 했어. 그는 백인보다 훨씬 더 백인처럼 행동하거든. 한번은 대니가 거울 속 자기 모습을 뚫어지게 보는 걸 본 적이 있어. 자기가 그들과 얼마나 비슷하면서도 또 얼마나 다른 사람인지, 그게 이상하다고 말하기도 했었지. 그 후로 대니는 자기 안에서 흑인을 보기 시작했고, 일단 시작한 뒤에는 그만두려 하지 않았어. 흑인인가? 백인인가? 그는 결정할 수 없었지.

명예 백인: *우리는 때로는 거기에 속하고 때로는 속하지 않는다. 확실한 것은 우리가 누구인지를 정하는 사람이 우리가 아니라는 사실뿐이다. 우리에게 적어도 한 집단, 즉 우리와 같은 암호 체계를 갖고 작동하는 공동체가 있다면, 우리의 암호를 해독할 수 있는 집단이 하나라도 있다면, 우리는 그 공모자 무리에 온전히 남아 있을 수 있을 것이다. 그러나 우리는 기껏해야 우리의 다름을 눈감아 주는, 다시 말해 우리를 용서해 주는*

사람들 사이에서 자란 것이다.

나는 혀 위에 *이의 있어요*라는 말을 올려놓고 있었지만 조앤의 말을 끊지 않았다. 나는 침묵하는 법을 알았다. 조앤은 테이블 위를 말끔하게 치웠지만 식탁보는 평평해지지 않았다. 대니는 자신이 가시적인 존재가 아니라는 점 때문에 고통을 겪었어. 조앤이 말했다. 사람들이 자기를 보는지 자기가 아닌 환상을 보는지 몰랐지. 언젠가 그는 자기의 삶을 되짚어 보더니 이 세상 그 누구도 자기가 누구인지 모른다는 결론에 도달했어. 심지어 자기 자신조차 그걸 모른다고 덧붙였고. 그는 바깥에서 오는 그 수많은 시선들을 피할 수가 없었어. 그래서 그는 그 시선들을 마치 자기 것인 양, 아니면 자기 시선보다 더 친숙한 것인 양 받아들였지. 하지만 어떻게, 그녀는 나에게 물으며 나를 탐구하듯이 바라보았다. 자기 자신을 외부에 있는 이물질로 느끼면서 도대체 어떻게 살아갈 수 있지?

조앤의 눈빛은 찌르는 것 같았고, 뭔가를 요구하는 것 같았다. 나는 그녀가 나에게 정확히 무엇을 요구하는지 몰랐다. 자기의 진단을 지지해 주고 그녀가 이 방면의 전문가라고 입증해 줄 일화를 원했던 걸까? 나는 갑자기 나를 향해 '당신 역시 피해자'라고 규정지으려 하는 조사에 불려 나온 증인 같다는 느낌이 들었다.

이제 집으로 돌아가는 게 낫겠어요. 내가 말했다. 벌써 시간이 늦었어요.

조앤은 고개를 끄덕였다. 우리는 계산을 하고 '벨기에식 행복' 식당을 나왔다. 안개는 아까와 마찬가지로 짙게 껴 있었다. 눈 속을 헤치고 가야 했지만 우리는 위축돼 있었다. 눈 속을 뚫고 통과하기에는 우리가 너무 작다는 느낌이 들었다. 돌아오는 내내 나는 머릿속으로 겨울의 내면을 샅샅이 또 꼼꼼히 묘사하면서 시간을 보냈다. 나 혼자만 들어갈 수 있는 세상이 존재한다는 사실이 나를 위로해 주었다.

집에 도착하자 이번에는 내가 조앤을 피하려고 애를 썼다. 그렇지만 실패했다. 조앤은 나의 회피 전략을 꿰뚫는 데 도가 트여 있었다. 조앤은 나더러 아침을 같이 먹을 것인지 물었고 나는 오늘은 안 되고 내일은 될 것 같다고 대답했다. 그러면 그녀는 내일이면 앤더슨 부인이 만든 루세카터 빵*이 신선하지 않을 거라고, 내가 오늘 그걸 먹어야 한다고 말하고는 그 스웨덴 식 사프란 빵을 담은 접시를 내 방에 가져다 주었다. 이후로도 조앤은 이런저런 핑계를 비롯한 내 여러 회피 시도를 묵살했고, 내가 문으로 가는 길을 가로막거니 밖으로 나가는 동선 속에 숨어 기다렸다. 이 놀이를 몇 번 경험한 나는 좀 우습다는 생각이 들어서 조앤에게 말했다. 말하라고, 왜 당신의 그물에서 나를 놓아주지 않냐고, 도대체 나에게서 원하는 게 뭐냐고. 조앤은 내가 왜 그물이라고 말하는지 모르겠다고, 자기는 내게 원하는 게 없다고, 전혀 없다고 더듬더듬 말했다. 나는 동정심을 느꼈고 갑자기 흥분한 자신이 부끄러워졌다. 나는 산책하러 가자는 제안을 건넸는데, 이 제안은 빈에서는 만병통치약이었지만 그린 베이에서는 먹히지 않았다. 조앤은 놀라서 나를 바라보더니 말없이 부엌으로 데리고 갔다. 그녀는 나를 벤치에 앉히더니 자기는 의자에 앉았다. 의자는 끼익 소리를 냈다. 다시 일어선 그녀는 그때부터 계속 서 있었다. 마치 시를 큰 소리로 읽어야 해서 한 줄 한 줄 짚어 가는 초등학생처럼, 조앤은 자기 소원을 말하면서 한 발로 다른 발을 밟았다.

소원. 그녀는 나더러 자기랑 같이 대니에게 가겠냐고 물었다. 이번 주에. 내일 말이다.

요양원은 볼트에 있는 하이드만 호숫가 근처에 있었다. 그린 베이에서 반 시간 정도 떨어진 곳이었다. 넓은 주차장에는 자동차가 드문드문 서 있었고 입구는 황폐해 보였다. 인근에 놓여 있는 적막조차도 속이 텅 빈 듯했다. 차를 타고 가는 내내 바람 한 점 불지 않았고

---

* 사프란과 건포도를 넣어 둥글게 만든 스웨덴 전통 빵.

동물 소리도 들리지 않았지만 학을 한 번 볼 수 있었다. 나는 도망가고 싶었다. 조앤도 불안해했다. 스웨터 속에 (보통 때처럼 티셔츠가 아니고) 블라우스와 새 치마를 입은 그녀는 귀걸이와 목걸이까지 착용한 상태였다. 비록 목걸이는 블라우스 속에 감춰져 있었지만 말이다. 화장한 그녀의 두 뺨에는 분가루, 입술에는 연지가 발라져 있었다. 입술의 붉은 색은 *하이드만 요양의 집*이라는 이름을 가진 황량한 풍경 속에서 눈에 띄게 야했다.

접수대에는 젊은 여자가 앉아 있었다. 조앤이 *안녕, 샌디*라고 인사를 건네자 그녀는 짧게 올려다보더니 우리에게 고개를 끄덕였다. 샌디의 시선은 나에게 들러붙어 있었고 모퉁이를 돌아갈 때까지 그걸 느낄 수 있었다. 대니의 방은 2층에 있었다. 방을 같이 쓰는 사람이 얼마 전에 퇴원해서 지금은 그 작은 공간을 혼자 쓰고 있다고 했다. 대니는 침대에 앉아 창밖을 내다보는 중이었다. 우리는 유리로 된 문을 통해 대니를 들여다볼 수 있었다. 자기가 이 요양원을 골랐다고 조앤이 작은 목소리로 속삭였다. 대니는 이 동네를 늘 좋아했고 특히 호수를 사랑했어. 조앤은 질문하듯이 눈썹을 치켜세웠다. 나는 고개를 끄덕였다. 우리는 조앤이 먼저 혼자 들어가서 내가 방문했다는 사실을 전하기로 미리 정했다. 나는 두 사람을 관찰하고 싶지 않아서 유리문에서 약간 물러났다. 몇 분이 지나자 조앤이 문을 열더니 들어오라고 했다. 내가 인사를 건넸지만 대니는 올려다보지 않았다. 진한 청색 잠옷을 입은 그의 머리카락은 어깨까지 내려와 있었다. 머리 왼쪽을 수술했어. 조앤이 말하면서 그 상처를 가리켰다. 그러고는 그가 이제 말을 할 수 없다고 덧붙였다. 그렇지만 대니는 말 몇 마디는 알아들을 수 있어, 그녀는 다시 고쳐 말했다. 많이 알아들어. 조앤은 의자를 가리켰는데, 내가 거기 앉자 본의 아니게 호수를 바라보는 대니의 시야를 방해하게 되었다. 그럼에도 대니는 고개를 움직이지 않았다. 나는 그가 우리를 알아보는지, 도대체 뭔가를 알아보기나 하는 건지 확신이 서지 않았다. 그는 나에게 바르바라를 생각나게 했다. 바르바라는 뇌졸중이 온 뒤부터 죽을 때까지의 1년을 멍한 상태로 보냈다. 나는 조앤이 아직도 대니의 목소리를 기억할까 자문해 보았다. 나는 할머니의 목소리를 금방 잊어버렸기 때문이다. 할머니는 아픈 내내 말을 하지 않았고 튜브를 뺀 다음에도 입을 열지 않았다. 말하는 법을 잊은 것 같았다. 언어 치료는 따로 받지 않았다. 건강 상태가 나빠서 그런 치료까지 받을 시간적 여유가 없었던 것이다. 다른 모든 게 말을 하게 하는 것보다 더 급했다. 오늘 문득, 할머니의 목소리를 내 귀 안에 간직했으면 좋았겠다는 마음이 생겨났다. 아주 드물게, 어떤 단어 하나를 들었을 때, 나는 그게 할머니의 목소리라는 걸 알아챘다고 생각한다. 그러나 그 소리는 얼마 되지 않아 날아가 버리더니 다른 낯선 음향들과 섞여들었다. 나는 그게 더 이상 내 것이 아니라는 현실을 인정할 수밖에 없었다.

조앤이 대니와 어떻게 소통하는지 관찰하는 동안, 그녀가 벽과 의자와 시든 꽃이 꽂힌 화병을 가리키는 동안, 사물들의 이름을 불러서 이 세계를, 요양원의 작은 세계를 그에게 설명하려 노력하는 동안, 나는 그녀와 나를 진짜로 연결해 주는 게 무엇인지 알게 되었다. 조앤은 대니가 죽어 가는 모습을 보고 있다는 사실을 받아들이려 하지 않았다. 나 또한 바르바라를 바라보았을 때 그걸 인정하고 싶지 않았었다. 어떤 사람이 죽어 가는 모습을 관찰하는 건 관찰 이상의 행위다. 그것은 그저 바라보는 것을 넘어서기 위한 바라보기다. 그것은 일종의 증언, 그러나 죽음이 진행되는 걸 막기 위해 수동적인 증인의 위치를 박차고 나온 증언이다. 그리고 결국, 그것은 죽음을 목전에 두고서 완전한 무력함으로 변한다. 이러한 무력함은 결코 나아지지 않는 상처를 남긴다. 고통은 잔잔해지고 조용해지지만, 그것은 거죽 아래에, 피부 아래에 계속 숨은 채 머문다.

오늘 대니 컨디션이 별로 안 좋네. 집에 오면서 조앤이 말했다. 좋은 날에는 내 말이나 신체 접촉에 반응을 보이고 옛날처럼 느껴지거든. 조앤은 미소를 지었다. 물론 옛날에도 대니는 침묵하는 쪽을 선택한 날들이 있긴 했지. 어쩌면 대니는 내 원한을 느꼈던 건지도 몰라. 조앤은 낮은 소리로 웃더니 보충 설명이라 할 말들을 이어 가기 시작했다. 자기는 그의 출신을 부정적으로 받아들였다고, 그걸 부끄럽게 여겼다고, 그의 출신을, 유색 인종이라는 출신을, 자기는 그게 문제였다고, 그게 모든 문제의 시작이라 생각한다고 그녀는 말했다. 그녀는 만약 대니가 백인이었다면 얼마나 큰 성공을 거두고 얼마나 돈을 많이 벌었을지 생각해 보았었다. 백인 대니를 눈앞에 그려 본 적도 있었다. 하얀 피부와 밝은색 머리카락을 가진 대니. 그의 외모만 빼놓으면 더 나아지길 바라는 부분은 하나도 없었다. 대니는 이미 백인이었거든. 그가 좋아하는 것, 습관 모두.

대니가 정말 흑인, 즉 *진짜* 아프리카계 미국인이라면 나는 그를 사랑하지 않았을 것 같다는 의심을 떨쳐 버릴 수 없었어. 스스로에게 물어보았지. 그가 진짜 흑인이라면 그를 떠나는 게 더 쉽지 않았을까. 그러자 왠지 누군가에게 배반당한 것 같은 기분이 들었고 실망감이 차올랐어. ……그가 아프고 나서부터 비로소, 그가 오로지 먹이고 씻겨야 하는 몸뚱어리로만 존재하게 되었을 때 비로소, 애도 아니고 늙은이도 아니게 되었을 때 비로소, 그래, 그가 오로지 몸뚱어리가 되었을 때, 관찰되고 기록되는 육체적 기능으로만 이루어진 존재가 되었을 때, *모니터링 될* 때, 그의 출신은 드디어 뒷전으로 물러날 수 있었지. 그제야 그의 출신은 사라져 버린 거야. 이제 나한텐 더 이상 그게 안 보여. 그의 가시성이 비가시성으로 변한 거야.

조앤은 말을 멈추었다. 그녀의 침묵은 거의 고통스러울 정도여서 내가 입을 열었다. 선택할 수 있다면 나는 나와 같은 상황에 있는 사람은 사랑하지 않을 것 같아요. 난 외톨이로 왕따가 되는 상황에 이미 익숙해져 있어요. 그렇지만 당신처럼 이미 배제된 누군가의 삶에 동참한다는 건…… 난 차라리 혼자 외롭고 아프고 말래요. 아픈 사람은 자기 병만으로도 이미 이러나저러나 외롭거든요.

조앤은 고개를 끄덕였다. 그에게 떨어지는 멸시, 그리고 다른 사람들에 대한 그의 분노를 나도 같이 끌어당겨 껴안았어. 그런 상황에서 사랑한다는 건 원하든 원하지 않든 구원의 안전거리를 포기하고 그의 몸으로 끌려 들어가는 걸 의미해. 그런 상황에서 사랑한다는 건 온전히 사랑에 몰두하겠다는 다짐 그 이상이야. 최종적으로 이 사랑 이외에는 아무것도 갖지 않겠다는 걸 의미하는 거야. 예전의 안전했던 세상은 그의 가시성 아래에서 무너져 내리게 되거든.

그런 세상에서는, 그런 *상처 입은* 세상에서는 나는 절대로 아이를 낳을 수 없었어. 조앤이 말했다.

4월이 되자 드디어 눈이 녹기 시작했다. 나는 5월 초에 출국하기로 계획했는데, 따로 치러야 할 시험 같은 건 없었기 때문에 출국 전까지 그린 베이에 계속 머물지 않아도 되었다. 빈으로 돌아가기 전 마지막 3주 동안은 자동차를 빌려다가 시카고에서 며칠을 보낼 계획이었다. 눈 이불 아래서 몇 달을 보내다 보니 설원이 아니라 그 지하에서 한참을 살아 온 것 같았다. 세상을 탐험해야 한다는 조급함이 생겨났다. 나는 아직 세상 전체를 체험하지 못했다. 조앤은 이제 나를 차에 태워 주지 않아도 된다는 사실을 어떻게 생각하는지 아무런 얘기도 해 주지 않았다. 나는 그런 그녀를 더 신경쓰는 대신 운전 연습을 많이 했다. 다행히 길이 넓고 커서 커브를 돌 때 휘청거리거나 갑자기 브레이크를 잡으면서 사고를 낼 일은 없었다. 시간이 감에 따라 운전에 익숙해졌고 자동차의 크기나 흔들림에도 익숙해졌다. 나는 무사히 시카고에 입성할 확률이 높다고 생각했고, 그때부터 걷는 대신 자동차를 타고 여기저기 돌아다녔다. 심지어 그냥 한번쯤 경험해 보고 싶었다는 이유만으로로 *드라이브 스루 은행*까지 가 보았다. 그즈음부터 나는 이 도시의 시설과 구조 들을 납득하기 시작했다. 그린 베이는 오로지 레스토랑에 가거나 가게에서 물건을 살 때만 자동차에서 내리는 곳이었다. 다른 일은 모두 자동차 창문만 열면 처리할 수 있었다. 이 도시는 자동차 창문으로 바라볼 때 가장 아름다운 도시였다. 가로수들 사이의 거리가 멀찍이 떨어져 있는 모습도 이제는 납득할 수 있었다. 건물들 사이의 거리도, 거리 표지판들의 크기나 위치도, 심지어 광고판 디자인까지도.

나는 2차선 간선 도로를 드라이브하거나 해를 마주보면서 6차선 연결 도로를 질주했다. 언제나 나는 석양을 향해 갔다. 그건 그냥 연습 시간을 그렇게 골랐기 때문이지만, 마치 카우보이가 말을 타고 가듯이 석양을 향해 운전하는 일은 어쩐지 의미심장해 보였다. 조앤은 내가 자기랑 이야기할 생각이 없다는 것을 아는 듯했다. 더 이상 나를 자신의 친밀감 속으로 끌어들이려고 하지 않았기 때문이다. 하지만 내게서 뭔가를 원하고 있는데 그걸 입 밖에 내기를 주저하고 있다는 인상은 피할 수 없었다(우리의 짧은 대화 주제는 오로지 날씨 아니면 조앤이 많은 걸 기대하는 버락 오바마였다). 긴장된 시선, 조심스레 다듬은 그녀의 말투는 마치 먹잇감에 달려들 적당한 때를 기다리며 매복 중인 듯한 분위기를 풍겼다. 나는 우리 사이의 거리를 더 넓히려고 애를 썼다. 그러나 결국 조앤은 내가 떠나기 전날 크롤스에 가서 버거와 *부저* 스튜 한 그릇 먹을 생각이 있는지 물었고, 나는 그러자고 했다. 마지막으로 그녀의 회상을 들어 줄 작정이었다. 오후는 짐을 싸는 데 보냈다. 평소에는 두 시간 정도가 걸렸지만, 3D 그림을 거기에 두고 갈지 아니면 가져가야 할지 확신이 서지 않는 바람에 더 많은 시간을 허비했다. 결국 그림은 거기에 남겨 두었다. 내가 조앤과 이 뻐꾸기 둥지를 또 보게 될 거라고 생각하지는 않았지만, 나중에 선물을 버리는 것보다는 실수인 척하는 게 더 예의 있는 결정이라고 생각했다.

*크롤스*는 크고 넓었다. 마치 체육관 같은 분위기가 흐르는 곳이었다. 둥근 테이블과 그 주위를 둘러싼 반달 모양의 벤치들이 널려 있긴 했지만 말이다. 벤치마다 쿠션이 얹혀져 있었다. 먼저 도착해 있던 조앤은 나를 보자 팔을 올리고 손짓을 했다. 나는 조앤이 자기가 있다는 표시를 해 주어 기분이 좋아졌다. 이 레스토랑은 인기가 좋아서 빈자리가 별로 없었다. 조앤은 나에게 물어보지도 않고 *부야베스 같은 부저* 두 그릇과 *버터 버거* 두 개 그리고 *프렌치 프라이*를 시켰다. 맥주를 기다리는 동안 조앤이 말했다. 언젠가 내가 가방을 싸서, 특별히 큰 가방도 아니었어, 가방을 하나 싸서 가출했어. 대니는 그때 나를 비웃으면서 내 등에다 대고 휴가 잘 보내라고 말했지. 이제 자기는 모든 걸 실컷 해 볼 거라고, 당신도 내가 뭘 할지 잘 알지 않느냐고 말했어. *모든 걸 실컷 해 볼 것이다.* 대니는 원래 카사노바였고 여자들과 손쉽게 말을 트는 사람이었어. 그는 늘 식당 종업원이나 매장 판매원과 속닥거렸는데, 그것도 내가

보는 앞에서 그랬지. 가끔은 대니가 일부러 그런다고 생각했어. 나는 그가 그런 분탕질을 하게 내버려 두고는 계획을 짜기 시작했지. 어떻게 이혼 변호사를 찾아볼지, 어떻게 그린 베이를 떠날지, 이 나라의 다른 어디로 가서 살아야 할지 말이야. 시애틀이나 포틀랜드. 아니면 이참에 20년 전에 하고 싶었던 유럽 여행을 한번 해 보면 어떨까. 청경채, 줄기 콩, 마름과 연근으로 요리하는 법을 배우면 어떨까. 책 한 권과 리모컨을 손에 든 채 주말을 소파에서만 보내면 어떨까. 그리고 마지막으로, 대니의 문제가 더 이상 내 문제가 되지 않게 하면 어떨까. *그의 문제는 더 이상 내 문제가 아니다*라는 생각만으로도 난 내 인생의 모든 걸 샅샅이 즐길 수 있을 것만 같았어. 그러는 사이 대니도 계획을 세웠지. 식당 종업원이나 매장 판매원은 그 계획에 들어 있지 않았어. 그의 계획에 속해 있던 사람은 다름아닌 캐럴 트루트만이었지.

단둘이서 편하지도 불편하지도 않은 저녁을 먹은 후에, 그러고서 한참 동안 전화도 하지 않는 휴지기를 가진 후에, 대니는 캐럴에게 일주일에 한 번씩 전화하기 시작했다. 전화 통화는 기운을 다 소진시킬 정도로 힘들었지만 그는 포기하지 않았다. 4주가 지난 후에 캐럴은 놀랍게도 커피를 마시러 오라고 대니를 초대했다. 자기가 케이크를 선물 받았는데 혼자서 다 먹을 수가 없다는 거였다. 그녀는 이렇게 정말 끝내주게 좋은 *데블스 푸드 케이크*를 버리면 정말 가슴이 아플 거라고 말했다. ……그날부터 그들은 일주일에 두 번씩 대화를 나누었다. 한 번은 전화였고 한 번은 캐럴의 집에서였다. 케이크를 취미로 굽는 편이 아니었던 캐럴은 오직 대니를 위해 케이크를 만들기 시작했다. *커피 케이크, 바나나 빵, 초콜릿 퍼지 케이크*. 캐럴은 옛날이었다면 일요일에나 먹을 수 있었던 작은 케이크를 매주 수요일에 만들어 냈다. 그러던 어느 날 마침내 세 번째 종류의 만남이 덧붙여졌다. 대니는 자기가 두 번째 아르바이트로 그린 베이 초등학교의 스쿨버스를 운전하고 있다고 했는데, 그러자 캐럴이 웃으면서 이렇게 말했던 것이다. 다시 학생이 된다면 어떤 일이 일어날지 모르겠어. 그러자 대니는 버스를 한번 타 보라며 캐럴을 초대했다. 시끄러운 아이들은 캐럴을 신경 쓰이게 했기 때문에 대니는 마지막 아이를 내려다 준 후에 캐럴을 태워 주었고, 그렇게 그는 *엄마Ma*와 같이 도시 전체를 한 바퀴 도는 특별 드라이브를 했다.

대니는 그때 40대 중반이었지. 조앤이 말했다. 캐럴은 60대 중반이었고. 캐럴은 맨 앞자리에 앉아서 시원하게 펼쳐진 거리를 보는 걸 좋아했대. 대니는 조앤에게 그 시절을 설명해 주었다고 한다. 버스를 타고 가는 동안 캐럴은 쉬지 않고 킥킥거리며 수다를 떨었다지. 날씨나 빌 클린턴, 모니카 르윈스키, US

오픈에서 두 번이나 우승한 리 잰슨, 그리고 〈브레이브 하트〉처럼 영 시답잖은 주제에 오스카상을 탄 영화들에 대해서 말이야. 여러 달 동안 그 드라이브는 잘 진행되었다고 해. 아마 그럴 수 있었던 건 그 둘이 별로 중요하지도 않은 시시콜콜한 이야기만 했기 때문이겠지. 대니도 캐럴도 상대를 믿고 속이야기를 터놓는 법을 배우지 못했거든. 그래서 그런 시간을 한참 보내고 나서야 마침내 대니는 어려운 질문을 해도 될 만큼 캐럴과의 관계가 진전되었다고 생각할 수 있었지.

겨울이었다. 세상은 눈 속으로 주저앉았고, 진짜 겨울 세상은 저 너머 어딘가에만 존재하는 듯했다. 캐럴은 더 이상 버스 드라이브를 하지 않겠다고, 그러기에는 너무 춥다고, 그렇지만 대니 너는 언제든지 내 뻐꾸기 둥지로 찾아와도 된다고 말했다. 그래서 그들은 다시 일주일에 한 번씩 함께 커피를 마셨다. 크리스마스가 오기 전, 대니는 가지고 있는 모든 용기를 짜내어 아버지에 대해 물어보았다. 캐럴은 언짢아하며 화난 티를 내었다. 너는 어머니 하나로 족하지 않니? 도대체 아버지가 왜 필요하니? 그러자 그녀처럼 고집이 센 대니는 똑같이 화를 내면서 말했다. 어머니는 그럴 권리가 없어요, 내가 아버지를 알아내려는 걸 막을 권리가 없다고요. 나는 교구에 남아 있는 기록을 알고 있고 어머니가 무슨 짓을 했는지도 알고 있어요. 내가 도대체 무슨 짓을 했다고 그러는데? 캐럴은 화를 내며 소리를 질렀다. 음악가랑 관계가 있었잖아요. 대니는 딱 그녀만큼 화를 내며 소리를 질렀다. 화를 낼 때의 그는 어머니와 완전히 판박이였다. 그건 거짓말이야, 뒤케인이 세상에 퍼뜨린 악질 거짓말이라고. 나는 한 번도 지미 조던과 관계를 가진 적이 없어. *단 한 번도* 지미와 관계를 가진 적이 없다고. *그 지미*라는 작자와 한 번도 관계를 갖지 않았다니까. 도대체 *관계* 자체를 지미와 가진 적이 없다고. 캐럴은 현관문을 가리키며 말했다. 내가 너한테 이런 설명을 할 이유가 없어. 내가 네 인생을 망친 게 아니고 네가 내 인생을 망친 거야.

캐럴은 이혼 후에 두 번째 결혼을 했어. 조앤이 말했다. 40대 말이 돼서 소위 인생 남자를 만난 거지. 하지만 그는 결혼식을 올린 지 불과 몇 달 만에 자동차 사고로 사망했어. 캐럴은 아이가 없었고 대체로 아이들과는 잘 지내지 못했어. 그녀는 조카들, 형제들, 친구들 그리고 지인들과 거리를 두고 지냈는데 아이를 낳은 사람들과는 특히 더 그랬지. 그 무렵 캐럴은 결국 자기가 좋아하던 골프도 그만뒀어. 수술이 잘못되는 바람에 눈 한쪽이 안 보이게 됐거든. 홍채가 순식간에 밝은 푸른색으로 변색됐는데, 그래도 의안을 달라는 충고는 모두 거절했어. 캐럴이 유일하게 접근을 허용했던 인물은 대니였지만, 거기에도 그녀가 규정한 규칙과 조건 들이 붙어있었지. 대니가 그걸 어기자 그녀는 대니를 자기 인생에서 영원히 지워 버렸어. 그녀가 죽고 나서야 대니는 다시 그녀에 관한 소식을 들을 수 있었지. 조앤이 말했다. 유언장이 공개되자 대니는 자기가 친아들로서 캐럴이 소유했던 모든 것을 물려받았다는 사실을 알게 되었어. 캐럴의 예금과 집 말이야. 대니는 그녀가 자신에게 남긴 글이나 일기, 편지 뭉치 같은 걸 기대했지만 캐럴은 그런 건 아무것도 남기지 않았어. 그냥 유행하는 싸구려 보석들과 비싼 옷 몇 벌. 구두 몇 켤레. 그게 그녀가 남긴 거의 모든 거였어. 종이쪽지나 엽서, 사진첩 같은 건 하나도 없었지. 마치 이 세상을 혼자서만 살았던 사람처럼 말이야.

대니는 캐럴의 집으로 이사했지만 어머니의 물건들에는 손을 대지 않았어. 옷이나 구두는 죄다 자선 단체에 기부해 버렸지.

조앤은 한숨을 쉬었다. 어느 날 누가 우리 집 현관문을 두드렸어. 대니가 나에게 커다란 꽃다발을 건네더니 이렇게 말하더라고. 자기는 거짓 이름을 버렸고 이제 진짜 이름을 받아들였다고 말이야. 그는 이렇게 물었지. 혹시 대니 트루트만과 같이 사는 삶을 생각해 본 적 있으신가요?

식사가 거의 끝나 가고 있었다. 식탁 위에는 빈

종이봉투가, 그릇 위에는 먹다 남은 *부저* 스튜가 있었다. 조앤은 말했다. 바로 그날 나는 그 뻐꾸기 둥지로 이사했고 반년 후에 대니는 뇌졸중을 맞았어.

조앤은 내 손을 잡고는 꼭 눌렀다. 당신은 나를 도와줘야 해, 나와 대니를 도와줘야 한다고. 대니는 자기 아버지가 누구인지 알게 되면 더 빨리 나을 수 있을 거야. 어떻게 도와야 할지 모르겠어요. 내가 말했다. 난 그린 베이에 살고 있지도 않은데요. 바로 그거야. 조앤이 내 말에 끼어들었다. 대니의 사건을 맡았던 사회복지국의 그 여직원, 마를레네 빙클러, 그 사람은 오스트리아 사람인데 고향으로 돌아갔다고 들었거든. 혹시 그 여자를 찾아 줄 수 있을까? 마를레네는 이 비밀을 풀 열쇠야. 그 여자는 누구보다도 이 사건에 대해 잘 알고 있었어. 생부가 누구인지도 알고 있었고.

조앤은 가방을 열더니 밝고 붉은 서류철을 꺼냈고, 그것을 내 손에 쥐여 주면서 말했다. 이게 그린 베이 교구 사회복지국의 서류야. 마를레네 빙클러는 이 보고서에 기록되지 않은 조사를 더 했어. 그 여자는 누가 아버지인지 분명히 알고 있어. 틀림없이 알고 있다고.

그린 베이 교구 사회복지국의 서류철에서

보고서 2

1954. 1. 11. — 1954. 3. 2.

▶ 1954. 1. 11.

▶ 거절 / 가톨릭 복지사무소, 오시코시

D. 슈타이너 양은 오시코시에서는 대니얼 트루트만이 갈 만한 고아원을 찾지 못할 거라는 편지를 보내왔다. 그 아기는 밀워키에서 키우는 편이 더 나을 거라고 했다.

▶ 1954. 1. 12.

▶ 렌트미스터 부인 통화

캐럴의 성격에 대해 더 자세히 알아보는 것은 거의 불가능해 보인다. 이제까지의 시도는 다 성과가 없었다. 그래서 렌트미스터 부인은 다음처럼 합의를 봤다. 우리에게 캐럴에 대해 이야기해 줄 수 있는 다른 세입자들을 찾아보겠다는 것이다. 만약 그럴 용의가 있는 사람이 나온다면 트루드는 그들과 만날 일정을 잡을 것이다.

▶ 1954. 1. 13.

▶ 렌트미스터 부인 통화

트루드는 전화를 해서 약속을 두 개 잡았다고 했다. 라슨 양은 캐럴의 바로 옆방 세입자인데 내일, 즉 1월 14일 8시 30분에 사무실에 오겠다고 말했다. 다른 세입자인 켈리 양은 금요일인 1월 15일, 17시 30분에 우리 질문에 대답해 주겠다고 했다.

MW가 사회복지국의 이름으로 렌트미스터 부인에게 감사하다는 인사를 전했고, 부인은 우리 일을 돕는 것이 “자신을 행복하게 만들어 주었다”고 말했다. 트루트만 양의 사생활은 정말 “스캔들 감”이라는 것이다. 렌트미스터 부인은 캐럴의 임대차 계약을 막 해지했다. 이달 말까지 캐럴 양은 그 방을 비워야 한다.

▶ 1954. 1. 14.

▶ 면담 / 라슨 양, 8시 30분

라슨 양과의 대화는 실망스러웠다. 렌트미스터 부인이 그녀에게 다른 선택지를 주지 않았다는 걸, 그래서 그녀가 어쩔 수 없이 우리와 이야기하게 되었다는 걸 처음부터 알아챌 수 있었다. 헬렌 라슨은 23세이고 피부색이 밝고 눈은 파랗고 중간 정도의 금발이다. 키가 크고 아주 날씬한데 거의 비쩍 말랐다고도 할 수 있다. 라슨 양은 캐럴처럼 전화 교환원이었고 지금은 보몬트 호텔 맞은편에 있는 멀린 제화점에서 판매원으로 일하고 있다. 라슨 양은 벨 전화 회사에서 일할 때부터 캐럴을 알고 있었다. 트루트만이 연결해 주어 렌트미스터 부인 집에 세를 얻었다.

라슨 양은 캐럴처럼 세인트 메리 고등학교를 졸업했다. 여러 면에서 둘은 서로 닮았는데, 대답을 대충 하는 것도 그랬다. 다만 라슨 양이 자의식이 더 강했고 더 여유가 있었다. 미래의 계획에 대해 물어보자 그녀는 뭘 정해 놓고 살고 싶지는 않다고, 하지만 한 가지는 확실하다고, 앞으로 반년이 지나면 구두 파는 일은 더 하지 않겠노라고 했다. 라슨 양은 자신이 더 좋은 직업에 어울린다고 생각하고 있었다.

라슨 양은 자기가 캐럴의 친구라는 점을 부인했다. 처음에는 둘이 많은 것을 같이 했고 극장에도 같이 가고 윈도 쇼핑도 같이 다녔다고 한다. 그러나 어느 날 그들의 "우정"이 끝났다고 했다. 그게 언제였나요? 라슨 양은 생각을 해 보더니 손톱 끝과 입술을 움찔거렸다. 계산을 해 보는 것 같았다. 그러다 "52년 10월이에요"라고 말했다.

라슨 양은 캐럴이 에클룬드 씨(고등학교 때의 선생님)의 생일 파티에 자기를 데려가려 했다고 기억했다. 라슨 양은 시나몬 롤을 좋아했지만 어디에서도 제대로 된 것을 먹을 수 없어서 아쉬워했는데, 그걸 알고 있던 캐럴이 자신을 초대했다는 것이다. 라슨 양은 그 초대에 기뻐했다. 맛있는 시나몬 롤은 물론이고 스웨덴어를 말할 기회까지 생겼기 때문이었다. 에클룬드 선생님은 라슨 양과 같은 스웨덴 태생이었다. 그러나 생일날 직전에 캐럴이 시간이 없다면서 약속을 취소했다. 헬렌은 캐럴을 믿었지만 그다음 날 부엌 쓰레기통에서 시나몬 롤 찌꺼기를 발견했다. 라슨은 어깨를 움찔했다. 캐럴은 분명히 그 선생님 댁에 갔으면서 자기를 데려가지 않은 거였다. 이후로 둘은 서로를 피했다. 라슨 양은 이 우정을 되살리려는 노력을 하지 않았다고 했다.

맞아요. 라슨 양은 캐럴과 함께 재즈 클럽에 갔었냐는 질문에 대답했다. 그들은 같이 제브러 라운지에 간 적이 있었다. 하지만 그녀는 유색 남자와 같이 있는 캐럴을 본 적은 없다고 말했다. 이 대답 이후 라슨 양은 잠시 머뭇거린 뒤 다시 말했다. "나는 아직은 캐럴을 믿어요."

▶ 1954. 1. 15.

▶ 면담 / 켈리 양, 17시 30분

켈리 양은 21세이고 키가 작고 살이 쪘다. 붉은 금발의 여성들이 보통 그렇듯 장밋빛이 도는 흰색 피부와 (물에 젖은 듯한) 파란 눈을 가졌다. 가족은 아일랜드에서 왔다는데 억양에서 분명히 알 수 있었다. 많이 웃는 편인지 특별히 웃을 일이 없는데도 계속 웃었다. 아마도 직업 때문에 그런 것 같았다. 그녀는 피아노 교사이고 아이들만 가르쳤기 때문이다. 그녀는 "언젠가" 자신의 피아노 교습소를 열고 싶어 했다. 켈리 양은 다정하고 매우 사교적이었다. 곧바로 자기를 메이브라 불러 달라고 말했다. 이런 여성들이 바에 앉아 있는 모습을 상상하는 일은 어렵지 않다. 그녀의 목소리는 깊고 거칠었으며 손톱 끝은 노란 물이 들어 있었다. 아마도 담배를 피우는 것 같았다.

메이브는 언제나 캐럴과 친해지려고 노력했지만 언제

나 실패했다고 말했다.

캐럴은 자기와 같이 외출하려고 하지 않았다. 왜 그런지 자기는 전혀 이해를 못 했다고 한다. 둘은 음악 취향이 비슷했고 가는 곳도 피커딜리나 616, 아니면 베처스 클럽으로 자주 겹쳤다. 그들은 앨런 디 블라시오에 대해 말하면서 웃었고 또 캡티베이터즈로 가서 춤을 추기도 했다. 물론 캐럴의 남자 취향은 자신과는 달랐다.

그게 무슨 말이냐고 MW가 취조하듯 묻자 켈리 양은 갑자기 말을 멈추었다. 그녀는 놀란 듯 두 눈을 크게 뜨더니 아무도 그 말을 하지 않았냐고 물었다. 캐럴은 검둥이들과 어울렸다. 그것은 모두 다 아는 사실이다. 그러자 MW는 캐럴이 검둥이 중에 누구와 어울렸냐고, 그들 이름을 알고 있느냐고 물었다. "혹시 그들 중 한 명이 아이 아버지라고 생각하시나요?"라고 메이브는 호기심 어린 질문을 던졌다. 검둥이 애를 가지다니, 캐럴답네요. 그녀는 킥킥 웃더니 안타깝다는 뜻으로 고개를 저었다. 자기가 이름을 아는 검둥이는 한 명도 없다는 것이다. 대부분의 유색인 노동자들은 전쟁이 끝난 뒤에 해고되면서 떠났다. 그들은 대체 인력이었을 뿐이다. 그러나 그중 몇몇은 일자리를 계속 유지할 수 있었다. 예를 들어 존 호베르크 제지 공장에서 일했던 몇 명 말이다. 켈리 양은 비밀스러운 미소를 짓더니 우리가 아이 아버지를 그 공장에서 찾아낸다 하더라도 놀랍지 않을 거라고 말했다.

- -

▶ 1954. 1. 16.

▶ 가정 방문 / C. 트루트만

캐럴은 오늘(토요일) 가정 방문을 하자 깜짝 놀랐다. 애초에 이 젊은 아가씨는 마음을 편히 놓고 있을 때가 아닌데 그걸 잘 모르는 것 같다. MW가 그 집에 찾아갔을 때, 렌트미스터 부인은 캐럴이 시장을 보러 외출했다고 말했다. 그러면서 아주 친절하게도 우리를 위해 캐럴의 방문을 열어 주었다.

우리가 캐럴을 기다리는 동안 트루드는 자기가 월턴 부인에 대해 들은 이야기를 전해 주었다. 이르마 월턴(결혼 전 성은 부카르)은 엘크 여관에서 요리사로 일했다. 나이는 39세로 남편보다 여섯 살이 더 많다. 부인은 첫 번째 결혼에서 아이를 둘 얻었는데 개리(12세)와 아서(15세)다. 이 부부는 결혼한 지 오래되지 않았고 이제 겨우 3년째 같이 사는 중이다. 1년 전에 헨리가 자동차 사고를 당해서 왼쪽 다리를 절고 있다. 헨리는 이 사고를 일으킨 가해자다(음주 운전). 그때부터 그는 익명의 알코올 중독자 모임에 나갔고 더 이상 술은 한 방울도 건드리지 않는 아주 독실한 사람이 되었다(가톨릭은 아니다).

집에 돌아온 캐럴은 자기 방에서 우리를 보자 재빨리 물러나려 했지만 여의치 않았다. 트루드는 급하게 자리를 떠났다. 트루드와 캐럴의 관계는 아이가 태어난 이후로 긴장의 연속이었다. MW는 지난번 면담 때 캐럴의 행동이 도가 지나쳤다고, 도대체 왜 대화를 마치지도 않고 갔냐며 제대로 따지려 했다. 캐럴은 비난을 받자 뻣뻣한 태도로 침묵했고 미안하다는 사과는 입에 올리지 않았다. 그러더니 왼쪽 팔을 들어 마치 승리자 같은 포즈를 취했다. 그녀는 반지를 끼고 있었다. 작지만 반짝이는 보석이 박혀 있는 그 반지는 집안에서 대대로 전해지는 가보처럼 보였다. 그녀가 평소에 하고 다니는 반지들과는 달랐다. 약혼반지예요. 그녀는 헨리와 약혼했다고 말했다. 얼굴이 살짝 붉어졌고 조금은 부끄러워하는 듯한 미소를 지었다. “거의 약혼한 거나 다름없어요.”

그 반지는 어머니나 할머니가 준 것이냐, 아니면 그녀의 “약혼자”가 산책 중에 가까운 보석 가게에 들러서 마치 가문의 유산처럼 보이도록 일부러 주문 제작한 거냐고 MW가 물었다. 적당한 색깔을 입혀서 일부러 지난 세기에 디자인한 것처럼 보이게 만든 건 아니냐고 말이다. 캐럴은 화를 내며 이건 약혼자의 할머니가 준 반지라고 대답했다. 그녀에 따르면 그녀의 약혼자는 이르마에게 어머니의 반지를 주었고, 캐럴에게는 할머니의 반지를 주었다는 것이다. 그렇다면, 만약 그가 캐럴을 버리면 그다음 사람은 뭘 받게 되냐고, 숙모의 반지를 받게 되냐고 MW가 물었다. 헨리는 절대로 나를 버리지 않아요. 캐럴이 소리 질렀다. 그 사람은 막 부인하고 이혼하려는 참이에요. 이혼이 법적으로 성립되면 우리는 결혼할 거라고요. 한 달쯤 후에요. 그때까지 저는 라이언 신부님이 요구한 것을 지키려고 해요. 그가 이

혼한 다음에 다시 만나라고 하셨거든요. 이 반지는 일종의 이별 선물인 거예요. 아, 그런 말을 들으니 기쁘네요. MW가 말했다. 그러면 월턴의 아들들은 어떻게 되나요, 당신이 그 애들을 입양할 건가요, 아니면 대니얼처럼 버릴 건가요. MW가 물었다. 캐럴의 대답은 마치 총알처럼 튀어나왔다. 아이들은 이르마가 앞전 결혼에서 낳은 애들이니까 당연히 엄마 집에서 살겠지요. 그러면 대니얼은요? 지난번에 당신이 말한 것처럼 월턴이 대니얼을 입양하나요? 캐럴은 당황하기 시작하더니 얼굴이 검붉은 빛으로 바뀌었다. 그녀는 약혼자와 이 일에 대해 아직 이야기하지 않았고 "적당한 때"를 기다리고 있다. 그런데 이건 그녀가 직접 말한 게 아니라 MW가 그녀의 더듬거리는 말을 들으며 추측해 낸 것이다. 그건 그다지 놀라운 결론은 아니다. 캐럴은 지금까지 늘 거짓말을 해 왔기 때문이다. 어쨌든 실제로 캐럴이 MW가 추측한 바와 같은 생각을 했는지는 알 수 없다.

MW는 이제까지 생부에 대해 조사한 결과를 알려 주었다. 그런 뒤 캐럴 당신은 우리가 이 조사를 계속하는 걸 원치 않을 거라고 말했다. 이 조사는 분명 당신의 평판에 해를 끼칠 테니까 말이다. 하지만 당신은 이 교구를 이미 충분히 오랫동안 속여 왔으니, 이제라도 진실을 말해야 한다. 생부의 이름이 무엇인지, 바에서 유색 인종 남자를 만났는지, 만약 그렇다면 어떤 바인지, 제브러 라운지인지 아니면 베처스 클럽인지? 그 남자는 계약 때문에 그린 베이에 왔던 것인지, 밀워키 태생인지, 시카고 태생인지? 대부분의 흑인은 남쪽에서 오는데 대니얼의 아버지도 그중 하나인지? 혹시 그가 아직도 이 지역 공장에서 일하는지, 예를 들어 존 호베르크 같은 곳? 거짓말을 해 봐야 소용 없다, 우리는 당신이 말한 사실들을 다 조사하기 때문이다. 캐럴은 점점 더 창백해졌다. 처음에는 대답하려고 했으나 결국 텅 빈 눈으로 허공을 뚫어져라 쳐다보기만 했다. 그러더니 "당신은 생부 찾는 일을 절대로 포기 하지 않을 거지요, 그렇지 않아요?"라고 물었다. "우리는 절대로 포기하지 않을 겁니다." MW는 강조했다.

캐럴은 문을 확 열더니 자기는 더 이상 할 말이 없다고, 자기는 이미 모든 것을 말했다고 작게 말했다. MW는 캐럴에게 아직 할 일이 다 끝나지 않았다고 받아쳤다. "나하고는 상관없어요"라고 캐럴은 MW의 말을 급하게 잘랐다. "지옥에나 가라고요!"

▶ 1954. 1. 18.

▶ 방문 / 에클룬드 씨, 세인트 메리 고등학교

에클룬드 씨는 수업이 끝난 후에 MW를 맞이했다. MW는 시간을 잘 선택해서 몇 분만 기다리면 되었다. 에클룬드 씨는 아주 호감이 가는, 부드러운 중년 여성이었다. 대략 60대 초반인 그녀는 키가 작고 우아하다. 희다 못해 거의 속까지

투명해 보이는 피부를 가지고 있었다. 긴 갈색의 머리카락은 땋아서 머리 위에 얹었다. 머리카락은 아주 부드러워서 처음 보았을 때는 마치 대머리인 것처럼 보였다.

에클룬드 선생님은 캐럴을 여러 해 동안 가르쳤다. 영어와 역사라고 말했다. 캐럴은 제일 훌륭한 학생은 아니었고요, 책과는 담을 쌓으려 했지만 마음은 착했어요. 캐럴은 아직도 1년에 두 번씩 나를 찾아오는데 한 번은 생일날, 또 한 번은 크리스마스예요. 올해에는 내 생일에 왔는데 그때 시나몬 롤을 가져왔지요. 아니요, 에클룬드 선생님은 MW의 질문에 머리를 저었다. 자기는 캐럴이 임신한 것을 알아보지 못했고 그 파티는 10월이었다고 했다.

내가 아는 한 캐럴은 학교에 다닐 때 남자 친구가 없었어요. 다른 여자애들은 반지를 끼거나 남자 친구의 스포츠 재킷을 입고 다녔는데 캐럴은 그렇지 않았어요. 걘 거의 눈에 띄지 않는 아이였고 남자애들이 주목하지도 않았죠. 나는 아직도 졸업 무도회를 잘 기억하고 있는데요(나와 캠벨 수학 선생이 바로 이 “광란의 무리”를 감시했거든요), 캐럴은 사실 누구랑 같이 오기는 했는데 그 남자애는 상당히 일찍 다른 여자애와 춤을 추었어요. 그 남자애 이름은 안타깝게도 떠오르지 않네요. 어쩌면 이 부분에 대해서는 앨스틴 양이 더 많은 도움을 줄 수 있을 거예요. 앨스틴 양과 캐럴은 그 무렵 딱 붙어 다니는 사이였거든요. 엘리자베스가 아직 그린 베이에 살고 있다면 올슨 & 선즈 로펌에서 비서로 일하고 있을 거예요.

에클룬드 씨는 잠시 망설이더니 왜 우리가 그런 과거에 관심을 가지느냐고 물었다. 자기가 세상을 제대로 이해하고 있다면 중요한 것은 현재다. 그러자 MW가 대답했다. 연애 사건은 고등학교에서 많이 일어나지만, 어른이 되어서도 다시 찾아오곤 하죠. "딱 맞아요, 딱 맞아." 에클룬드 씨는 맞장구를 치며 마치 태양처럼 웃었다.

이때 학교 종이 울리기 시작했다. 에클룬드 씨는 천천히 일어났다. 그러고는 그 사내아이 일은 참 안되었고 캐럴이 자기를 너무나 실망시켰다고 말했다. "그렇지만 뭘 어쩔 수 있겠어요?" 그녀는 그렇게 말하며 한숨을 쉬었다. "아이들은 자기 인생을 살지요. 다른 사람들이 할 수 있는 건 그 삶이 올바르기를 희망하는 것뿐이에요."

▶ 1954. 1. 19.

▶ 앨스틴 양 통화

1월 21일 목요일 8시 반에 면담이 약속되었다. 앨스틴 양은 가정 방문은 거절했다.

▶ 1954. 1. 20.

▶ 뉴먼 씨 통화, 존 호베르크 회사

뉴먼은 존 호베르크 회사의 인사 담당자로, 다음 주 1월 26일 화요일 10시 30분에 잠시 대화할 시간이 있다고 했다.

(MW / JE)

▶ 1954. 1. 21.

▶ 면담 / 앨스틴 양, 8시 30분

엘리자베스 앨스틴과 캐럴이 친구였다는 사실은 정말 믿기 어렵다. 앨스틴 양은 모든 점에서 캐럴과 반대다. 사지가 가느다란 앨스턴 양은 작은 조각상 같다. 기다랗고 선이 뚜렷한 그녀의 얼굴에서 눈에 띄는 점은 거의 백묵과 같은 창백함이다. 그녀는 부드럽고 구불거리는 금색 머리카락을 가졌다. 그녀는 얼굴이 넓어질수록 두 눈 부근이 더 깊어지고, 좁아질수록 더 평평해진다는 규칙을 입증하는 사람이다. 그녀의 두 눈은 밝은 파란색이고 두 눈은 깊게 패여 있지 않다. 거의 그리스인 같은 얼굴형이다.

앨스틴 양은 소극적이지만 친절했다. 친절함 뒤에 있는 불신이 느껴지긴 했지만, 다행히도 호기심이 많아 보였다. 호기심은 소극성을 빨리 내려놓는 데 도움을 준다. 실제로 그녀는 오래지 않아 경계를 풀고 이것저것 털어놓기 시작했다.

그녀는 이제 자기들은 학교 다닐 때처럼 친하지는 않다고 말하면서 대화를 시작했다. 캐럴과의 내밀한 접촉이 끊어졌을 땐 무척 가슴이 아팠다고 한다. 우리가 그 혼외자를 언급했을 때는 의기소침 혹은 당황한 듯한 표정을 지었는데, 어찌 되었거나 편치는 않아 보였다. 엘리자베스는 캐럴이 절대로 나쁜 사람이 아니라고 강조했다. 그녀와 캐럴 둘 다 미국 중산층의 전형적인 경향성을 띠고 있었다. 둘 다 충분한 보호를 받으며 성장했고, 캐럴은 세 형제자매와, 엘리자베스는 두 형제자매와 같이 컸다. 이 둘은 힐다 양에게 피아노 교습을, 콜레트 부인에게는 발레 수업을 받았다. 함께 여학생 골프 리그에 참가하기도 했다. 캐럴은 피아노와 발레는 전혀 좋아하지 않았어요. 엘리자베스가 말했다. 하지만 골프는 아주 좋아했고 심지어 투어에도 참가했지요. 메달을 딸 정도는 아니었지만요. 아버지가 갑작스레 돌아가시면서(1949년) 캐럴은 변했어요. 더 소극적으로 변했고 불만이 많아졌고 변덕이 심해졌지요. 1년이 지나서 걔 어머니가 재혼했는데, 그즈음부터 캐럴은 옛날 친구들과는 소원해졌어요.

MW가 캐럴의 남자관계를 물어보자 엘리자베스는 어깨를 으쓱했다. 캐럴은 학교에서는 수줍어하는 편이었어요. 행동하기보다는 지켜보는 편이었고 학교 축제에서는 춤을 춘 적이 거의 없었어요. 마지막 해에는 그런 성향이 좀 바뀌긴 했지만요. 그때 캐럴은 껍질을 벗고 나와서 남자 친구를 사귀기도 했는데, 그건 한 달 뒤에 끝났어요. 캐럴은 자기가 먼저 그 관계를 끝냈다고 했지만 학교에서는 다른 소문이 돌았어요. 엘리자베스는 그 소문이 무엇이었는지는 말해 주지 않았다. 그 이야기를 하기는 거북해요. 그 남자 친구의 이름은 아직도 기억할 수 있어요. 로버트 소빈스키. 그는 다우스먼 거리에 살았어요. 우리 조부모님이 그 옆집에 살았기 때문에 기억하고 있어요.

이 정보를 통해서 소빈스키의 전화번호를 알 수 있었다. 그는 우리에게 1월 23일 토요일 11시에 자기 집으로 방문해 달라고 요청했다. 우리 사무실 여는 시간이 그의 수업 시간과 맞지 않았기 때문이다. 주소는 그린 베이시, 다우스먼 거리 1329다.

▶ 1954. 1.22.

▶ 거절 / 로즈 신부, 세인트 메리 사제관, 밀워키

로즈 신부는 애석하게도 아이를 위한 위탁 가정을 찾지 못했지만 계속 찾아볼 테니까 낙담하지 말라고 썼다.

▶ 1954. 1. 23.

▶ 가정 방문 / 소빈스키 씨, 11시

로버트 소빈스키는 배우 도널드 오코너와 닮았다. 그는 약 175센티미터의 키에 마른 편으로, 거의 야위었다고 할 수 있다. 피부색은 가벼운 갈색이다. 얼굴 형태는 뾰족하며 턱은 튀어나왔고 긴 편이다. 이마는 높고 이미 머리가 벗어지기 시작했다. 콧등은 길고 가늘며 코끝은 살짝 둥글다. 입술은 얇고 입은 작은 편이다. 머리카락은 갈색이고 직모다. 두 눈은 깊이 들어가 있지 않고 긴 편이고 작다. 홍채의 색깔군은 파랑이다. 대니얼 트루트만과 닮은 점은 아무리 찾아도 확인되지 않는다.

대화 내내 부모가 곁에 앉아 있었다. 실제 이 대화는 그의 부모 집 거실에서 이루어졌다. 소빈스키 씨는 세인트 줄리언 대학 학생이고 아직 부모 집에 살고 있다. 그는 아버지처럼 변호사가 되고 싶어 한다. 소빈스키 부부가 걱정하고 불안해해서 우리는 예의상의 인사를 주고받지 않고 바로 본론으로 들어갔다. 트루트만 아기의 이야기를 요약해 전달한 우리는 로버트에게 캐럴 트루트만이라는 여성을 알고 있냐고 물었다. 그는 그렇다고 말했다. 그는 캐럴을 고등학교에서 알게 되었다. 그들은 같이 졸업 무도회에 갔다. 그렇다면 졸업 연도에 계속 같이 어울렸냐고 MW가 물었다. 그러면서 앨스틴 양이 그렇게 말했었다고 덧붙였다. 로버트는 "일라이자는"이라고 말하며 입을 열었는데, 그때 그의 입은 조금 찌그러진 모양새가 되었다. "그 내숭 일라이자." 그는 리즈가 자기를 싫어했다고 말하면서 몸을 뒤로 기댔다. 그 당시 사람들은 리즈가 레즈비언이고 캐럴과 사랑에 빠졌다고 수군댔다고 한다. 캐럴은 그 관계를 늘 부인했지만, 리즈는 흔들림 없이 그녀의 대인관계에 계속 간섭했다. 어느 정도로 간섭했나요? MW가 물었다. 로버트는 한 숨을 쉬었다. 그녀는 캐럴에게 모든 걸 다 캐물은 다음에 어떤 일은 하지 말라고 따끔하게 지시했다는 것이다. 어떤 일 말이죠? MW가 물었다. "예를 들어 키스 같은 거요"라고 그가 대답했다. 어쩌면 그냥 리자가 그를 싫어해서 그랬던 걸 수도 있지만, 어쨌든 그녀는 너무나 집요하게 둘 사이에 끼어들었다. 간섭에 지친 그는 한 달만에 캐럴과의 관계를 끝낼 수밖에 없었다. 헤어지기 전, 그는 캐럴에게 자기와 리자 사이에서 결정을 하라고 말한 적이 있었다. 그럼 그렇게 헤어진 후에, 졸업 후에 캐럴을 다시 본 적이 있나요? MW가 물었다. 소빈스키는 아버지와 재빠르게 시선을 교환한 다음 고개를 저었다. 그 대답이 만족스럽지는 않았지만 대화는 그 정도로 끝이 났다. 로버트 소빈스키와 대니얼 트루트만 사이의 닮은 점이 확인되지 않았기 때문에 캐럴과 로버트의 관계를 더 파고들 이유가 없어졌다. 그저 형식상의 질문이 이어졌다. 소빈스키라는 이름이 폴란드에서 왔나요? 맞습니다. 그의 아버지가 대답했다. 그 집 부인이 끊임없이 강조한 것처럼 소빈스키의 아버지는 시의원이다. 이 집안 사람 중 몇몇은 폴란드에서 왔고 일부는 보헤미아에서 왔다.

MW는 소빈스키 가족에게 시간을 내줘서 감사하다고 말했다. 그녀가 일어서려는 순간, 로버트는 대니얼을 잘 돌보아 주고 있느냐고 물었다. '대니얼'이라고, 그는 마치 그 아이의 할아버지라도 되는 듯 말했다. MW는 아기의 주변 상황이 좋지 않다고 사실대로 말했다. 생모가 진실을 말하기를 거부할 뿐만 아니라 대니얼을 돌보지 않는다. 하지만 생부를 알기 전에 새로운 가정을 찾는 것은 불가능하다. 곧 생부를 찾기를 바랍니다. 소빈스키 부인은 그렇게 말하며 현관문을 닫았다.

▶ 1954. 1. 25.

▶ 면담(예고 없음) / 코넬 부인

코넬 부인이 예고 없이 사회복지국에 방문했다. 눈에 띌 정도로 분노해 있었다. 어떤 이야기가 자기의 귀에 들어왔는데, 이 "이야기"를 어떻게 끝까지 말해야 할지 모르겠다는 것이다. 조금은 더듬고 망설이던 그녀는 다음과 같은 소문이 지금 그린 베이에서 돌고 있다고 말했다. 어떤 젊은 (동네) 아가씨가 "시카고에서 온 세 명의 검둥이"와 "난교"를 벌이다가 임신을 했다는 것이다. 이 이야기의 어떤 버전에서는 그 처녀가 자발적으로 이 난교에 참여했다고 하고, 다른 이야기에서는 이 처녀에게 술을 먹여 온순하게 만들었다고 한다. 이 젊은 처녀는 도리스 데이처럼 피부가 하얗지만 이날 밤에 생긴 사내아이는 밤처럼 까맣다고 한다.

그렇다면 혹시 트루트만 양에게 성폭행이 가해졌을 수도 있냐고, 코넬 부인은 심란해하며 물었다. 만약 그렇다면 그들은 아이를 받아들일 수 없을 터였다. 코넬 부인은 걱정이 가득한 시선으로 MW를 쳐다보았다. 하지만 어쩐지 그녀는 이 소문을 정정해 주는 게 아니라 확인해 주기를 기다리는 듯 보였다. 임신을 둘러싼 정황은 우리에게 알려진 것이 없다고 MW는 사실대로 대답했다. 생부와 트루트만 양 사이에 정확히 무슨 일이 있었는지는 오로지 트루트만 양만이 대답할 수 있다. 그러면 캐럴은 아직도 생부의 정체를 밝히지 않고 있나요. 코넬 부인이 물었다. MW는 그렇다는 뜻으로 고개를 끄덕였다.

"그 불쌍한 아기"라고 코넬 부인이 말했다. "그 불쌍한 아기," 이 말이 캐럴을 뜻하는 것인지 대니얼을 뜻하는 것인지는 불분명했다. 코넬 부인은 완전히 기운이 빠진 듯 보였다. 그녀는 자기는 이런 이야기에 말려드는 위험을 감수할 수 없다고, "스캔들이 없는 아기"를 입양하겠다고 말했다. MW는 그 사정을 잘 이해하고 있다고 말했다. 그러면서 그녀가 이번에 내린 결정이 미래의 입양에 아무런 영향을 끼치지 않을 거라고 확약해 주었다.

▶ 1954. 1. 26.

▶ 면담 / 뉴먼 씨, 존 호베르크 회사, 10시 30분

누리끼리한 갈색 피부와 넓고 살짝 끈적거리는 손을 가진, 키가 크고 굼뜬 뉴먼 씨와의 대화는 회의실에서 그의 비서가 배석한 채로 이루어졌다. 뉴먼 씨는 환영의 인사로 억지 미

소를 지어 보였다. 우리는 그에게 캐럴 트루트만 문제를 브리핑했고, 그는 우리가—유색 인종 노동자는 한 명만 고용했는데—그 노동자와 직접 대화할 수는 없을 거라고 말했다. 우리 대신 공장 조장이 그에게 질문할 텐데, 그래도 분명 솔직한 대답을 들을 수 있을 거라고 했다. MW는 그래도 괜찮다고, 대신에 그 면담에 동석해서 대화를 듣고 있어도 되겠냐고 물었다.

뉴먼은 결정을 내리기 어려운 것 같았다. 이런 사건은 내부에서 처리가 되는 쪽이 더 좋을 것 같다고 그가 말했다. 이런저런 세부 사항들은 자기네도 알고 있으니, 이제 월턴 씨가 이 사건을 맡아서 비밀스럽고도 신속하게 처리할 것이다. 우리를 믿어도 좋다. 월턴 씨라고요? MW가 반발했다. 헨리 월턴이요? 뉴먼 씨는 놀랐다. 예, 헨리 월턴 씨가 바로 이 사건을 조사할 사람인데요, 혹시 이 사람을 알고 있나요? 그는 트루트만 양의 약혼자예요. 관련 없는 제삼자가 이 조사를 맡는 편이 더 좋지 않을까요? MW가 물었고 뉴먼은 이에 동의했다. 그러면 클라크 씨에게 이 조사를 위임하겠다. 그는 월턴을 대리해서 그만큼 원활하게 또 철저하게 이 사건을 처리할 것이다.

그럼 그 조사 결과는 언제쯤 받아 볼 수 있을까요? MW가 일어나면서 물었다. 뉴먼 씨는 비서가 우리에게 2월 첫째 주에 전화할 거라고 대답한 뒤 회의실에서 나갔다. MW는 톰슨 양에게 우리 전화번호와 주소를 주고 나왔다.

▶ 1954. 1. 29.

▶ 렌트미스터 부인 통화

트루드의 말에 따르면 지난 밤에 자기 침실 앞에서 "사랑과 전쟁의 드라마"가 펼쳐졌다. 월턴 씨와 캐럴이 정원에서 아주 큰 소리로 싸웠다고 한다.

월턴은 캐럴에게 어떻게 자기를 속일 수가 있냐고, 품행이 이렇게까지 부덕한 인간인 줄은 몰랐다고, 자기는 부하들을 통해 이 일을 알게 되었으며 지금 공장에서 완전히 웃음거리가 되었다고 소리질렀다. 그는 나무 사이에서 마치 미치광이처럼 캐럴을 이리저리 몰아세웠고, 캐럴은 훌쩍거리면서 그 말을 한참 듣더니 결국 그의 장광설을 깨고 자기가 무죄라는 것을 강조하려 했다. 그러나 그는 진정되지 않았다. 완전히 시기하고 있었기 때문이다. 도대체 몇 명의 남자와 잔 거냐며 그는 계속 소리를 질러댔다. 몇 명하고 잤냐고? 이어서 그는 캐럴이 그 정도로 걸레인 줄 알았다면 절대로, 절대로 결혼해 달라고 요청하지 않았을 거라고 외쳤다. 어떻게 그런 말을 할 수 있어요. 캐럴은 울면서 소리쳤다. 이 이야기들은 모두 부풀려졌고 거짓부렁이고 그 안에 진실은 하나도 없다! 자기 아버지는 죽을 때까지 무려 20년 동안 존 호베르크 회사에서 뼈 빠지게 일했는데, 피터 클라크는 자기 아버지에게 일을 배웠는데, 그리고 아버지와 친구 사이였는데, 어떻게 피터가 자기 친구 딸에 대해 그런 말을 떠들어 댈 수 있단 말인가? 아마도 피터는 헨리를 질투하는 건지도 모른다. 그의 승진이 물 건너갔으니까 말이다.

월턴 씨는 미쳤냐는 듯 캐럴을 째려보았다. 어떻게 그런 주장을 할 수 있어? 이렇게 말한 그는 완전히 맥이 풀려서 땅바닥에 털썩 주저앉았다. 이제 이 도시의 반이 당신의 일탈 행동을 알고 있어. 캐럴은 그의 옆에 앉아 그를 껴안더니 그에게 그중 진실은 하나도 없다고 확인해 주었다. 둘은 같이 엉엉 울었다. 마침내 캐럴이 그의 손을 잡았고, 둘은 함께 집 안으로 사라졌다. 아마도 그들은 캐럴의 방으로 갔을 것이다. 트루드는 위층에서 문이 닫히는 소리를 들었다고 말했다. 이 집은 원래 남자의 방문을 금하지만, 지난밤에는 집안 사람 모두가 이 드라마를 듣고만 있었다. 이후 트루드는 들국화 차를 한 잔 마시고는 바로 침대에 들었다.

그녀는 먼동이 트는 아침에 월턴 씨가 집에서 살금살금 빠져나가는 것을 보았다. 깊게 잠들지 않았던 그녀는 현관문이 끼익 소리를 내자 바로 깨었던 것이다.

월턴 씨는 정원을 마치 도둑처럼 기어 나갔다.

(MW / JE)

▶ 1954. 2. 1.

▶ 피셔 양 통화, 세인트 메리 병원

병원 행정실은 지난달에 트루트만 양으로부터 수표를 받지 못했다. 그녀는 병원에 295달러의 빚이 있다.

▶ 1954. 2. 3.

▶ 약속(예고 없음) / C. 트루트만

캐럴은 오늘 아침에 우리 사무실에 쳐들어왔다. 그녀는 너무나 히스테리컬한 반응을 보였고 제어가 되지 않아서 거기 있던 모든 동료들이 우리 대화를 함께 들을 수 있을 정도였다.

캐럴은 생부 찾는 일을 당장 중지하라고 요구했다. 그녀는 우리에게 메이너드의 주둔지 주소와 그의 식구들의 주소 그리고 그들의 사회보장보험 번호까지 주었다. 또한 헬노어 부인의 전화번호도 주었다. 도대체 나한테 뭘 원하는가? 자기는 방금 해고를 당했다. 우리 때문이다. 우리 때문에 자기는 사흘 전부터 집도 절도 없는 신세다. 이제 자기는 여인숙에서 자야 하는데, 왜냐하면 친엄마조차 그녀를 거절했기 때문이다. 약혼자는 이제 자기와 이야기를 하지 않는다. 그녀는 잠시 멈추었다가 소리를 질렀다. “그런데 당신은 이미 모든 것을 알고 있잖아요! 당신의 스파이가 모든 것을 고해바쳤잖아요!”

캐럴은 자기의 음모론을 계속 확장했다. 우리가 온 도시에 우리 끄나풀들을 심어 놨다는 것이다. 그 끄나풀들은 낮이고 밤이고 우리에게 보고를 올리기 위해 자기를 쫓아다니고 관찰하고 엿들을 것이다. 자기가 지금 처한 상황은 거미줄에 걸린 파리와 같다. 우리가 먹잇감을 죽이려 하고 있기 때문이다. 캐럴은 우리가 자기의 생명을 노리고 있다고, 자기에게서 모든 것을 빼앗은 뒤 자기를 파괴하려 한다고 믿고 있다. 자기가 사랑하는 남자가 자기를 저버리고 말았다. 자기 가족이 그랬듯이 말이다! 이제 만족하는가? 이제 드디어 만족하느냐고?

캐럴은 눈을 크게 치켜뜨고는 MW를 바라보았다. 그녀는 마치 덫에 걸린 짐승처럼 머리도 빗지 않았고 씻지도 않은 상태였다. 아니, 그녀는 정말로 덫에 걸린 짐승처럼 보였다. 그 점은 인정할 수밖에 없었다. 우리는 의도하지는 않았지만 그녀를 포획해 버렸다. 이제는 그녀가 상황을 이해할 수 있도록 되도록 신중하게 설명할 차례였다. 우리는 결코 당신에게 고통을 가하려고 한 적이 없다. 우리는 오로지 진실만을 노렸지 당신을 노린 게 아니다. 진실, 진실이라고 캐럴이 소리를 질렀다. 도대체 우리에게 진실이 무슨 소용이에요? 그녀는 두 주먹을 치켜들고 MW에게 달려들었다. 머피 양과 바그너 양은 캐럴을 붙들어야만 했다. 캐럴은 구급 대원까지 물고 때렸다. 아마도 내일까지 병원에 잡아 두게 될 것이다. 관찰을 위해서 말이다.

▶ 1954. 2. 4.

▶ 오렐리아 간호사 통화, 세인트 메리 병원

오렐리아 간호사에 따르면 캐럴은 정오에 퇴원했다. 벨린 부인이 데려갔다.

▶ 1954. 2. 5.

▶ 톰슨 양 통화, 존 호베르크

톰슨 양은 조사 결과 특별한 점은 나오지 않았다고 말했다. 자기네 회사에서 일하는 유색 인종 노동자는 캐럴 트루트만을 모른다고 맹세했는데 그 말은 믿을 만하다. 그는 1953년 8월 초에 그린 베이로 왔으며, 이전에는 조지아주의 서배너에 살았다고 한다.

▶ 1954. 2. 8.

▶ 로즈 신부 통화, 세인트 메리 사제관, 밀워키

로즈 신부는 아마도 대니얼을 위한 가정을 찾은 것 같다고 우리에게 알려 왔다. 파울리 부부라고 하는데, 그린 베이에 살고 자기의 먼 친척이라고 했다(파울리 부인이 그의 외가 쪽 사촌이라고). 이 부부는 대니를 보러 오고 싶다고 한다. 이미 중년인 그들은 벌써 다섯 아이를 키웠다. 가장 큰애는 딸인데 이미 결혼했고 애를 낳으려고 기다리고 있다. 가장 어린애는 아들인데 이제 고등학교에 다닌다(세인트 노버트 고등학교). 파울리 부부는 대니얼이 혼혈아라는 것을 알고 있고 그 점에 개의치 않는다. 아이는 이미 생후 7개월이나 되었기 때문에 그들은 되도록 빨리 대니를 만나고 싶어 한다. 가능하다면 이번 주 일요일인 1954년 2월 14일 14시면 좋겠다고 한다.

MW는 이 면담 일정을 확정해 주었다. 그리고 이 일정을 오렐리아 간호사에게 전달해서 파울리 부부를 현장에서 맞이하도록 조치해 두겠다고 약속했다.

5일 전 캐럴의 히스테리 발작 이후에 이 사건을 되도록 빨리 종결지으려 했던 머피 양은 이 소식에 아주 기뻐했다. 머피 양은 파울리 부부의 입양을 "되도록 맛깔나게" 만들어야 한다고 말했다.

▶ 1954. 2. 9.

▶ 렌트미스터 부인 통화

트루드는 두 가지 소식을 알려 주었다.

1. 캐럴은 전에 살던 곳으로 돌아갔다. 벨린 부인이 이 처녀를 제발 다시 받아 달라고 요청했고, 자기도 이 절망하는 어머니를 외면하는 것은 마음에 걸렸기 때문이다. 그래서 캐럴에게 2월 28일까지는 머물러도 된다고, 하지만 그 이후에는 새로운 숙소를 찾아야 한다고 말했다. 벨린 부인도 이에 동의했다.

2. 월턴 씨는 부인과 갈라섰다. 그 사실을 트루드에

게 일러 준 건 그녀의 친구인 글래디스(관청에서 일한다)라고 한다. 월턴 씨의 (전)처는 판사에게 이혼 사건을 빨리 진행해 달라고 요청했다. 전처는 자신이 (전)남편의 여자 친구 및 그 여자를 둘러싼 소문과 아무런 관련이 없기를 바란다. 판사는 이 소망을 잘 이해할 수 있을 것이다.

마지막으로 트루드는 지난주부터 월턴 씨를 집이나 집 근처 어디에서도 볼 수 없었다고 보고했다. 캐럴도 이미 오래전부터 보지 못했다. 그 처녀는 자기 방에 처박혀서 나오기를 거부한다.

▶ 1954. 2. 11.

▶ 방문 / 아카이브, 그린 베이 신문사

대니얼의 수태 시기에 그린 베이에 머물렀던 다른 유색 인종 재즈 음악가를 조사해 보았지만 아무런 소득이 없었다.

지미 조던 트리오가 유일한 검둥이였다. 이들은 넉 달 동안—1952년 8월 중순부터 12월 초까지—그린 베이에 머물렀다. 그린 베이 신문사가 저장해 놓은 사진에서 알아낸 바로는, 당시 거기 머물렀던 다른 가수나 음악가는 모두 피부가 밝거나 여성이었다.

▶ 1954. 2. 12.

▶ 미첼 순경 통화

미첼 순경은 MW의 이웃 동네를 순찰하다가 그녀와 안면을 튼 인물로, 대니얼 트루트만 사건에 대해 자주 자문해 주었다. 그는 아주 친절해서 상관인 리 경감과의 약속을 잡아 주었다. 면담은 1954년 2월 15일 월요일 9시에 있을 것이다.

▶ 1954. 2. 14.

▶ 면담 / 파울리 부부, 세인트 메리 고아원, 14시

파울리 부부가 들어오기 전, 대니얼을 담당 중인 버나뎃 간호사는 아이가 건강하며 몸무게가 많이 늘었고 키도 많이 컸다고 전해 주었다. 대니얼은 이제 격자 침대 속에서 기려고 시도하는데, 그럴 때면 아주 즐거워 보였다. 두 손과 두 발을 공중에 올리고 휘저을 때는 마치 수영을 하는 것 같았다. 그는 자기 자리에서 거의 움직이지 못했고, 마치 풍뎅이처럼 자기의 둥근 배로 바닥을 밀며 여기저기로 버둥거렸다.

아이는 지난번 진찰(1953년 12월 10일) 이후 아주 많이 변했다. 피부색은 다소 어두워졌고 한때 중간 정도의 갈색이고 직모였던 머리카락은 이제 어두운 갈색으로 변하며 가볍게 곱슬거렸다. 코는 점점 더 사다리꼴 깔때기 모양으로 변하면서 원시성이 더 분명해졌다. 입술은 부풀었다. 예나 지금이나 눈가에는 검둥이 주름이 없다.

파울리 부부는 대니얼과 비교하면 거의 천사처럼 하얗다. 둘 다 금발이고 피부색이 밝고 파란 눈을 가졌다. 이 아이와 이 두 어른의 차이는 너무나 분명하다. MW는 그 점에 대해 말을 꺼냈다. 파울리 부인은 그건 자기에게는 하등의 문젯거리가 아니라고, 자기는 자기가 무슨 일을 하려는지 잘 알고 있다고 말했다. 자기는 처음부터 대니얼에게 꽂혔고—그 점은 결코 무시할 수 없는 요소다—그를 더 이상 품에서 놓아 주고 싶지 않다. 또한 이 아이 역시 마치 작은 원숭이마냥 자기에게 달라붙고 있다. 파울리 씨는 이 연극을 좋은 마음으로 찡그리며 관찰했고, 가끔씩 아이의 뺨과 머리카락을 쓰다듬어 주었다. 그와 MW의 시선이 교차했을 때, 그는 (미안해하면서) 자기 부인이 아이들을 사랑한다고 말했다. 지금 그들은 성인이 된 맏이가 낳을 손자를 기다리고 있다. 그러나 파울리 부인은 인내심이 모자란 편이다. 로즈 신부가 아기 트루트만 이야기를 꺼내자 그녀는 도저히 그냥 넘어갈 수 없었다. 파울리 부인은 이 아이에게 가정을 선사해야만 한다. 집이 좀 좁아지겠지만 괜찮다. 만약 이 아이에게 방이 필요하다고 말한다면 이렇게 답할 수 있다. 우리가 낳은 아이들은 이미 다 훨훨 날아간 거나 다름없다고 말이다. 가장 어린 아이가 이미 15세였다.

파울리 부부에게 검둥이 아이를 키운 경험이 있는지 물어보았다. 파울리 씨는 고개를 저었다. 그린 베이에는 사실상 검둥이가 없는 거나 마찬가지다. 아무도 검둥이 아이를 경험하지 못했다. 우리는 질문을 달리해 보았다. 파울리 부부는 백인 아이보다 검둥이 아이를 기르는 것이 더 어렵다는 걸 분명히 알고 있는가? 그때 파울리 부인이 끼어들었다. 이전까지 대니얼과 놀면서 대화를 듣고만 있던 그녀는 "그 점은 이미 계산해 봤다"고 대답했다. 사실은 이 아이가 학교에 들어가면 남들과 다른 외모 때문에 놀림을 받을까 봐 걱정된다. 그래서 약간의 소망을 담아, 이 아이가 자기 아버지보다는 어머니 쪽에 더 가깝기를 희망했다. 그러나 유감스럽게도 그렇지 못한 것 같다. 그녀는 다시 더 큰 목소리로 말했다. 하지만 이 아이가 크면서 어떻게 될지 누가 알겠냐고, 젖먹이들은 아주 빨리 변한다고.

MW의 질문은 계속되었다. 가족 전체가 유색 인종 아이를 입양하는 데 동의했는지? 낯선 아이는 가족에 부담을 주고, 혼혈 아이는 확실히 더 큰 부담이기 때문이다. 파울리 부인은 천천히 고개를 끄덕였다. 물론 그들은 다시 한 번 이 모든 것을 자녀들에게 자세히 이야기해야 한다. 그러나 큰딸인 세라는 이미 대니얼을 위해 재킷을 뜨개질하기 시작했고 조슈아와 피터, 두 어린 형들은 지하실로 가서 옛날에 자기들이 갖고 놀던 장난감을 가져왔다. 그러면 아기 엄마와 관련된 소문은 어떻게 생각하느냐고 MW는 질문을 이어갔다. 그 이야기를 들은 적이 있으세요? 파울리 부부는 시선을 교환했다. 파울리 씨가 말했다. 물론 자기들도 이런저런 이야기를 들었다. 그러나 그 이야기에서 거론된 건 아기의 부모뿐이다. 아기는 그 이야기와 관계가 없다. 왜 이 죄 없는 아이가 부모의 죄를 떠맡아야 하는가? 물론 쉬운 문제는 아니라고 파울리 부인이 말했다. 많은 선입견이 있을 것이다. 하지만 그만큼 많은 공통점을 발견할 수도 있을 것이다. 게다가 로즈 신부의 도움도 받을 수 있다. 이제 자기들은 이 불행한 아기의 미래가 행복해지도록 최선을 다 할 참이다. MW는 그들이 우리의 조사가 끝나기를 기다려야 하지만, 그 외에 입양에 걸림돌이 될 만한 부분은 없다고 설명했다.

파울리 부부는 천천히 고개를 끄덕였다. 그들은 약간 혼란이 온 듯 보였다. 파울리 부인은 대니얼을 침대에 다시 눕히기 전에 마지막으로 자기 가슴에 꼭 끌어안았다. 아기는 울면서 떨어지려 하지 않았다. 대니얼에게서 막 등을 돌린 파울리 부인의 눈에도 눈물이 고여 있었다.

▶ 1954. 2. 15.

▶ 면담 / 리 경감, 그린 베이 경찰청, 9시

리 경감은 여러 일로 바쁜 사람이다. 그래도 MW를 아주 반갑게 맞아 주었고 트루트만 사건의 세세한 부분에 대해 설명할 때도 참을성을 가지고 들어 주었다. 그녀가 보고를 마치자, 경감은 이러한 조사는 사실 피할 수 있다면 그냥 피하는 게 제일 바람직했을 것이라고 말했다. 하지만 때로는 경찰이 이런 일을 지원할 수밖에 없는 상황이 오기도 한다고, 원래 젊은이들이 벌이는 오판은 애초에 그 싹부터 잘라 버려야 하는 법이라고 그는 말했다. 미첼 순경이 이 조사를 지휘할 것이고 그린 베이 경찰 전체가 그를 도울 예정이었다.

미첼 순경은 20대 후반이고 가족은 스코틀랜드 출신이다. 붉은 금발의 곱슬머리이고 코가 넓다. 코끝은 극도로 얇은 윗입술을 건드릴 정도로 내려와 있다(아랫입술은 아주 조금 넓다). 그는 자신을 하워드라고 불러 달라고 했다. 키가 크고 운동선수 같은 체격이다. 학교 운동 팀에서 러닝백을 맡았다고 한다. 그는 이 사건을 조사하게 되어 기쁘며 이 일은 정기 순찰 같은 것과는 다른 일일 거라고 말했다.

하워드는 이미 조사를 발동시켰다. 지금은 대도시가 된 그린 베이에는 85명의 검둥이 남자와 23명의 검둥이 여자가 살고 있다. 이 85명 중에서 그린 베이 도시 지역에 사는 사람은 9명이다. 4명은 45세 이상이며 기혼자다. 2명은 35세 이상 기혼자이며, 나머지 3명은 지난해 가을부터 여기에 산다. 그가 보기에 생부로 간주될 만한 사람은 2명이다. 존스 씨와 테일러 씨다. 존스 씨는 자동차 공업사인 마이어 & 선즈 회사에서 기술자로 일한다. 테일러 씨는 실업자로 등록되어 있다. MW는 35세 이상의 남자들은 조사에서 왜 배제했는지 물어보았다. 하워드는 트루트만 양이 기혼자랑 놀아났다고는 상상할 수 없다고 대답했다. 그녀처럼 젊은 아가씨들은 자기 나이 또래가 편한 법이다. 그러자 MW는 유색 인종의 나이를 평가하는 것은 어려운 일이라고, 40

세인 검둥이가 열 살 혹은 스무 살까지 자기 나이를 줄일 수 있고 자기도 거기에 넘어갈 수 있다고 말했다. 미첼 순경은 믿을 수 없다는 듯 크게 웃더니 모든 경우를 다 조사하겠다고 약속했다. 그러나 60살이 넘은 경우는 제외해도 되지 않겠냐고 물었다. 아닌가요? MW는 그의 말에 동의해 주었다. 그러나 그녀는 경찰이 조사를 할 때 자기도 같이 있게 해 달라고 요청했고, 그 말을 들은 하워드는 의심스럽다는 듯이 바라보았다. 이 건은 경찰의 공식적인 조사에 해당한다고 그가 천천히 말했다. 그러자 MW가 이의를 제기했다. 이 사건은 일차적으로 애 아빠를 찾는 문제라는 거였다. 이건 범죄 사건이 아니라고요. 아직은 아니겠죠. 하워드가 맞받아쳤다. 어쨌든 그는 MW의 요구를 받아들였다. 가정 방문이 있을 때는 같이 가도 됩니다.

그는 그린 베이시의 지도를 펼쳐서 다음 날 방문하게 될 주소들을 모두 표시했다. 생부일 가능성이 높은 두 사람부터 시작한다.

▶ 1954. 2. 16.

▶ 가정 방문 / 존스 씨, 18시

아키 존스는 만날 수 없었다. 그의 어머니는 존스 씨가 한국전쟁에 참전했다가 아직 귀향하지 않았다고 했다. 그는 3년 전에 군대에 갔으며, 전장에서 행방불명이 되었다는 소식만

이 전해졌다. 그에게 무슨 일이 일어났는지는 모른다.

방문 틈으로 존스 씨의 아버지를 볼 수 있었다. 그는 거실 소파에 앉아서 구겨진 신문을 노려보고 있었다. 기껏해야 40대 후반인데 나이보다 늙어 보였다. 그의 아들은 캐럴과 비슷한 나이다. 우리는 존스 부자는 생부로 고려하지 않기로 합의를 보았다.

작별 인사를 나누기 전, 하워드는 1952년 늦은 가을에 이 지역에서 성폭행 사건이 있었는지 알아봐 달라고 동료에게 요청해 놓았다고 말했다. 데이비스 순경이 제브러 라운지 인근 조사에 투입되었다.

▶ 1954. 2. 17.

▶ 가정 방문 / 테일러 씨, 9시

우리가 질문을 던지기도 전에 테일러 씨는 자기 아들이 이민을 갔고 캐나다에 살고 있다고 말했다. "언제부터요?"라고 미첼 순경이 물었다. "정확히 언제 테일러 씨가 이민을 갔습니까?" 그때 엘리자베스 테일러는 잠시 생각을 해야 했다(그녀는 리즈 테일러와는 전혀 닮지 않았다). 1953년 1월이에요. 그녀는 우리 쪽은 돌아다보지도 않고 말했다. 그러고는 아니, 1952년 12월에, 크리스마스 후에 갔어요, 라고 정정했다.

이제까지 아들이 캐럴 트루트만이라는 여자에 대해

이야기한 적이 있습니까. 하워드가 물었다. 어떻게 그런 말을. 테일러 부인은 강하게 머리를 저었고, 그 애는 단 한 번도, 단 한 번도 캐럴 트루트만이라는 이름을 언급한 적이 없어요, 라고 강조했다. 집단 난교에 낀 적도 없고요. 그 애는 그러기엔 너무 점잖거든요. 케리는 참하고 조용한 남자애였다고, 그래서 일자리를 구하는 게 그렇게 어려웠다고 그녀는 말했다. 그 아이는 사람들이 자기를 그냥 지나쳐버리지 않도록 요란하게 북을 치고 큰 목소리로 말해야 했다. 게다가 사람들은 흑인이라면 은연중에 젖혀 놓기가 쉽죠. 부인이 중얼거렸다. 그런데 지금은 범죄 사건을 수사 중이신 게 아닌가요? 범법자를 쫓고 있는 거 아니신가요?

이때 MW가 끼어들었다. 아닙니다. 이 사건은 생부와 가족 없이 커야 하는 아기에 관한 문제예요. MW의 시선은 벽에 걸린 사진에 꽂혔다. 한 아기, 채 한 살도 되지 않은 젖먹이의 사진이 그녀의 눈에 박혔다. 테일러 부인은 그 모습을 놓치지 않고 말했다. 그건 한 살 때의 케리예요. 그러면 요즘은 어떻게 생겼나요. MW가 물었다. 많이 변했나요? 테일러 부인은 머리를 저었다. 걘 아직도 아기처럼 보여요. 부인은 찡그리며 말한 뒤 벽에 걸린 다른 사진을 가지고 왔다. 정장을 입고 넥타이를 맨 젊은 남자의 사진이었다. 견진성사 때예요. 테일러 부인이 말했다. 이 애는 이 무렵 이후에는 변하지 않았어요. 사진 속 케리의 턱수염은 아직 성기게 나 있었다.

케리 테일러는 못생긴 남자였다. 심지어 자기 종족 중에서도 못생긴 사례라고 말할 수 있을 정도였다. 캐럴 같은 여자가 그와 사귀었다는 것은 믿기 어렵다. 일반적으로 검둥이가 보통 여성들에게 좋은 감정을 유발하려면 평균 이상으로 잘생겨야 한다.

테일러 부인은 한숨을 쉬었다. “그 여자애는 백인이지요, 그렇지 않나요?”라고 물었다. 하워드는 그걸 어디에서 들었는지 물었다. 사람들은 많은 것을 듣게 되지요, 그녀가 말했다. 하워드는 그 아이가 혼혈이라고 확인해 주었다. 그러면 아기의 생부는 절대 우리 아들이 아니에요. 아들은 백인 처녀에게는 관심이 없고, 애초에 백인 처녀는 아들과 데이트하자고도 안 할 거예요. 그래서 그 애가 이민을 간 거죠. 부인의 목소리가 커졌다. 여기에서는 선택권이 거의 없잖아요! 그러면 그는 남쪽으로 갈 수도 있었겠네요. 하워드가 찡그리며 그 말을 내뱉자 테일러 부인은 그를 노려보았다. “왜요? 목매달려 죽으려고요?” 하워드는 말을 더듬거리며 케리의 캐나다 주소를 줄 수 있느냐고 물었지만, 그녀는 그를 동정하듯 쳐다보면서 “안 돼요”라고 말한 뒤 우리 면전에서 문을 닫았다.

우리는 테일러 씨가 아주 높은 확률로 트루트만 아기의 생부가 아닐 거라는 결론에 도달했다. D. 트루트만과 C. 테일러의 유사성이 너무나 적었다. 오후 조사는 시간상의 이유로 미첼 순경 혼자서 하기로 했다.

▶ 1954. 2. 18.

▶ 파울리 부인 통화

파울리 부인은 전화 통화를 시작하자마자 기쁜 소식이 있다고 알렸다. 자기들이 대니얼을 데려오기로 결정했다는 것이다. 우선은 위탁으로, 그러나 이후 입양할 가능성도 배제하지는 않았다고 한다.

우리의 반박에도 불구하고 파울리 부인은 결심을 굽히려 하지 않았다. 파울리 씨와 자기는 트루트만 양의 과거에 대해 잘 알고 있다. 그들은 모든 사정을 다 고려했고 아기가 희생자라는 결론에 도달했다고 말했다. 그들은 이 비참한 상황에 종지부를 찍기로 했다. 불행한 상황 속에서 태어났다는 이유 하나로 불행하게 살아서는 안 되기 때문이다.

우리는 경찰 조사만 끝나면 우리가 나머지 형식적인 절차들을 기꺼이 처리해 줄 수 있다고 설명했다. 그게 언제쯤이냐고 파울리 부인이 물었다. 그건 아직은 알 수 없다고 MW가 대답했다. 조사는 막 시작된 참이다.

부인은 침묵했다. 그녀의 침묵은 비난처럼 느껴졌다. 결국 부인은 조사가 끝날 때까지 참고 기다리겠다고 말하고 수화기를 내려놓았다.

▶ 미첼 순경 통화

하워드는 마이런 고든(47세, 네 아이의 아버지, 제지 공장

노동자)이 캐럴을 모른다고 했는데 그 말은 신뢰할 만하다고 했다. 존 가이어(45세, 세 아이의 아버지, 부두 노동자), 레이 무어(55세, 다섯 아이의 아버지, 두 손자의 할아버지, 도시 동쪽 끝단 우유 농장 소유자)와 리처드 해밀턴(51세, 세 아이의 아버지, 네 손자의 할아버지, 부두 노동자) 역시 그러하다. 하워드는 그들의 옛 사진을 살펴보았고, 네 남자 중 그 누구도 트루트만 아기와 닮은 사람은 없었다고 했다.

▶ 1954. 2. 19.

머피 양은 오늘 아침 자기 사무실로 MW를 불렀다. 그녀는 자리에 앉으라고 말하지도 않은 채 왜 경찰이 대니얼 트루트만의 사건을 조사하느냐고 기습적으로 물었다.

MW는 아기의 생부를 찾을 다른 방법이 없었기 때문이라고 해명했다. 그 말을 들은 머피 양은 참지 못했다. 아이 어머니가 협조하지 않는 한, 우리는 모든 노력을 이 아기의 불확실한 인종성을 받아들일 가족을 찾는 데에 쏟아부어야 하는 거 아니냐고 그녀는 말했다. 심지어 그렇게 불확실하지도 않은 상황이잖아요. 그녀가 말했다. 이 아이는 분명히 유색 인종이잖아요! 그러니 이 조사를 즉각 그만두어야 합니다. 이미 도시에 아주 거친 소문들이 돌고 있고, 그게 아이의 위탁 부모 찾는 일을 거의 불가능하게 만들고 있어요. 입양은 이제 말도 꺼낼 수 없어요. 당신은 자기가 하는 행동이 무슨 결과를 불러오고 있는지 제대로 알고는 있나요? MW는 자기 일을 할 뿐이고 자기 이 가져올 결과에 대해서는 물론 아주 잘 알고 있다고 말했다.

머피 양은 얼굴이 붉어지더니 목소리를 더 키웠다. 당신은 자기만 옳다고 믿고 도대체 배우려고 하질 않네요. 트루트만 양은 이 소문 때문에 일자리와 집을 잃었어요. 이제 약혼자에게도 버림을 받았는데 그게 당신에게는 아무렇지도 않나 보네요. MW는 격분해서 거칠게 숨을 쉬었다. 자기는 절대로 그 소문을 세상에 퍼뜨리지 않았다. 트루트만 양이 일자리와 집, 약혼자까지 다 잃어버린 것은 당연히 자기 잘못이 아니다. 그녀의 상사와 집주인과 약혼자가 그 결정을 내린 것이다. 트루트만 양은 처음부터 자기 자신을 미혹된 길로 이끌었고 진실을 말하지 않았는데, 그러지만 않았더라도 상황이 이 지경이 되지는 않았을 것이다. 그 말을 들은 머피 양은 대답할 말을 잊어버렸다. 그저 "도대체 당신은 당신한테 주어진 일만 하면 안 되나요?"라고 불평했을 뿐이다.

이 자리에서 짚고 넘어가야 할 점은, MW가 정확하게 '자신에게 주어진 일'을 했다는 것이다. 그녀가 그 아기의 인종적 정체성을 조사한 건 그를 진짜 가족으로 인도해 주려 했기 때문이다. 그 아이가 낯선 문화 속에서, 낯선 사람들 속에서 자라지 않게 말이다. MW는 이 점을 머피 양에게 최대한 끈기 있게 설명했다. 그러나 머피 양의 귀는 닫혀 있었다. 머피 양은 MW에게 바로 파울리 부부와 연락을 취해서 대니얼 트루트만의 위탁 부모 자리를 확실히 굳히라고 말했다.

이 대화가 오전 시간을 다 소모했기 때문에 미첼 순경은 오늘의 조사를 혼자서 해야 했다.

▶ 미첼 순경 통화

하워드가 보고차 전화를 했다. 그의 견해에 따르면 진 윌리엄스(36세, 세 아이의 아버지, 작은 잡동사니 가게의 직원), 클라크 필립스(38세, 두 아이의 아빠, 보조 미용사), 그리고 유진 몽고메리(40, 네 아이의 아버지, 제지 공장의 보조 노동자)도 대니얼 트루트만의 생부로 고려할 수 없다. 진은 절뚝거리고 클라크는 비정상적으로 비만이며 유진은 사고 때문에 한쪽 손의 손가락 두 개가 없다. 게다가 세 남자 중 그 누구도 아기와 얼굴이 닮지 않았다. 따라서 이들을 용의선상에서 제외해도 된다.

하워드는 그와 더불어 이제 조사 대상 중에 남은 사람은 아무도 없다고 말했다. 하지만 조사 자체가 모두 종결된 것은 아니라고, 아마도 데이비스 순경이 뭔가 흥미로운 사실을 전달해 줄 수도 있을 거라고 한다.

▶ 1954. 2. 22.

▶ 렌트미스터 부인 통화

트루드는 경찰 조사에 대해 듣고서는 우리에게 전화를 했다. 그러고는 우리(사회복지국과 경찰)가 월턴 씨 가게에 검둥이가 한 명 있었다는 사실을 알고 있느냐고 물었다. MW는 이 질문에 몰랐다고 대답했다.

트루드는 자기도 믿기 어렵지만 월턴의 할아버지가 흑인 혼혈이라는 소문이 있다고 말했다. 월턴과 그의 아버지는 운이 좋아서 검둥이 유전자를 물려받지 않았지만 아마 다음 세대에 그 유전자가 다시 나타날 거예요. 이게 이번 사건의 해답 아니겠어요? 트루드는 흥분해서 소리를 질렀다. 캐럴은 어떤 검둥이와 관계를 가진 게 아니라 자기 약혼자와 관계를 가진 거예요. 그러자 MW는 캐럴이 임신했을 땐 월턴 씨를 알기 전이었다고 반박했고, 트루드는 그 말을 듣고 열을 냈다. 그건 캐럴의 주장일 뿐이잖아요. 분명 월턴 씨가 생부일 거예요. 그게 아니라면 왜 그가 아직도 약혼을 깨지 않고 있겠어요? 세상 어떤 남자가 그런 여자랑 결혼하려 들까요, 이런 스캔들이 있고 나서 말이죠.

MW는 이 소문을 미첼 순경에게 전달하겠다고 트루드와 약속했다. 트루드의 말에도 옳은 부분은 있었다. 캐럴이 단 한 번도 진실을 말하지 않았다는 것 말이다.

▶ 1954. 2. 23.

▶ 미첼 순경 통화

하워드는 데이비스 순경의 조사 결과를 전해 주었다. 1952년 10월에서 12월까지는 강간 신고가 들어온 게 한 건도 없었다고 한다. 캐럴의 임신이 폭력에 의한 것이라는 가능성은 배제해도 된다.

그는 렌트미스터 부인의 이론에도 강한 관심을 나타내었다. 우리는 이에 대해 더 자세히 논의했고, 우리가 직접 확인해보기로 했다. 월턴 씨와의 면담 약속을 곧바로 잡아 보기로 했다.

▶ 1954. 2. 24.

▶ 미첼 순경 통화

그는 월턴 씨와 이야기했다고 한다. 월턴 씨는 자제력을 잃어버렸고 말다툼이 일어났다. 월턴 씨는 변호사 없이는 조사에 응하지 않겠다고 예고했다. 어찌 되었든 간에 약속 일자가 잡혔다. 1954년 3월 2일 8시다.

▶ 1954. 2. 25.

▶ 면담(예고 없었음) / 파울리 부인

파울리 부인은 미리 약속을 해야 한다고 여러 번 이야기했음에도 불구하고 우리와 이야기를 하겠다고 주장했다. 자기는 이 아기가 충분한 돌봄을 받지 못해서 걱정된다는 것이다.

대니얼은 이미 첫 6개월을 혈육이나 그에 상응하는 조력자의 돌봄 없이 보냈는데, 왜 우리가 아직도 "그의 고통"을 연장하려드는지 모르겠다고 그녀는 말했다.

파울리 부인이 화가 난 것은 어느 정도까지는 이해가 가지만, 그건 어느 정도까지만이다. 부인에게는 대니얼을 가정과 연결하는 데 최선을 다하겠다고 약속했었다. 자기 일족—유전적 근친—주변에서 성장하는 게 대니얼에게도 이롭지 않겠어요? 부인께서는 대니얼(아프리카계 미국인)의 가정 문화에 대해 아는 게 있으신가요? 그 아이는 여기에서 낯선 존재잖아요. 대니얼은 의심할 여지 없이 사랑으로 가득한 당신의 집으로 가더라도 결국 이방인으로 남을 거예요. 우리의 목표는 이 아이와 그를 둘러싼 자연적 환경이 조화를 이루도록 이끌어 주는 것입니다. 이게 그렇게 비난받을 만한 일인가요?

파울리 부인은 이 질문에 대답하지 않고 문을 꽝 닫고 나갔다.

▶ 1954. 2. 26.

▶ 거절 / 가톨릭 복지사무소, 매디슨

채플레인 양은 유감스럽게도 검둥이 아이는 소개할 수 없다고 썼다.

▶ 1954. 3. 1.

▶ 렌트미스터 부인 통화

방금 캐럴이 수면제 과다 복용으로 자살을 시도했다는 소식을 들었다. 캐럴은 세인트 메리 병원으로 이송되었다. 이송이 적정한 시간 내에 행해졌는지는 알아보아야 한다.

▶ 1954. 3. 2.

대니얼 트루트만은 일시적으로 머피 양이 책임지게 되었다. 즉각 효력을 발휘하는 통고에 따라 빙클러 양이 그린 베이 교구의 사회복지국을 물러나게 되었기 때문이다.

(MW / JE)

대니에 관한 서류철은 얇았다. 하지만 나는 열다섯 시간이나 걸리는 여행이 끝난 다음에도 그 서류를 반밖에 읽지 못했다. 나머지 반을 읽는 데에는 거의 1년이 걸렸다. 나는 스스로에게 핑계를 댔다. 매번 이런저런 사정이 생겼으니 이 문서를 읽는 일은 멈출 수밖에 없었다고 말이다. 게다가 중간에 쉬는 기간이 길어지면 그 앞부분까지 다시 보아야만 했다. 그럴 때마다 나는 어렸을 때처럼 *내 시간*을 마음대로 쓸 수 있기를 바랐다. 하지만 사실 이 서류 읽기를 미룬 진짜 이유는 따로 있었다. 도대체 캐럴과의 약속을 어떻게 지켜야 할지 막막했던 것이다. 마를레네 빙클러에 대한 뭔가를, 그게 아무리 작은 사실이라도, 뭔가를 찾아낸다는 건 절대 해낼 수 없는 과제처럼 보였다. 도대체 내가 빙클러에 대해 알고 있는 게 뭔가? 빙클러가 오스트리아 사람이라는 것, 그리고 한동안 미국에 있었다는 것, 그것뿐이었다. 나는 빙클러의 이름을 구글에 집어넣고 찾아보았지만 아무런 성과도 없었다. 뭔가를 더 찾아볼 만한 단서조차 나오지 않았다.

나는 포기했다. 스스로는 그 사실을 인정하지 않았지만 말이다. 더 많은 시간이 필요해. 하필 지금 나한테 없는 바로 그거 말이야. 나는 혼자 중얼거렸다. 그때 나는 원고 마감일을 지켜야 했고 낭독회와 강연을 준비해야 했고 패널 토론에 참가해야 했다. 게다가 내

책에만 몰두하고 싶다는 열망이 점점 더 커지고 있었다. 실제로 나는 얼마 지나지 않아 새 소설 작업에 몰두했고, 정말 열중했고, 그만큼 더 초조해졌다. 새 소설은 생각보다 너무 느리게 진행되는 듯했다. 나는 계속 그 소설의 마지막 장을 곁눈질하면서 이게 몇 쪽짜리 작품이 될지 가늠해 보곤 했다. 도저히 다른 무언가에 집중할 수 없는 상태였다. 그런 압박감 뒤에는 갑작스런 평온함이 찾아왔고, 그럴 때면 완전히 세상에 귀를 막은 채로 며칠을 흘려보냈다. 조앤의 관심사는 이 작업이 다 끝난 뒤에나 파고들 수 있을 터였다. 트루트만에 대한 생각을 안 한 지 3년이 넘어가고 있었다. 미국에서는 아무런 연락도 오지 않았고, 결국 나는 내가 약속을 했다는 것조차 잊어버렸다.

2016년 여름, 도널드 트럼프가 공화당의 대통령 후보로 뽑혔을 때, 내 원고는 출판사에 넘길 정도로 진전을 보였다. 글이라는 결과물과 글쓰기라는 행위와 나 자신은 서로서로 *삐걱거리*는 사이였지만, 그럼에도 여러 해 동안 내 분신이나 다름없었던 책으로부터 나를 떼어 놓는 일은 쉽지 않았다. 이별은 천천히 그리고 부드럽게 진행되어야 했다. 나는 먼저 노트와 메모 들을 모두 상자 안에 넣었고, 그다음에는 참고 도서들, 사진들, 복사물들, 날짜를 기입하고 있고 숫자를 매겨 놓은 원고용 그림들을 그 위에 얹었다. 상자 안이 가득 차면 그 상자를 책장의 가장 아래 아니면 가장 위에 놓곤 했다. 납작한 상자들은 가끔 옷장 아래 아니면 침대 아래로 밀어 넣었다.

탈고한 소설의 여러 버전을 읽어 보던 중에 대니의 서류철이 다시 손 안에 들어왔다. 서류철을 뒤적이며 아직 읽지 않은 부분들을 대충 훑어보던 나는 그제서야 조앤의 메모를 발견했다. 메모는 미국식 편지지처럼 줄이 쳐진 종이에 쓰여 있었는데, 그 종이는 여러 번 접힌 채로 마지막 두 페이지 사이에 끼어 있었다.

> 프랜에게
> 이게 내가 찾아낸 마를레네 빙클러의 주소야.
> 퓌르트베크 19번지
> 빈 1130
> 오스트리아
> 사랑을 담아, 조앤

나는 우연을 믿는다. 달리 말하면, 우연은 우리가 인정할 수 있고 인정하고 싶어 하는 것보다 훨씬 더 강력하게 우리 삶을 틀어쥐고 있다고 믿는다. 그런데도 우연이 지름길을 타고 와서 별안간 내 눈앞에 딱 나타나면 놀랄 수밖에 없다.

마지막으로 알려진 마를레네의 주소는 내 어린 시절 집이 있었던 고향 구역에 있었다.

나는 과거의 삶을 만나는 걸 좋아하지 않는다. 그런 종류의 *시간 여행*은 역주행처럼 느껴진다. 일종의 뒷걸음질. 마치 다 조립된 시계를 다시 분해하듯이 말이다. 하지만 나는 과거와 얽힌 장소에 가는 건 좋아한다. 장소는 기억의 저장소일 뿐 그 이상은 아니기 때문이다. 물론 장소만을 마주할 때도 과거 기억들과의 재회가 일어나고, 그런 재회가 아무런 갈등 없이 일어나지는 않지만, 적어도 그런 부류의 만남은 내가 직접 조정할 수 있고 혼자 맞서서 헤쳐 나갈 수도 있다. 심지어 나는 규칙적인 일정에 따라 내가 살았던 도시를 찾아가서 예전에 살았던 집들을 둘러보기도 한다. 공동 현관에도 가 보고 가끔은 건물 안에도 들어가 본다. 거리도 걸어 보고, 좋아했던 거리를 따라 자리 잡은 커피점이나 빵집, 식료품점도 구경하고, 가까운 지하철역과 공원에도 가 본다. 그러면서 과거 일상의 한 단면을 다시 느낄 때면 묘한 위안을 얻기도 한다. 이것이 내가 나 자신에게 허용하는 유일한 노스탤지어다. 나는 사진첩이 없고 몇 년 전부터 사진 찍는 것도 그만두었다. 1년이 지난 이메일은 모두 삭제하고 편지나 엽서도 받자마자 다 없애 버린다. 일기를 쓰지도 않고 나의 삶을 *인터넷 망*에 올리지도 않는다. 작업 노트에 나 자신에 대한 기록이 보이면 그 페이지를 찢어 버린다. 나는 다른 뭔가의 도움을 받아 기억을 되살리려 하지 않는다. 보조 도구를 써서 기억에 박차를 가하는 일은 시도조차 한 적 없다. 기억은 빛이 바래고 다른 기억과 연결되어야만 기억이 된다. 그 경계가 사라지고 색깔이나 냄새나 맛이 덜해질 때 말이다. 기억은 힘을 잃어야만 별 해를 끼치지 못한다. ……나는 과거의 장소로 돌아가는 것을 좋아한다. 하지만 유년 시절과 청소년기에 해당하는 장소들은 이제까지 피해 왔다.

세상을 13구역에서 바라보면, 그곳의 좁은 전망으로 세상을 바라보면, 당연히 라인처가(街)*에 유독 주목하게 된다. 거기 있는 어떤 요소를 발견하고 그 요소에 특별한 의미를 부여하게 되는 것이다.* 내게 이 작은 거리는 여러 면에서 특별했다. 작은 길인 주제에 가(街)라는 거창한 이름이 붙어 있는 건 여기서 모퉁이만 돌아가면 곧바로 쇤브룬 궁전이 나오기 때문이다. 또한 이 거리는 고급 주택가인 빌라 구역과 그보다는 덜 번화한 고급 주택가로 딱 절반씩 나뉘는데, 그런 점도 내게는 특별해 보였다. 후자는 마이틀링 구역과 접한 지역으로, 공동 주택들이 들어차 있지만 도시의 전경을 해치지는 않는다. 라인처가가 특별한 또 다른 이유는 60번 전차가 다닌다는 것이다. 이 전차는 자동차나 자전거(물론 버스도 있지만)를 제외하면 이 지역의 주요 교통수단이라 할 수 있다. 심지어 내가 어렸을 때 60번 전차는 전차 이상의 존재였다. 그 정류장과 전차는 만남의

장소였는데, 특히 각 무리가 모이는 열차 칸이 정해져 있었다. 젊은이들은 맨 뒤 칸, 중년들은 가운데 칸, 그리고 더 나이 든 사람들은 전차 앞머리 칸에서 만났다. 그중 앞칸에 모이는 사람들은 가능하면 전차 운전사 가까이에 앉으려 하는 경향이 있었다. 그들의 혀에서 줄곧 질문이 타올랐기 때문이다. 이 60번 전차는 내게 있어 이 도시가 시작되는 장소나 다름없었지만, 나 자신은 거기에 끼지 않고 마을에 콕 박혀 있었다. 지금도 나에게 13구역은 도시 빈의 나머지 구역과는 분리된 곳처럼 보인다.
히칭을 생각하면 나는 어떤 골짜기를 눈앞에 떠올리게 된다. 꽃들조차 화려한 기교를 부려 심어 놓은 곳. 정원 장식용 난쟁이 인형과 부활절 토끼와 장미 덤불로 온갖 장식을 해 놓은 곳. 보도는 깨끗하고 텅 비어 있었다. 단독 주택들 사이에는 단독 주택처럼 보이는 다가구 주택이 들어서 있었다. 길가에 주차된 자동차들은 도시의 다른 구역보다 더 평행하게 늘어서 있었고, 사람들의 행색도 더 깔끔했다. 이곳은 일종의 전원이었다. 이 목가적인 풍경이 흐트러진 것은 1986년에 쿠르트 발트하임이 대통령 선거에 출마했다가 나치에 협력했던 과거를 폭로당했을 때뿐이었다. 커다란 목소리로 자신이 '무죄'라고 변명하던 그의 모습은 그저 불쾌할 뿐이었다. 문득 그 무렵의 내가 떠오른다. 바깥으로 나갈 수 있는 길은 단 하나뿐인 것처럼 보였던 시절.

이 구역 사람들은 불편함이라는 걸 느끼지 못했다. 그들에게 필요한 모든 것, 그들의 마음이 갈망하는 모든 것이 구역 내에서 다 제공되었기 때문이다. 히칭 간선 도로와 라인처가를 따라 작은 가게들과 레스토랑들이 늘어서 있었다. 구역의 경계를 넘어가지 않아도 혼자 산책을 다닐 수 있었다(라인처 동물원에 있는 시시 황후*의 발자취). 궁성의 정원에는 커피와 타펠슈피츠**가 있었고, 이국적인 것(중국식)이 먹고 싶으면 에카첸트에 가면 되었다. 이름 없는 학원으로도 만족할 수 있다면, 좀 멀긴 했지만 엘마이어 학원에서 춤도 배울 수 있었다(그 대신 이 학원의 수강생들은 무도회 시즌 때 쇤브룬 공원 호텔을 이용할 수 있었다). 한편 히칭 사람들에게 중요한 문화 생활은 다음과 같은 장소들이 책임지고 있었다. 구역 내에 자리 잡은 극장, 고양이와 꽃다발 정물화를 전시해 놓은 갤러리, 그리고 올드 히칭에 있는 유겐트슈틸과 비더마이어 양식의 집들. 초등학생 때 같은 반 아이들과 함께 쇤브룬 궁 정원에 마련된 가설무대를 보고 감탄했던 기억이 난다. 유일하게 나를 우울하게 만든 것은 연극

---

* 라인처 동물원에는 황제 프란츠 요제프 1세가 아내 엘리자베트 황후(애칭 시시)에게 선물한 헤르메스 빌라가 있다.

** 오스트리아의 전통 쇠고기 요리.

극장이었다. 연극을 보려면 이 구역을 떠나야 했기 때문이었다. 그게 싫으면 쇤브룬의 궁정 극장이나 아마추어 학생 연극으로 만족하는 수밖에 없었다. 내가 다닌 고등학교의 연극반은 이 부족한 부분을 스스로 메꾸려 노력했다. 네스트로이, 뒤렌마트, 손턴 와일더의 작품들. 그리고 당연히 「비더만과 방화범들」. 인간의 삶을 *가치 있는* 삶과 *가치 없는* 삶으로 구분하고 내 얼굴을 *몽골 인종*의 특징을 보여 주는 데 이용했던 클리메크 교수(생물학/상급반)는 관객 가운데에서는 볼 수 없었다. 그는 은퇴할 때까지 교무실 바깥에서는 볼 수 없는 사람이었다.

시간은 나의 적이었다. 나는 트레킹 배낭을 등에 메고 60번 전차의 가운데 칸에 앉은 채 13구역을 떠나게 되는 날이 찾아올 때까지 시간을 흘려보냈다. 일상의 편안함과 정감, 그리고 내면의 중심부가 아니라 내면의 가장 바깥쪽 경계를 향해 있던 내 시선은 이 작은 세상이 안전할 뿐만 아니라 파괴의 근처에도 가 본 적이 없다는 환상을 갖게 해 주었다. 파괴는 여기에 존재하지 않았다. 이 동네에 사는 사람들이 합의 본 바로는, 파괴의 근원은 이곳 바깥에 있었다. 히칭 외부에 사는 인간들, 문화의 변방인들, 아예 문화가 없는 사람들, 무신론자들.

고등학교 졸업 시험을 치른 뒤 나는 내가 태어난 그 마을을 떠났고 다시는 돌아가지 않았다. 동경이라고 부를 수는 있으나 그렇게 불러서는 안 되는 감정에 휩싸였기 때문은 아니었다. 나는 그런 감정에 좌우된 적이 단 한 번도 없었다.

며칠 전부터 태양이 아스팔트 위에서 끓어올랐다. 폭염 경고는 연이어 다른 폭염 경고로 대체되었다. 도시는 강철 같은 적막이 지배하고 있었다. 새들의 노래는 아침에만, 하루의 첫 번째 빛이 지붕에서 떨어졌을 때만 들을 수 있었다. 시간이 지나자 하얀, 잿빛의, 유리 같은 햇빛의 전면이 폭발을 준비했다. 콘크리트로 덮인 대지는 열기를 토해 내기 직전까지 계속 삼키기만 했다. 거리는 고요했고 심지어 라인처가에도 행인이 없었다.

60번 전차를 타는 수밖에 없었지만, 이 전차 역시 어느새 좌석 배치가 바뀌어 있었다. 이제는 모든 연령대가 다 뒤섞여 있어서 특정한 규칙을 찾아낼 수 없었다. *외관상으로 보았을 때는 이 동네 사람이 아닌 듯한 사람*들의 비율이 눈에 띌 만큼 높아진 듯했다. 예전에는 그 비율이 아주 낮았었다(나뿐이었기 때문이다). 그 시절 나는 프라이어 골목 정류장에서 내렸고, 거기서부터 퓌르트베크로 가는 지름길을 알고 있었다. 그 시절 *우리*는 모두 가까이에 살았었는데. 나는 마치 모르는 별에 온 듯 첫 번째 걸음을 조심스레 내디뎠지만, 곧바로 그게 웃기는 짓거리라는 걸 인정해야 했다.

여기로 돌아오는 데 정말로 몇 년씩이나 필요했던 걸까? 나는 용기를 더 내어(놀라워라, 몸은 얼마나 기억을 잘하는가, 두 다리는 제대로 된 방향으로 가고 있었다) 예전에 살던 집을 향해 갔다. 그러면서 집 여덟 채가 모여 있는 집단 주거 구역을, 놀이터를, 겨울에는 썰매를 탔고 여름에는 그냥 굴러서 내려갔던 언덕을 지나갔다. 우리는, 그러니까 방금 내가 *우리*라고 부른 이름 모를 아이들의 무리는 쉽게 흩어졌다가 또 금세 모이곤 했다. 어린이들, 우리는 유연했다. 옛날 집 옆에는 아직도 오르막길이 있었다. 쿼니글베르크로 가는 좁고 가파른 오르막길이었다. 갈라진 길 하나는 평지에서 끝이 났는데 우리는 이곳을 테라스라고 불렀다. 예전에 나는 거기에서 우리 집 마당으로 자주 뛰어내렸다. 큰 거리 쪽의 대문 말고 다른 문은 열쇠로 잠가 놓지 않았는데, 나는 주로 그 문을 통해 집으로 들어갔다(참고로 집 열쇠를 잊어먹고 다닌 적은 한 번도 없었다). 그런 다음 계단실에서 아버지나 바르바라를 기다렸다.

평지로 가는 오르막길에 접어들었지만 마당으로 뛰어내려 보려던 생각은 어느새 사라졌다. 이런저런 생각 때문에 마음이 무거워진 나는 지난 과거들이 갑자기 현재 속으로 뛰어드는 모습에 압도당한 채 테라스에 멍하니 앉아 있었다. 내가 사랑하던 사탕 가게는 *아시아* 누들 숍이 되었고 콘줌 슈퍼마켓은 이름이 *빌라* 슈퍼마켓으로 바뀌었다. 하지만 다른 것들, 시민 대학의 도서관이나 내가 다니던 오래된 음악 학원, *파피어 포스피실*이란 이름의 문방구는 그 자리에 있었다. 게다가 그곳들은 겉으로도 변한 게 없어서 마치 그대로 보존해 놓은 것 같았다. 여기저기에 꽃들이 심겨 있고 작은 광장들이 만들어져 있었다. 예전에는 벤치만 몇 개 놓여 있던 곳들이었다. 하지만 이렇게 잘 꾸며진 장소들조차 내가 살았던 과거의 이곳이 지니고 있던 결핍들을 감추지는 못했다. 내가 이곳을 떠나기로 한 유일한 아이는 아니었을 거라는 느낌이 강렬하게 피어올랐다. 그 느낌에 사로잡히자 내 기억에서 날카로움이 사라졌다. 기억은 단숨에 둔해졌다.

내가 얼마나 오래 그 평지에 앉아 있었는지, 안마당을 뚫어지게 바라보고만 있었는지 알 수 없었다. 나는 마음의 동요를 느끼고 싶었으나 그렇게 되지 않았다. 분명한 건 내가 그날 내내 나 자신을 속이고 있었다는 것이다. 사실 내가 그때까지 그곳을 피해 온 이유는 오직 하나뿐이었다. 바로 Ha 때문이었다.

나는 우리 가정이 파괴된 책임을 언제나 그녀에게 전가했다. *그 여자*는 *어머니*라는 단어를 제외하면 내게 있어 성도 이름도 없는 존재, 단지 Ha라는 *호칭*만 남아 있는 존재였다. 나는 일찍부터 그녀의 [한국] 이름을 발음하지 않기로 작정했다. 그 이름에는 그 사람만큼이나 독특하고, 보기 드물고, 도무지 익숙해질 수 없는 낯섦이 스며 있었다. Ha와 부딪힐 때마다, 다시 말해 그녀와 마주할 때마다, 그녀는 확고하게 자기 위주로만 움직였다. Ha에게서 배어 나온 그 낯섦은 어디에나 스며 있었다. 내가 만지는 모든 것, 입에 담는 모든 단어는 Ha에게서 투과, 아니, 전염된 것이었다. 내가 보기엔 Ha라는 존재 자체가 질병이었다. 심각한 불치병. 나는 나 자신마저 그 병에 걸릴까 봐 두려워했다. 내 몸에서 이미 그 징후가 보였기 때문이다.

Ha는 간호사로 오스트리아에 왔다. 오로지 유럽으로 가겠다는 야심을 품고 고국에서 간호사 교육을 받았던 것이다. 유럽에 간다는 첫 번째 목표를 달성한 그녀는 이 *밥벌이*를 바로 그만두려 했다. 원래 그녀는 음악가였고 어릴 때부터 첼로를 연주했다. 청소년 때는 한국 내 첼로 대회에서 상을 타기도 했지만, 원래 재능은 작곡에 있었다. Ha는 남의 곡 말고 자기 곡을 연주하려 했다. 그녀의 삶은 다른 사람의 삶에 매여서는 안 되는 삶이었다. 아버지, 공평하게 다루기 위해 아버지를 딕Dick이라는 약칭으로 부르겠다, 유엔 소속 병리학자였던 딕은 학자라기보다는 정치가에 더 가까운 인물이었다. 그는 병원에서 Ha를 알게 되었다. 딕은 어떤 임무를 수행하다가 부상을 입었고 Ha의 간호로 나았다.

그가 퇴원하고 나서 그들은 결혼했다. 바르바라는 관청에서 열린 결혼식에 초대받지 못했다. Ha는 교회 결혼식을 반대했는데, 그건 그녀가 불교 신자였기 때문이다. 비록 절에 다니지는 않았지만 말이다. 나는 이제까지 Ha를 절 근처에서 보았던 기억이 없다.

처음에 Ha는 일을 해 보려는 의욕에 차 있었고 활기찼으며 늘 명랑했다. Ha도 딕도 요리를 하지 않았기 때문에 그들은 매일 저녁 외식을 했다(그리고 취하도록 술을 마셨다). 내가 전해 듣기로는 그들은 식기조차 아예 갖고 있지 않았다. 고정된 삶을 거부했던 그들은 이 호텔에서 저 호텔로 떠돌아다녔고 때로 오스트리아 전역을 여행했다. 그들은 산을 좋아했지만 Ha는 고소 공포증이 있었기 때문에 산기슭에서 쉬는 사람들 사이에 남았고, 거기서 홀로 딕이 돌아오기를 기다렸다. 이때부터 남자를 기다리는 운명, 아니다, 낯선 곳에서 기다리는 운명을 가진 여자라는 도식이 굳어졌다. 어쩌면 구역질과 어지럼증이 나타난 것이 Ha가 가진 병의 시작이었을까? 어쩌면 그녀의 낯섦은 고국에서 가져온 게 아니라 또 다른 낯선 곳에서 감염된 것이었을까? 점차 낯섦에 내맡겨진 그녀는 그걸 받아들이고 거기에 굴복하는 것 이외에는 다른 선택지가 없었다.

바르바라가 나중에 이야기하길, 처음 Ha를 보았을 때 어린아이를 보는 느낌이 들었다고 한다. Ha는 작고 마르고 여위었고, 구슬처럼 둥근 까만 눈을 가지고 있었고, 겁을 내며 세상을 바라보아서 모든 사람이 열 살은 어리게 보았다. 바르바라는 자기 아들이, 항상 합리적인 것에 경도돼 있던 아들이 이런 어린 *여자애*, 비합리적인 것에 더 익숙한 여자애를 들였다는 점을 이해할 수 없었다. Ha는 현실과 판타지를 구분하지 않았고 상상과 현실을 같은 값어치로 여겼으며 모든 생각에 상상을 끌어들였다. 바르바라는 Ha가 항상 고독의 그늘 속에서 움직였다고 말했다. 이 그림자는 임신 중에 더 짙어졌고 곧 그녀를 뒤덮어서 언제부터인가 그녀는 전혀 보이지 않았다고 한다.

처음에는 바르바라와 Ha의 관계가 좋았다. Ha는 어떤 면에서 엄마를 찾고 있었는데, 때마침 바르바라도 아이를 찾고 있었던 것이다. 바르바라의 아들은 일찌감치 그녀에게서 등을 돌린 뒤였다. 딕은 자기 어머니가 *경험 미숙*이라는 불치병을 앓고 있다는 의견을 내비쳤다. 딕은 이미 아이일 때부터 건방진 존재였다. 그는 주위와 거리를 두었고 청소년 때나 어른이 되어서나 누구에게도 곁을 주지 않으려 했다. 바르바라와 딕은 아주 필요한 사항에 대해서만 말했고, 주고받는 단어의 개수는 늘어났을 수 있으나 가까워지지는 않았다. 언젠가 말다툼을 할 때 그는 가족이 *개똥*이나 마찬가지라고 선언했다. 개똥은 어디에나 있고 그런 건 피해 가는 게 가장 좋은 방법이지만, 누군가는 개똥을 *수거해서 처리해야* 하는 법이라고 말이다.

바르바라는 Ha를 자기 날개 아래에서 보호해 주었다. 그들은 사직서를 같이 썼고, 바르바라가 병원 입구에서 기다리는 동안 Ha는 그걸 인사실에 제출했다. 그들은 음악 대학의 학사과로 가서 함께 입학 원서를 썼고, Ha가 불합격했을 때는 바르바라가 옆에서 위로해 주었다. 음악학을 공부한다는 생각은 할머니에게서 나온 것이었다. 그러나 학업을 시작했을 때 Ha는 배꼽 떼기를 시작했고, 바르바라는 진짜 아이인 나를 돌보는 일에 더 몰두하게 되었다.

퓌르트베크*는 이름에서 이미 드러나듯 작은 길이었고 더군다나 막다른 길이었다. 이 길을 처음 봤을 때는 비밀의 길을 발견했다는 생각이 들었다. 이 길은 하루 종일 이용하는 사람이 없었을 뿐 아니라—이 길을 품은 동네 주민들은 집을 나서는 일이 극히 드물었는데, 나는 그 빈도수를 측정하고 기록해 두었다—정원들과 집을 뒤덮을 만큼 키가 큰 덤불들과 나무들에 둘러싸여 있어서 누구의 눈에도 띄지 않을 것 같다는 인상을 강하게

* 인도하는 작은 길이라는 뜻.

풍겼다. 마를레네 빙클러의 집은 그중에서도 특히 더 파묻혀 있는 듯했다. 한편으로는 번지 표시가 없었기 때문이고(나는 집을 하나하나 세어서 19번지를 찾았다), 다른 한편으로는 집이 잘 위장되어 있었기 때문이다. 앞면 전체가 덩굴로 뒤덮여 있었고, 덤불은 거의 울타리까지 이어져 측백나무와 철조망까지 감고 있었다. 노란 트럼펫 모양의 꽃봉오리가 달린 덩굴 식물이 담쟁이넝쿨 옆에 늘어서 있었다. 붉은 덩굴장미는 옆집 정원에서부터 기어 온 것이었다.

정원은 히칭에서 내가 익히 보아 온 곳들에 비해 황폐했고 창문은 먼지 때문에 속이 들여다보이지 않았다. 녹색의 잎사귀들이 현관문과 창문틀에 떨어져 있었다. 그렇지만 그 집은 관리되지 않은 집이라는 느낌보다는 오히려 자유롭게 풀려난, 어딘가 해방된 것 같은 느낌을 주었다. 주석으로 된 문패에는 우아하게 휘어진 글씨체로 *베르나르트*라고 쓰여 있었고 그 옆에는 문패와 버튼이 있었다. 그걸 누르자 밝은 종소리가 울렸다.

조금 기다린 뒤 두 번째로 버튼을 눌렀지만 여전히 아무런 기척이 없었다. 나는 보도 위에 쪼그리고 앉아서 메시지를 남기기 위해 가방에서 노트를 꺼냈다. 우체통에 광고지가 튀어나와 있지 않은 것을 보니 정기적으로 수거되고 있는 듯했다. 갑자기 이웃집 창문이 끼익 소리와 함께 열렸다. 그 이웃집 여자는 높고 쉰 목소리로 베르나르트 양을 찾아왔냐고 묻더니 자기 이름은 그루버라고 했다. 붉은색과 보라색 꽃 덤불을 심어 놓은 그 집 화분에는 나무로 만든 올빼미가 앉아 있었는데, 그녀가 입은 블라우스 색깔마저 이 앙상블과 조화를 이루고 있었다. 그녀의 금테 안경이 햇빛에 번쩍거렸다. 나는 나도 모르게 커피 그라인더가 어디 있더라 하고 생각했다. 무의식적으로 이 목가적인 풍경을 완성하려 들었던 것이다. 나는 일어나서 바지의 먼지를 턴 뒤 그루버 부인이 내 말에 끼어드는 순간에 맞춰 이런저런 해명을 시작했다. 그녀는 질비아에게 그 집 자물쇠가 낡았으니 집을 대신 살펴봐 주겠다고 약속했다고 한다. 그러면서 바로 자물쇠를 교체하라는 훈계도 보탰지만 말이다. 이봐요 아가씨, 그건 누구나 부술 수 있어요, 심지어 나도, 내가 도선생은 아니지만요. 그루버 부인은 말이 빠르고 발음이 분명치 않았다. 나는 크게 그리고 일부러 천천히 말했다. 저도 아니에요. 물론 아니지, 당연히 아니겠죠. 그런 뜻은 아니었어요. 그루버 부인은 (끅끅거리며) 크게 웃더니 내가 질비아에게서 무엇을 원하는지 추측하기 시작했다. 혹시 화랑에서 왔는지, 아니면 구매자인지, 아니, 그걸 사람들이 뭐라 부르더라, 아 수집가인가요? 부인이 물었다.

나는 빙클러 부인을 찾고 있다고 말했다. 마를레네 빙클러요. 이 주소를 제게…… 아, 그럼 제대로 찾아왔네요. 부인은 내가 말을 다 끝내기도 전에 끼어들었다. 그건 그 박사님의 집이었거든요. 빙클러 박사님요. 그 박사님이 돌아가시면서 딸에게 물려준 거예요. 지금은 그 손녀딸이 살고 있는 거고요. 마를레네 빙클러의 딸이요? 나는 계속 캐물어 보았다. 그루버 부인이 고개를 끄덕였다. 맞아요, 정확해요, 그래요, 마를레네 베르나르트의 딸, 베르나르트의 결혼 전 성이 빙클러죠. 질비아는 아틀리에와 집을 왔다 갔다 해요. 히칭에서 마이틀링으로, 마이틀링에서 히칭으로요. 가끔 질비아는 아틀리에에서, 물감과 붓 사이에서 자기도 하지요. 그럴 땐 며칠 아니면 몇 주 동안이나 보이지 않기도 해요. 예술가들이란, 그루버 부인이 말했다. 예술가들은 예측이 안 되는 사람들이에요, 그들은 하고 싶은 대로 하잖아요, 그들은 돌봄을 받아야 해요, 그렇지 않나요? 그들은 그걸 필요로 하잖아요, 돌봄을 받는 것. 그루버 부인은 한숨을 쉬더니 예술가로 사는 건 좋은 일인 게 분명하다고 말했다. 하루 종일 그림을 그리고 물감들을 찰싹찰싹 섞고 구름이나 보지요.

그루버 부인은 창에 기대었다. 댁은 그런데 수집가세요, 화랑 사람이세요? 나는 화랑 사람이라고 했다. 부인은 질비아가 화랑을 하나 가지고 있다고 얘기했었다고 말했다. 거기서 항상 전시를 하고 있대요. 저 사실 화랑 사람 아니에요. 이번에는 내가 그루버 부인이 끝까지 말하지 못하게 끼어들었다. 낮의 열기가 나를 뒤덮기 시작했다. 나는 베르나르트 양을 그녀의 어머니 때문에 만나야 한다고 말했다. 아, 마를레네, 나는 그 여자를 잘 알아요, 아침마다 그녀랑 정원 울타리 위에서 수다를 떨었죠. 마를레네는 커피 수다를 회담이라고 불렀어요. 그런데……. 그루버 부인이 멈칫했다. 질비아는 전화를 안 써요. 그녀는 목소리를 낮추었다. 아예 전화기도 없고요. 나는 그 집에서 전화벨 울리는 소리를 들은 적이 없어요. ……하지만 원한다면 거기에 메모지를 남겨 놔요. 내가 전해 줄 수 있어요. 나는 감사하다고 인사한 뒤 재빨리 내 이메일 주소를 전화번호 옆에 적고 그 메모지를 접었다. *그 메모지를 올빼미 목에 꽂아 넣으세요.* 그루버 부인이 말했다.

질비아의 대답은 그날로 왔다.

일주일 후에 다시 19번지 집에 다가가자 집의 낡은 부분들이 더 많이 눈에 띄었다. 더 자세히 관찰하면 할수록 베르나르트 가족은 이 집이 몰락하도록 허용한 것 같다는, 아니 심지어 재촉한 것 같다는 의심이 더욱 커졌다. 정원 역시 이 몰락화 작업에 동참하고 있었다. 담쟁이는 이전에는 노란색이었을 집의 전면을 어둡고 진한 녹색으로 변모시켰고, 한편에서는 체리 나무가, 다른 한편에서는 사과나무가 벽돌 지붕의 모서리를 집어삼키는 중이었다. 이끼는 담쟁이가 비워 놓은 벽을 막 뒤덮으려 하고 있었다.

이번 한 번의 만남으로 모든 걸 끝낼 생각이었던 나는 대니의 서류 복사본을 챙겨 왔다. 필요한 경우 이걸 유인 수단 혹은 심지어 압박 수단으로 사용할 수 있겠다고 생각했던 것이다. 나는 거기 담긴 내용만으로도 질비아의 입을 열 수 있다고 생각했다.

한 인간을 *정보원*으로 바꾸는 일은 균형이 필요한 작업이다. 그 일은 폭력에 가까운 파렴치함과 세심함 혹은 섬세함의 적절한 조합을 요구한다. 이때는 가능한 빨리 감정의 공감대를 형성하는 게 중요하다. 그렇지 않으면 정보의 물결이 잦아들기 때문이다. 말하고 싶다는 열망이 다급해지는 순간을 놓치지 않는 것, 그 긴급한 순간을 놓치지 않는 것이 결정적으로 중요하다. 이 순간만 잡으면 더 이상 상대를 도와줄 필요도 없다. 그 순간부터는 대화가 아니라 고백이나 자백에 가까운 상황이 되기 때문이다. 나는 내가 곧잘 수행해 왔던 이런 작업을 더 이상 높이 평가하지 않는다. 나는 사람을 하나의 주제로 만들고는 그 주제를 정보 즉 *데이터*로 변환하는 작업, 다시 말해 그들을 삶에서 찢어 내어 하나의 관점으로 축소하는 작업에 점점 더 어려움을 겪고 있었다. 이렇게 만들어진 관점은 그 사람들을 항상 실제와는 다른 조명 속으로 밀어넣는데, 특히 그들의 성공을 축소하고 실패와 좌절을 확대할 수 있다. 그들의 모든 것을 한 가지 변인으로, 하나의 점으로 수렴시키기 때문이다. 사람을 몇 마디 단어로, 혹은 한 단락으로, 혹은 몇 페이지로 축소시키는 일, 즉 인간이 임의적인 존재가 될 때까지 그를 축소시키는 작업은 이제 끔찍해 보일 뿐이었다. 그런 임의성 속에 담긴 삶은 특유의 아름다움을 잃어버린다. 복잡함 속에, 개괄 불가능성 속에, 그리고 카오스 속에 존재하는 아름다움 말이다. 빛에서처럼 그늘에서도 존재하는 그 아름다움.

질비아의 이메일에서 거부하는 듯한 느낌과 무뚝뚝하다는 인상을 받았던 나는 냉담하게 인사를 건넸다. 시작은 곤혹스러웠다. 우리의 대화는 여러 번 멈추면서, 머뭇거리면서 출발했다. 질비아는 부끄러움을 타기는 했지만 실제로는 친절하고 솔직한 사람이었다. 단어들을 죽 늘이면서 마지막 음절을 약간 높은 톤으로 공기 중에 휘젓는 방식이 그녀의 말에 음악성을 부여하고 있었다. 첫 인사를 나눌 때 질비아는 이미 자신을 이렇게 소개한 바 있었다. 자기는 삶을 단어들 속에서 보내는 사람들에게 감탄하고 있다고, 자기는 거의 *언어 이전*의 사람이라고 말이다. 이성보다는 본능에 이끌리는 동물. 질비아는 마치 음식 메뉴를 철저히 연구하듯이 단어들을 입에 올리기 전에 아주 조심스럽게 고른다는 인상을 주었다. 그녀의 말을 잡아채려는 충동을 억누르기 위해서는 정신을 집중해야 했다. 딱 한 번 그 충동에 지고 말았는데, 그러자 그녀가 뒤로 물러선다는 것을 곧바로 알아차릴 수 있었다. 나는 더욱 더 잘 참아야겠다고 다짐했다.

질비아는 키가 크고 아주 마른 50대 후반의 여성이었다. 그녀의 긴 사지는 마치 무용수처럼 보였는데, 실제로도 그녀는 우아하고 절제된 움직임을 보여 주었다. 검은색으로 염색하고 어깨까지 내려오는 곱슬머리는 머리 주위를 마치 적운처럼 감싸고 있었다. 첫 만남부터 나를 매료시킨 것은 그녀의 얼굴이었다. 창백한 피부 위에 아주 가느다랗고 세밀한 주름들이 나 있었다. 나이에 걸맞지는 않았지만 분명히 자리 잡고 있던 그 주름들은 그저 바라보는 것만으로도 어떤 인상을 불러일으켰다. 이슬처럼 부드럽고 차갑게 느껴지는 그녀의 피부를 만지고 싶어서 손가락이 움찔거릴 정도였다. 이 서늘함은 높게 솟은 이마 밑에서 따뜻한 녹색으로 반짝거리는 두 눈과 대조를 이루었다. 속눈썹은 짧았는데, 거의 보이지 않을 정도로 짧아서 두 눈이 마치 벌거벗은 것처럼 보였다.

나는 서재에 있는 긴 소파에, 질비아는 팔걸이의자에 앉았다. 맞은편에는 바닥부터 천장까지 이르는 책장 속에 책들의 군대가 들어서 있었다. 옆에 놓인 보조 탁자에는 우리의 커피잔과 체리 케이크와

크림이 담긴 작은 종지들이 놓여 있었다. 나는 커피를 마시고는 설탕이 든 것을 알았다. 마치 바르바라 할머니의 그것처럼 말이다. 그 집에는 할머니를 기억나게 하는 것들이 많았다. 입구 쪽 구석에 있던 육중한 시골 양식 장, 부엌에 있던 커다란 찬장, 두 발이 가라앉을 만큼 부드러운 양탄자, 여기에 방의 내부를 지배하는 향취까지. 그 향은 오래된 나무와 방충제와 먼지가 함께 만들어 낸 냄새였다.

서재는 기다란 터널 형태의 공간이었는데 원래는 온실이었다고 했다. 우리 앞에는 책장 벽이, 뒤에는 창문이 달린 벽이 있었는데 창이 달린 벽은 하얀 커튼으로 감추어져 있었다. 가벼운 소재로 된 커튼이 안으로 들어오는 빛을 흐트러뜨렸고, 그렇게 잔영으로 변한 빛은 방 안에 어떤 길을 만들고 있었다.

빛에 대한 기억들로 이루어진 길.

마를레네는 자기의 미국 생활에 대해서는 아주 조금만, 그러니까 거의 아무 말도 안 했어요. 질비아가 말했다. 질비아는 어머니를 *마를레네* 혹은 *그 부인*이라고 불렀고 아버지를 *파울*이나 *그 남편*이라고 불렀다. 마를레네의 삶은 극단적인 호불호로 이루어져 있었다. 그녀의 아이들, 즉 질비아와 남동생은 아무것도 아닌 존재였다. 반면에 그 남편은 마를레네의 태양이어서 그녀는 죽을 때까지 그 주위를 돌았다. 그녀의 삶에서는 자손이 없는 편이 더 좋았을 뻔했는데, 왜냐하면 아이들을 위한 자리가 없었기 때문이다. 마를레네는 그 남편이 아이들과 놀아 줄 때만 그런 일이 즐거울 수도 있다는 걸 깨달았고, 그 남편이 집에 없으면 바로 아이들에게 등을 돌린 채 책을 읽었다. 질비아는 지금도 마를레네 생각을 하면 그녀가 책 위로 고개를 숙인 채 책상에 앉아 있던 모습이 떠오른다고 말했다. 그녀는 마를레네의 등만 볼 수 있었고 거절이 담긴 퉁명스러운 목소리만을 들었다. 나는 모성애라는 게 모든 여성에게 다 적용되는 특징은 아니라는 걸 일찍 깨달았어요. 아이를 갖느냐 안 갖느냐, 그건 개인이 결정할 문제고 사회는 거기에 끼어들면 안 된다는 것도요. 마를레네는 결코 어머니가 되어서는 안 될 사람이었죠. 그 부인은 학자가 되었어야 했는데, 실제로 쉰 살의 나이에 기어코 학업을 마쳤어요. 예순 살에는 박사 학위 논문을 썼고요. 그렇지만 학자의 길을 걷기에는 너무 늦은 나이였죠. 어쩌면 그래서 마를레네가 그 남편을 그렇게 사랑했던 건지도 몰라요. 질비아는 뭔가 의미심장한 미소를 지으며 말했다. 그 남편이 일찍 죽었기 때문에 마를레네는 학업에 전념할 수 있었거든요. 그분은 언제 돌아가셨나요. 내가 물었다. 질비아는 생각해 보더니 셈을 세기 시작했다. 마흔이 되기 직전에요. 마를레네 부인은 언제 돌아가셨나요.

내가 물었다. 11년 전에요. 그녀가 대답했다.

나는 가방에서 대니의 서류철을 꺼내 책상 위에 놓은 뒤 조앤과의 만남과 대니에 관한 이야기를 간략히 전했다. 그동안 질비아는 서류철을 훑어보았는데, 특별한 호기심 없이 그냥저냥 보는 것 같았지만 모든 페이지를 다 보긴 했다. 곧 그녀가 페이지 넘기는 소리만이 남았다. 종이가 팔락거릴 때 나는 독특한 소리. 복사지라서 약간 둔하게 들렸다. 마침내 질비아는 마지막 페이지를 읽었다. 그러고는 의자에서 몸을 뒤로 젖히더니 벽을 뚫어지게 바라보았다. 마치 거기에 창문이 있어서 바깥을 볼 수 있기라도 하다는 듯이. 질비아는 침묵했다. 나도 그녀를 따라 침묵했다. 시계가 똑딱거려서 아쉬웠다.

질비아는 자기가 이 서류철은 물론 대니에 대해서도 이미 알고 있다고, 그를 *오래, 오래전부터* 알고 있었다고, 그런데 왜 굳이 이 서류철을 다 살펴보았는지 자기도 모르겠다고 말했다. 그녀는 책장으로 가서 어떤 서류철을 들고 왔다. 그것은 두꺼운 고무 밴드로 묶여 있었다. 질비아가 그것을 끄르자 종이 뭉치가 보였다. 원래 나는 당신에게 대니에 관한 서류를 주려고 했어요. 그녀가 말했다. 이 서류들은 내가 그 부인을 돌보러 집으로 돌아온 후에 발견한 거예요. 마를레네는 1980년대 초에 치매 진단을 받았거든요. 제 남동생인 오스카어가 마를레네를 자기 집에 데리고 가려 했지만,

동생 부인이 그걸 거절했어요. 자기는 애도 둘이나 돌보아야 하는 데다가 9시부터 5시까지는 자기 일도 해야 한다고, 더 이상 뭘 맡을 수는 없다면서 말이죠. 그러면서 이렇게 말했다더군요. 질비아는 우리랑 달리 하루 종일 놀고먹는 데다가 가족도 없으니까 누가 같이 살면 좋지 않겠느냐고요. 그녀는 미소를 지어 보였다.

나는 예술가예요. 질비아가 말했다. 노는 듯해 보여도 작업을 하고 있다고요. 그때 아틀리에에 살고 있던 나는 그냥 가타부타 따지지 않고 어린 시절의 장소로 돌아왔어요. 그런데 그 첫날부터 내가 어떤 멜랑콜리, 일종의 패배 의식 속에 내던져졌다는 걸 알았어요. 내가 오스트리아에 뿌리를 두고 있음에도 불구하고, 혹은 어쩌면 오스트리아에 뿌리를 두고 있다는 사실 자체가 항상 나를 멀리로 내몰았어요. 고향의 충만함에서 공허로, 고향이 없는 진공 속으로 향하도록 내몰았던 거죠. 사실은 마를레네도 고향이 없었어요, 아니, 고향과는 거리가 멀었다고 해야겠네요. 고향을 사랑하는 마음이나 고향에 대한 마음은 마를레네에게 낯선 것이었어요. 그녀는 그런 특징을 자식들한테도 물려준 거예요. 그래서 나는 한 번도⋯⋯ 고향에 관한 생각을 해 본 적이 없어요.

질비아는 말을 멈추고 고개를 벽 쪽으로 돌렸다. 마를레네는 센티멘털한 사람은 아니었어요.

그녀는 아무것도 간직하려 들지 않았죠. 언제나 집을 다 뒤엎었어요. 모든 물건은 그 유용성을 검증받아야 했죠. 기억에 관한 물품은 아무것도 집에 모아 둘 수 없었고요. 파울의 장례식 다음 날 그녀는 파울의 물건들을 전부 다 정리했어요. 옷이나 신발, 파이프, 안경, 심지어 책들까지도요. 훗날 오스카어는 마를레네가 병들었다는 걸 금세 알아차릴 수 있었어요. 그녀가 이것저것 모으기 시작했던 거예요. 가치 있는 것과 쓸모없는 것들 모두를요. ……어쨌든 진단이 나왔다는 건 엄청난 충격이었어요. 마를레네는 그 진단을 받아들이지 않으려 했고, 나를 떼어 버리려고 온갖 애를 다 썼어요. 하지만 환자를 혼자 놔두자니 마음이 편치 않더라고요. 대신에 난 마를레네가 자기 혼자 있다고 착각하게끔 가능한 그녀의 눈에 안 뜨이려 했어요. 그러면서 하루의 대부분을 여기 이 서재에서 보내게 됐고, 그렇게 이 서류철 속 파일을 보게 된 거예요. 처음에는 마를레네가 이 서류 파일을 못 봤거나 그 존재를 잊어버린 게 틀림없다고 생각했고, 그 실수를 내가 대신 처리해야겠다고 생각했어요. 마를레네가 잘못 혹은 실수를 했으니 그걸 바로잡아야겠다는 충동을 느꼈거든요. 그다음에는 호기심이 생겨서 그 서류들을 읽기 시작했어요. 서류철 사이에 사진들이 꽂혀 있었는데, 그중 상당수는 모서리가 종이 뒷면에 아주 깨끗하게 붙어 있었어요. 특히 내 호기심을 자극한 건 어떤 사진 시리즈였어요. 병원에서 찍은 젖먹이와 작은 아이들의 사진들이요. 아이들은 모두 칸막이 침대 속에 앉거나 누워 있었고, 그 뒤로 수많은 다른 침대와 간호사의 흐릿한 형상이 보였어요. 병실은 아주 큰 느낌이었고 천장도 높았어요. 얼핏 보이는 홀은 빛이 풍부했는데 특별히 용도가 정해진 공간 같지는 않았어요. 각 사진의 주 피사체에 해당하는 아기들은 다들 카메라를 정면으로 바라보고 있었어요. 배경에는 다른 아이들이 있었죠. 흐릿하지만 형태는 알아볼 수 있을 정도로요. 아이들 대부분은 사진이 딱 한 장 있었지만, 대니얼은 여러 장이었어요. 보고서를 먼저 읽었던 나는 그 이름을 이미 알고 있었죠.

마를레네에게 그 사진에 대해 말을 꺼내는 건 두려운 일이었어요. 설명해 달라고 하기가 겁이 났지만 결국에는 그 불안감을 이겨 냈죠. 마를레네는 자기가 그 사진들을 버리는 일을 해내지 못했다고, 그 대신 그 사진들에게 *합당한* 자리를 마련해 주려 했다고만 말했어요.

자명종 시계가 따르릉거렸다. 시계가 있는 줄 몰랐는데 내내 책상 밑에 있었던 것이다. 나는 손목시계가 없어요. 질비아는 그렇게 말하면서 얼굴이 빨개졌다. 오늘은 시간이 더 없는데, 대신에 다음에는 내 아틀리에에 와 보시겠어요? 거기 가면 당신에게 그 사진들을 보여 줄 수도 있어요. 그것들을 *내 왕국*에 가져다 놓았거든요.

마를레네의 작업 노트와 스케치북도요. 놀고먹는 재주는, 그건 내 어머니에게서 물려받았어요. 질비아가 말했다.

놀고먹는 재주는 내 어머니에게서 물려받았어요.
이 문장이 나의 뇌리에서 떠나지 않았다. *나는 내 어머니에게서, 내 어머니에게서*라는 말은 머릿속에서 메아리를 쳤고, 때로 이 메아리는 질문으로 바뀌었다. 나는 내 어머니에게서 *무엇을* 물려받았을까? 나는 *내 어머니에게서* 무엇을 물려받았을까?

나는 이 목소리를 무시하려 했지만 그러지 못했다. 이 질문은 나를 어떤 대답으로 몰고 갔다. 나는 내 어머니에게서 무엇을 물려받았을까? 외모, 그것은 명백했다. 내게서 주로 Ha의 모습만을 본 사람, 딕에게서는 작은 흔적만이 주어졌음을 알아차린 사람은 조앤 외에도 많았다. 그런데 그것 말고 또 뭐가 있을까? *뭐가 더 있을까?*

나는 이 질문에 대답할 수 없었다. 어디까지가 Ha라는 개인이고 어디부터가 그녀를 둘러싼 문화에 해당하는지 말할 수 없었기 때문이다. 어디쯤이 Ha의 경계일까? Ha는 바르바라를 자주 비난했다. *아이가* 자기에게 적대적으로 굴도록 부추기고 세뇌하고 있다면서 말이다. 아이가 할머니와 아버지의 문화에 완전히 젖어 버려서 더 이상 자신의 문화에 관심을 가지지 않는다고 말하기도 했다. 프란치스카는 자기 엄마를 이해하지 못해요. 걔가 보기에 자기 엄마는 아무 의미 없는 존재거든요. 왜냐하면 엄마는 바르바라와 다른 부류의 사람이니까요. 그러면 Ha는 어떻게 이러한 *문화 경쟁* 속에서 버틸 수 있었을까? 결코 바르바라나 딕과 같은 존재가 될 수는 없었던 그녀는 애초에 이런 경쟁이 공정하지 않다고 말했고, 할머니는 대답하지 않았다. 나는 할머니가 아무 말도 없이 내 손을 억지로 잡고는 Ha를 지나쳐서 계단으로 간 다음에 1층으로 내려갔던 것을 기억한다. 길거리에서 우리는 딕을 만났고 저녁을 먹으러 중국 식당에 갔다. 바르바라가 *볶음 스파게티*를 먹고 싶어 했기 때문이다. 그날 저녁, 바르바라는 사람들이 Ha를 비난하면 안 된다고, Ha는 Ha의 문화가 원래부터 갖고 있던 특성에 따라 행동하는 것뿐이라고 말했다. 나는 할머니의 이러한 견해를 받아들였을 뿐만 아니라 그것을 실제 생활에 적용해서 Ha와 그녀의 존재, 태도, 습관을 해부했다. 하지만 그렇게 분해된 어머니는 그다지 새로운 것 없이 이미 다 알고 있던 면모들만 보여 주었다. 즉

Ha는 여기에 속하지 않고, 이 도시에 속하지 않고, 이 나라에 속하지 않고, 우리 집에 속하지 않는다는 거였다. 그러고 보면 Ha는 집에 거의 머물지도 않으면서 왜 이 집을 영영 떠나지 않는 것일까? 그녀는 자기 고향으로 돌아가야 했고, 아버지와 바르바라 그리고 나를 가만히 내버려 두어야 했다.

나는 Ha를 내쫓기로 결심했다. 나는 그녀의 발음을 비난했고—아무리 계속해도 지치지 않았는데—그녀의 *어색한* 억양을 비웃었다. 나는 그녀의 말을 알아듣지 못하는 척했고 독일어 문장을 여러 번 반복하게 강요했다. Ha가 가르쳐 준 그녀의 언어 몇 마디조차 입에 올리기를 거부하면서 전부 다 잊어버렸다고 했다. Ha가 *제대로 된* 어른이 아니라고 비난하기도 했다.

Ha는 눈에 띄게 소극적으로 변했고 자기를 주장하는 일에 자신감을 잃어 갔다. 그녀는 대변자가 필요한 부류에 속했다. 또한 그녀는 다른 사람들의 입을 막아 줄 사회자도 필요로 했다. 그녀의 목소리는 너무 약했고 결정적인 순간에는 나오지도 않았기 때문이다. 그녀에게는 갈등을 자기 편에 서서 해결해 줄 중재자도 필요했다. 그녀는 특정한 상황에서는 생각하거나 행동할 수 없었기 때문이다. 그녀에게는 무엇을 하고 무엇을 해서는 안 되는지 말해 줄 수 있는 감독이 필요했다.

그녀가 대들어도 되고 자기의 절망을 털어놓을 수 있는 선생님이 필요했다. 대신에 Ha는 우리에게, 그녀의 충신들에게 의존하고 있었다. 딕은 그녀의 사회자이자 매개자였고, 바르바라는 그녀의 감독이자 교육자였고, 나는 그녀의 작은 *마이크*였다. Ha는 소시지 가게에서조차 입을 열지 못해서 내가 주문을 담당해야 했지만, 그렇다고 내가 원하는대로 주문할 수는 없었다. 그럴 때는 먼저 Ha의 소곤거리는 목소리를 기다려야 했다. *파리저 소시지 100그램, 뭐라고? 베르크슈타이거 소시지 100그램. 또? 로스마린 햄, 아니, 농부 햄.* Ha가 주문을 바꾸는 동안 우리 뒤에 서 있는 사람들의 줄은 점점 길어졌지만 Ha는 그런 건 아랑곳하지 않았다. 그녀는 자기 캡슐 안에서 세계를 둥둥 떠다니며 속삭이기만 했다. 그녀는 판매원과 기다리는 사람들의 불만스러운 시선을 무시했고, 나와는 달리 그런 걸 신경 쓰지도 않았다. 나는 그에 비하면 두 다리로 세상에 서 있어야 하는 사람이었다. Ha의 우주선 승선은 거부당한 채로.

Ha는 아버지와 바르바라, 나를 제외한 다른 사람들과 이야기하는 걸 점점 더 거부했다. 모르는 사람 앞에서는 입을 다물어 버렸던 그녀의 태도는 좋게 봐 주면 조용한 기다림이었고 나쁘게 보면 무례한 거부였다. 그녀는 더 이상 대화에 참여하지 않았다. 그녀는 모든 걸, 그중에서도 기쁨과 다정함을 싹 빨아들이고 그 대신 괴로운 멈춤과 침묵을 내뱉으면서 대화를 고의로 방해했다. 곧 우리는 다른 사람들을 집에 초대하지 않게 되었다. Ha의 거부는 전염성이 있어서 자기만이 아니라 우리까지도 고립시켰다. 내가 마지막으로 학교 친구들을 우리 집에 데려온 것은 아홉 살 때였다고 기억한다. 갑자기 Ha가 나타나서 나에게 자기 모국어로 말을 하기 시작했는데, 그건 나와 내 친구들에게는 너무나 곤란한 일이었다. 그날 나는 Ha의 낡은 가방을 지하실에서 가져와 *한국 물건*들을 거기 가득 채워 넣은 뒤 거실에 세워 두었다.

지금 나는 혹시 그때 Ha에게 병이 있었던 건 아니었는지, 그 병이 그녀를 억지로 고독으로 몰아넣었던 건 아니었는지 자문해 본다. Ha는 사람들을 무서워했고 남편과 바르바라까지 무서워했다. 그녀는 계속 나에게 자기 편에 서서 할머니와 말해 달라고 요청했다. 가끔 나는 Ha가 나도 무서워한 게 아닌지 자문한다.

Ha는 내가 꺼내 놓은 낡은 가방을 자기 작업실로 끌고 갔다. 나는 Ha가 문을 잠그는 소리를 들었다. Ha는 저녁을 먹으러 나오지 않았고 아침에도 나타나지 않았다. 딕은 Ha의 행동에 아무런 주석을 달지 않았다. 그는 자기 부인의 행동에 이미 익숙해진 상태였다. 그녀는 언제든 피하는 게 편하면 우리를 피했고, 우리가 집에서 나가면 그제야 방에서 나왔다. 그녀가 밖으로 나오지 않은 지 사흘째 되는 날, Ha가 칫솔이나 빗 혹은 수건을 사용하지 않았다는 점이 내 눈에 띄었다. 저녁에 딕이 그녀의 방문을 두드렸다. 그녀가 대답하지 않자 딕은 방문 손잡이를 흔들면서 어린아이처럼 굴지 말라고, 그래 봐야 그런 행동은 아무런 이득도 없다고, 프란치스카는 그런 뜻으로 행동한 게 아니라고 소리쳤다. 계속 아무런 대답이 없자 딕은 문을 열려고 시도했고 그 문이 열쇠로 잠겼다는 것을 확인했다. 갑자기 딕은 불안해했다. 그는 상자와 서랍을 뒤지더니 결국 그 방의 예비 열쇠를 찾아냈다.

방 안은 누가 수색을 하고 간 게 아닌가 싶을 정도로 어지러웠다. 그러나 딕은 정작 찾으려던 물건은 찾지 못했다. 옷가지, 책, 신발, 머리 고데기, 목수건, 양말로 이루어진 무더기가 바닥과 책상 위 여기저기에 흩어져 있었지만 Ha의 낡은 가방은 보이지 않았다. 그녀는 엄청나게 서둘러 가방을 싼 게 틀림없었다. 지금 그 방의 혼돈을 설명하라면 나는 이렇게 말할 것이다. 거긴 전쟁터였다고.

나는 Ha가 갑작스레 떠난 게 내 책임이라는 걸 안다. 그러나 Ha가 없어지기를 바란 건 그녀가 없는 거나 마찬가지인 어머니여서가 아니었다. 내가 거부하는 어머니여서도 아니었다. 그런 건 진짜 이유를 감추는 변명이다. 어떤 규칙의 예외라는 것, 아니 예외*이자* 규칙

둘 *다*라는 것, 한 문장 안에서 예외인 동시에 규칙으로 존재하게 되는 것. 그것은 어릴 때부터 나라는 인간의 존재 조건*Conditio humana*이었다. 거울 미로에서 길을 잃은 것과 비슷했던 그 상황은 내 우울증을 부채질했다. 나는 Ha를 곁에 두고 보고 싶지 않았다. 내가 언제나 Ha와 비교되는 것을, Ha와 동일시되는 것을 참을 수 없었던 것이다. 나는 Ha의 낯섦을 참을 수 없었다. 나는 그녀의 낯섦이 나의 낯섦으로 전이되는 것을 참고 볼 수가 없었다.

Ha가 갑자기 떠나면서 내 부모의 결혼 생활은 밑바닥에 다다랐다. 그녀가 떠난 뒤 여러 주 동안 딕은 (딕이 강조했듯이, 무지하게 돈이 많이 드는 국제 전화로) 돌아오라고 설득하는 전화를 했다. Ha는 계속 거부했고 딕도 마침내 포기했다. 그는 Ha도 나름대로 최선을 다했지만 우리를 사랑하는 데까지는 이르지 못했다고 말했다.

질비아의 아틀리에는 빈 시내 순환 도로의 12구역에 있었다. 19세기 말 제국 건설기 양식의 건물 1층이었다. 이웃집은 남자들만 찾아오는 이슬람 문화 협회가 임대하고 있었다. 건물은 한 번도 수리한 적 없는 듯했다. 계단실의 벽은 색이 바래 있었고 상자 모양의 창문으로 외부 공기가 들어왔다. 거리 쪽의 창문은 하얀 황산지로 덮여 있었고 우윳빛 창문 앞에는 의자를 쌓아 만든 바리케이드가 놓여 있었다. 질비아는 그 창을 대리석이나 화강암 같은 무거운 재료를 실내로 들여올 때만 사용한다고 했다.

아틀리에는 예전에는 미용실이었던 듯했다. 밝은 녹색 타일이 아직도 벽에 붙어 있었고 큰 원형 거울 네 개도 걸려 있었다. 거울들은 창문에서 떨어지는 우윳빛 흰색을 반사했다. 천장에는 은박지 조각이 붙어 있는 공 모양 구슬이 하나 매달려 있었고, 그 아래에는 회색 칠을 한 철제 책상이 있었다. 책상 위에는 수많은 조각상이 전시되어 있었다. 탑, 선인장처럼 보이는 식물, 흰 도자기로 만든 성별을 알 수 없는 인간 조각상들이었다. 키가 한 1미터쯤 되었으나 두께는 내 엄지손가락보다 얇았던 그 조각상들은 아주 빽빽하게 줄지어 선 채 책상 위를 가득 채우고 있었다. 그 앞에 앉자 숲을 바라보는 것 같다는 생각이 들었다.

질비아는 방문과 조각들의 숲 사이에서 접이식 책상과 두 개의 접이의자를 간신히 끄집어 내 왔고, 책상 위는 두 개의 중국 도자기 잔과 두 개의 디저트 접시, 그리고 노란 거베라가 담긴 꽃병으로 예쁘게 꾸며졌다. 사과 케이크는 부엌에 남겨 두어야 했고 찻주전자는 조각상 아래에 세워 놓았다. 주전자에서 김이 나와 조각상을 촉촉하게 만들었다. 이렇게 축축해져도 되냐고 걱정이 되어 물어보았다. 걱정하지 말아요. 그녀가 말했다. 그 탑은 그 정도는 견뎌요. 탑이요? 내가 물었다. 고전적인 탑은 아니죠. 일종의 암시인데……, 그렇지만 예술이란 항상 *암시*가 아니던가요?

질비아는 말하는 도중에 프랑스 단어를 끼워 넣는 습관이 있었다. 그 습관은 퓌르트베크에서는 눈에 띄지 않았었다. 질비아는 20년 동안이나 프랑스에서 살았다고 한다. 그녀는 대학을 졸업하자마자 파리로 갔고 그다음에는 카마르그 바닷가의 오두막으로 갔다. 겨울에는 나무로 난방을 해야 했지만 그 대신 항상 지중해의 냄새를 맡을 수 있었다. 10년을 이웃도 친구도 없이 고독 속에서 보냈고 마을은 생활필수품을 조달할 때만 방문했다. *은둔자, 그게 나였어요Un ermite, c'est moi.* 이렇게 물러나 있게 된 계기는 파리에서 어느 유부남과 맺은 관계였다. 이 관계는 질비아에게 너무나 큰 상처를 입혔고, 이 상처가 치유되기를 원치 않았던 그녀는 이별을 요구했다. 그러나 이별만으로는 충분하지 않았던 그녀는 더 광활한 곳을 찾았고, 시간의 무력함을 매력적으로 체험케 해 주는 장소에 숨어 버렸다. *무력했지요Impuissant.* 낮과 밤만 있었어요. 질비아가 말했다. 썰물과 밀물 그리고 사계절이 있었어요. 이 계절에서 저 계절로 넘어가며 살았고 계속 스케치만 했었요. 그녀가 말했다. 그 당시에 나는 스케치를 했어요,

스케치를 *고향으로 삼았어요*. 나는 항상 같은 그림만 그렸어요. 그러다 보면 작은 변화, 때로는 원치 않는 변화가 생기기도 했어요. *말실수 같은 거죠*. 종이는 언제나 파리에서 주문했어요. 어떤 종이상에게요. 그걸 마을의 가게로 보내게 해서 거기에서 찾아왔어요. 평평한 돌바닥 위에서 이리저리 흔들리며 삐걱거리는 자전거를 탔고요. 빈으로 돌아간다는 건, 그러니까 다시 삶을 시계에 맞춘다는 건 생각조차 할 수 없었어요. 나는 항상 시간 약속을 지키지 못했고 항상 너무 늦거나 너무 일렀어요. 그래서 긴장을 풀 수가 없었죠. 다음 약속이 없을 때조차 다음을 위해서 항상 준비하고 있어야 한다고 느꼈거든요. 그러다가 마를레네가 치매라는 진단을 받았고⋯⋯ 그녀는 슬픈 미소를 띠며 말했다. 고향으로 돌아왔어요.

그녀는 옆방으로 가더니 책을 한 권 가지고 돌아왔다. 책을 펼치고는 나에게 건네주었다. 마를레네는 보통 연필로 스케치를 했고 드물게만 목탄이나 잉크를 사용했어요. 실패작은 그냥 남겨 둔 채 수정하거나 지우지 않았고, 그 대신 바로 옆에서 곧바로 새 작업을 시작했어요. 선을 아주 빠르게 쓱쓱 그린 느낌이지만 숙련된 솜씨였고 독자적이었지요. 그녀의 초점은 명백하게 얼굴에 놓여 있었어요. 눈, 코, 입을 탐구한 그림, 전신이나 반신 초상화, 침대에 앉은 아기들, 침대 옆에 선 아기들, 창문에 기대거나 인형을 안고 있거나 공을 가지고 노는 아기들.

아기들, 모든 페이지에 아기들이 있었다. 그중 대니를 그린 첫 번째 스케치는 거칠었고 *대니얼 T.* 라는 제목이 적혀 있었다. 나는 실망했다. 이보다 더 많은 걸 기대했던 것이다. 그게 무엇인지 말할 수는 없었지만 말이다. 불현듯 나는 고개를 들었다. 질비아의 시선이 내게 쏠린 것을 느꼈기 때문이었다. 아마도 그녀는 내가 실망했다고 생각한 것 같았다. 그녀는 천천히 내가 책을 다 보아도 된다고, 그 책 안에 마를레네의 직업적 삶이 들어 있다고, 그녀는 자기가 맡은 사건들을 모두 스케치하는 습관이 있었다고 말했다. 그녀는 마를레네가 어릴 때부터 스케치를 많이 했다고, 나중에 대학교에서 공부할 때는 사진을 함께 배웠지만 여전히 스케치를 계속했다고 말했다. 그녀는 자기 자식들은 한 번도 그리지 않았고 사진도 찍지 않았다. 사진 촬영은 남편의 일이었다. 그래서 아이들이 남편과 같이 있는 사진은 한 줌밖에 되지 않는다. 반면에 부인은 거의 모든 사진에 나와 있다.

우리 가족 앨범은, 질비아가 말했다, 마를레네가 마치 헌신적인 어머니인 것 같은 인상을 줘요.

마를레네 빙클러는 1919년 히칭에서 태어났다.

외동아이였다. 어머니인 마리안네는 마를레네가 한 살일 때 사망했고 일반 내과의인 아버지는 그와 반대로 거의 100살까지 살았다. 부인이 일찍 죽자 프리드리히—친구들은 프레트라고도 불렀다—는 홀아비가 되었다. 그는 결혼하고 싶어 하지 않았다. 마리안네와의 결혼도 중매였고 부모의 강요로 한 것이었다. 아들을 낳으라는 요구도 없어서 그는 결혼이라는 결합을 다시 시도할 이유가 없었다. 마를레네는 그가 원했던 아이였을 뿐 아니라 연합군이자 공범이자 비서였다. 프레트가 자기 진로를 스스로 선택할 수 있었더라면 탐험가나 모험가가 되었을 것이다. 그 꿈은 마치 방수 처리가 된 듯 확고했다. 그러나 정말 속상하게도 그는 버스만 타도 차멀미를 했고, 배를 타는 건 평생을 통틀어 엄두조차 낼 수 없었다. 도나우 강가에서 흔들거리는 몇 시간짜리 유람선조차 타지 못할 정도였다. 그래서 그는 탐험을 책으로 대신했다. 그의 단골 서적상인 오토가 그를 위해 직접 선별해 준, 아주 진기하고 세밀한 그림들이 들어 있는 장서가용 고서들로 말이다. 그는 마를레네를 자기 머릿속에서 펼쳐지는 여행에 데리고 갔다. 그 상상의 여행 속에서 그녀는 항상 비행기를 탔고 그는 언제나 기차를 탔는데, 그러면서도 둘은 늘 같은 시각에 도착했다. 그들은 배나 페리, 보트는 마치 페스트처럼 피했다.

빙클러 가문의 여성 가운데 간호사와 산파,

사회복지사가 있었기 때문에 프레트도 딸에게 이 직업 중 하나를 택하라고 강요했다. 그녀가 자기처럼 의사가 될 수도 있다는 생각은 하지 못했다. 마를레네는 남을 도와주는 유형의 아이는 아니었다. 어렸을 때에도 정이 많거나 따뜻하고 반짝이는 심성을 가졌다고는 볼 수 없었고, 학교에서도 다른 특징보다는 꼿꼿하고 똑바른 자세가 눈에 먼저 들어오는 아이였다. 교사들은 그 자세가 겸손함 혹은 온순함에서 오는 거라고 해석했다. 그러나 아버지가 보기에 마를레네는 학교 생활에 그다지 흥미를 느끼지 못하는 것뿐이었다. 그러던 그녀는 어느 날 빈 신문이 일제 아를트에 대해 쓴 기사를 발견했다. 거기 실려 있는 *'민족 수호를 위한 종합 전문가 과정'*에 관한 설명은 그녀에게 감동을 안겨 주었다. 이론과 실제를 결합하려는 교육자들의 과감한 열정도 인상적이었지만, 무엇보다 와닿았던 건 이 교육 체계를 고안한 인물이 작성한 선언문이었다.

이제, 우리는 훈육이 아니라 학생 모두가 자기 자신을 향하도록 이끌어야 한다. 우리는 학생들을 예단할 수 없는 그들 자신의 내적 가능성으로 이끌어야 한다. 그다음은 아주 단순한 처방으로 이루어진다. 창조적인 사람들을 스승으로 임용하고, 그 스승들의 영향력을 제한하지 말고, 그들에게 보수를 주어야 한다. 그렇지

않으면 순진한 이상주의자만 낳게 될 것이다!!
1937년 가을에 마를레네는 아를트 학교에 등록했다. 교육학, 보건학, 경제학과 사회학 과목들은 매우 탁월한 성적으로 마쳤지만, 바느질, 뜨개질, 아기 돌보기, 요리 등의 실습 과목들은 선생님들의 묵인(그들은 빙클러 양의 인내심이 정말 대단하다는 것만큼은 인정했기 때문에 그렇게 해 주었다고 한다)에 의존할 수밖에 없었다. 그녀는 졸업 논문의 주제로 '문학에 나타난 빈곤과 이웃 사랑: 크누드 라스무센의 『극지방 사람들의 고향에서』'를 선택했다. 그렇지만 그 논문을 끝내지는 못했다. 1938년에 아를트는 학교 문을 닫아야 했기 때문이다.

사람들은 마를레네에게 국가 공인 시설로 가서 직업 교육을 마치라고 충고했대요. 질비아가 말했다. 프레트도 그렇게 하라고 강권했다. 그는 이렇게 말했다더군요. 직업이 있어야 진정한 독립을 얻을 수 있다고, 누구의 부인이나 어머니라는 존재는 내 딸과는 어울리지 않는다고요. 그즈음 마를레네는 더 이상 자신이 민족의 수호자가 아니라 학자라고 생각했다더군요. 졸업 논문 자료를 조사하던 그녀는 *인간 종족*에 대한 관심을 발견했다고 해요.

그 무렵은 인류학이 언어에 등을 돌리고 숫자에 관심을 갖기 시작한 때지요.

예를 들어 다음 공식이요.

$$p \times \gamma = l - \frac{\sigma}{n} \cdot \frac{\sum (l_i - l'_i)^2}{n^2 - l}$$

이 공식은 체나코프스키 교수의 *유사성 방법론*에 관한 것이다. 이 공식을 쓰면 넓은 의미에서는 어떤 사람의 출신 사회를, 좁은 의미에서는 부자 관계를 찾아낼 수 있다. *p와 γ는 비교가 되는 개인들이고 n은 고려되는 특징들의 숫자다. 블라디미르 이바노비치가 1933년에 쓴 바에 의하면, l_i와 l'_i는 두 개인의 특징 i와 전체 그룹 평균값 사이에서 발생하는 편차의 서수다.* 이 공식을 적용하기 위해서는 단어를 반드시 숫자로 번역해야 한다. 인간은 눈금자 아래에 놓여야 한다. 이 공식은 *빈 인류학 학파*에 의해 정립되었고, 1936년 빈 인류학 연구소의 요제프 베닝거는 이 공식을 이용해 실제 작업을 수행했다. 이때 개인은 수치로 측정될 뿐만 아니라 스케치와 사진을 통해 아주 작은 세부 사항까지 고정되었다. 더 전문적인 용어로 말하면 그들은 *분류*되었다. 이후 몇 년 동안은 *인간 자료*를 모을 기회가 유독 많았다. 빈의 *가족학 조사소*는 이미 신생아들을 측정하는 중이었고, 케른텐주나 오버외스터라이히주, 니더외스터라이히주 그리고 슈타이어마르크주에서는 초등학생과 성인까지 측정되었다. 그 외에도 빈 인류학자 탐험단은 루마니아의 바나트 지방으로 가서 현지 조사를 감행하기도 했다. 거기서도 수백 명의 개인이 분류되었다.

어떻게 인간을 측정하는가? 어떻게 인간이 숫자로 변하는가? 얼굴의 경계는 어디인가? 이마는 어디에서 시작하고 콧잔등은 어디에서 시작하는가? 인간의 형태는 숫자를 거부했고, 연구는 *부정확성, 원치 않은 축약, 출처 오류* 등에 대해 이의를 제기했다. 그때마다 새로운 조사 도구가 투입되었다. 예를 들어 귀의 높이를 확정할 수 있는 조사 도구 말이다. 1934년 B. K. 슐츠가 쓴 기록을 보자. *내가 수평 측정기라고 이름 붙이고 싶은 도구는 길이 30센티미터, 높이 1센티미터, 두께 0.25센티미터인 수평 막대(밀리미터로 표시됨)로, 두 개의 이동식 팔이 수직으로 부착되어 있고, 이 팔에도 밀리미터 표시가 있다. 각각의 팔은 표시 눈금자를 컴퍼스 다리처럼 안과 바깥으로 밀 수 있어 측정 지점에 바싹 붙일 수 있다. 수직 팔에는 조이는 나사가 있어 어떤 위치에서도 고정할 수 있다.* 그 밖에도 *신체 측정기*에 추가로 부착하는 도구가 있었는데, 이것으로 팔 길이를 잴 수 있었다. *상대적으로 팔이 긴 인간 종족도 있고 상대적으로 팔이 짧은 인간 종족도* 있기 때문에 이 도구는 없어서는 안 될 필수품이라고 보고한 사람은 1932년 뮌헨 인류학 연구소의 조피 에르하르트였다. *이 보조 장치는 측정기 본체보다 짧은 가로 막대와*

한쪽 끝이 뾰족해지는 모양의 가이드 박스(창이 달린)로 구성되어 있다. 줄자는 신장을 측정할 때와는 반대 방향으로 사용된다. 즉 0점이 위로 향하도록 한다. 발판 대신에 여기에서 설명된 끝부분을 줄자에 부착하고……

어떻게 인간을 측정하는가? 존경심으로? 아니면 헌정하는 마음으로? 아니면 절대적 정확성으로? 숫자에 대한 무조건적 충성심으로? 숫자를 모독하는 자에게 고통이 있으리니, 그는 객관성을 어긴 것이다. 그런데 이 측정을 통해 알게 되는 건 무엇인가? 이 수치들은 무엇을 밝히는가? *인종의 영혼을*? 인간의 거죽이 인간의 영혼과 연결돼 있다고, 아니, 아니다, 단순히 연결된 정도가 아니라 아니라 아예 거죽이 그 인간의 영혼을 직접 지시하는 것이다. 이 테제를 요약하면, 우리는 피부와 눈의 형태와 입술의 두께 및 너비와 콧구멍의 형태로부터 영혼의 사본을 보는 것이다. 귀스타브 르봉이 19세기 말에 주장했듯이, *모든 영혼은 정신의 지형을 갖고 있는데 이는 정확히 그의 해부학적 지형과 똑같이 확정되어 있다.*

어떻게 인간을 측정하는가? 에밀 브라이팅거는 인간 *두개골의 수용 능력을* 측정할 때 무씨 대신에 겨자씨를 사용할 것을 추천했다. *씨앗상에서 구할 수 있는 1등급 겨자씨는 무씨에 비해서 입자가 훨씬 크다. 나란히 놓인 100개의 겨자씨는 무씨가 겨우 147밀리미터인 데 비해 평균 217밀리미터에 달한다. 즉*

겨자씨의 평균 직경은 무씨의 1.5배다. 이것은 가득 채운 두개골을 털어 낼 때 매우 유리한 장점으로 작용한다. 겨자씨는 무씨보다 더 신속하게 털 수 있기 때문이다. 그의 설명을 계속 따라가 보자. 이 측정 과정에서 주의할 점은 다음과 같다. 먼저 두개골의 *이마 부분을 비스듬히 아래로* 놓은 다음 깔때기로 씨앗을 넣고, 그런 뒤에 두개골을 두 손 *사이에* 평평하게 두고서 흔들어야 한다. *속도: 1초에 4회, 좌우로 흔든다. 시간: a) 15초간, 이마와 뒷머리를 잡고, b) 다음 15초, 두개골을 세로 방향으로* 잡는다. *겨자씨를 여러 번 사용하고 난 후에는 거기에 달라붙은 먼지를 체질 등을 이용해 잘 털어 내야 한다.*

어떻게 인간을 측정하는가?

1942년에 빈 인류학 연구소의 도라 마리아 칼리히와 독일 동방노동연구소의 엘프리데 플리트만은 폴란드 타르누프주에 있는 게토에 가서 그곳에 거주하는 유대인 가족들에 대한 인류학적 조사를 수행했다. 칼리히는 37세였고 플리트만은 열 살이 더 젊었다. 칼리히는 학자 경력의 최절정에 있었고 빈 대학 졸업생인 플리트만은 그 시작점에 있었다.

1933년부터 나치당 당원이었던 칼리히는 베닝거가 루마니아 바나트 지방으로 현장 조사를 갔을 때 동행했었고, 그때 베닝거의 시스템이 얼마나 효과적인지 체험한 바 있었다. 폴란드에 간 칼리히 팀은 하루에 40명씩 인류학적 조사를 수행했다. 1938년에 베닝거가 유대인 아내를 두었다는 이유로 강제 퇴직당했지만, 그가 수립한 방법론은 연구소에서 계속 사용되고 있었다. 플리트만, 사진사 루돌프 도덴호프, 여학생 조교 한 명과 여비서의 노력 덕분에 칼리히는 타르누프에서 매일 열 가족씩 조사할 수 있었다.

루마니아에서는 전신 나체 촬영을 포기했다. 베닝거가 쓴 바에 따르면, *그렇게 확장된 방식의 신체 조사는 의복을 입지 않고 사는 원시 부족에게나 수행할 수 있는* 것이었다. 폴란드에서 칼리히와 플리트만은 남성, 여성, 아이 565명을 무작위로 골랐다. 이 조사는 한 학교에서 이루어졌다. 첫 단계에서는 나이, 출생지, 모국어, 학력, 직업, 스포츠 활동, 병력을 물어보았고 그 외에도 여의사가 *조사 대상*의 전반적인 건강 상태를 점검했다. 그다음 단계에서는 *분류*가 이루어졌다. 머리는 18개, 신체는 13개 방식으로 측정했고, *자연색을 충실하게 모사한* 유리 눈 20개로 눈 색깔을 구별했고, 30가지 자연모가 달린 금속 고리를 써서 머리카락 색깔을 확정했다. 수염의 색깔, 홍채의 구조, 지문, 머리와 귀의 윤곽도 조사 대상에 포함되었다. 조사당 보통 10~15분이 소요되었다.

연구자들은 이 프로젝트가 종결된 후에 그다음

프로젝트를 진행하려고 노력했다. 갈리시아에서는 *조사할 만한 유대인*을 더 이상 찾을 수 없었던 것이다. *플리트만은 그로부터* 몇 주 뒤에 칼리히에게 불평을 늘어놓았다. *타르누프 총인구 가운데 남은 인구는 8천 명이며, 그중에는 더 조사할 만한 사람이 남아 있지 않다.* 우리의 자료는 이제부터 아주 희귀한 가치를 갖게 될 것이다.*

1939년에 마를레네는 대학에서 인류학 공부를 시작했다. 그리고 4년 뒤에 그만두었다. 1972년에 다시 학업을 시작했을 때는 하던 공부를 이어서 한다기보다는 아예 새로 시작하는 쪽에 가까웠다. 마를레네는 과거 수강에 대한 합산 신청을 하지 않았다. 본인이 주장한 바로는, 그녀는 *당시의* 성적표나 자료를 하나도 갖고 있지 않았다. 모두 불타 버렸다는 거였다. 그러나 질비아는 마를레네의 작업 일지를 훑다가 스케치를 하나 발견했다. 거기에는 오로지 한 단어만이 쓰여 있었다. 타르누프*Tarnów*.

거기에서 정확히 무슨 일을 했는지 마를레네는 결코 털어놓지 않았다. 확실한 건 그녀가 거기에서 스케치를 했다는 것이다. 눈과 귀, 그리고 손과 발의 스케치였다. 교수들은 마를레네의 재능을 눈여겨보았다. 당시 마를레네는 거기서 자기가 하던 일이 독특하다고 여겼는데, 그 점에 대해 질비아가 설명을 덧붙였다. 모델과 화가 사이에는 어떤 연결이 생겨나는데, 그 연결이란 말하자면 무언의 공모를 감수하는 것이다. 처음에는 모델이 앉아서 기다리기만 하지만, 시간이 지남에 따라, 화가의 시선이 모델에게 머무는 시간이 길어짐에 따라—심지어 그 시선은 가만히 머무는 데 그치지 않고 모델을 건드리거나 만지기까지 하는데—이 연대는 점점 더 끈끈해진다. 결국 그 둘은 서로를 안다고, 이 공모자를 안다고, 예전부터 잘 알고 있었던 것 같다고 생각하게 된다. 초상화란, 좁게는 감정 이입의 산물이고 넓게는 *사랑*의 산물이거든요. 질비아의 설명을 들은 나는 궁금해진 점을 물었다. 인간의 한 부분만을 그려도 그런 느낌이 들까요, 예를 들어 눈만 그려도요?

질비아는 골똘히 생각하면서 나를 바라보았다. 움직이지 말아요. 그녀가 중얼거렸고 그동안 그녀의 시선이 내 얼굴에 머물렀다. 그녀는 종이와 연필을 가지러 책상으로 갔다. 그러고는 책상의 판에 몸을 숙인 채 내 오른쪽 눈에 집중하더니 연필의 끝을 종이에 댔고,

---

* 타르누프에 만들어진 게토에 억류된 유대인은 한때 4만 명까지 증가했으나, 1942년부터 유럽 도처의 강제수용소로 옮겨지면서 1만 명 이하로 줄어들었다. 이 문단에서 언급되는 '희귀한 가치'란 곧 유대인이 절멸할 수 있다는 가능성을 암시한다.

쓱쓱 선을 몇 개 종이 위에 그린 뒤 손을 내려놓았다. 그녀는 말했다. 한쪽 눈만 그리더라도 이 눈은 무시할 수 없는 어떤 관계 속에 있네요.

질비아는 두 번째 그림을 시작했고 이번에는 그녀의 말이 손의 움직임을 좇아갔다. 눈에서 눈 옆에 파인 골로, 눈썹으로, 그리고 콧잔등으로. ……거기에서 이마로, 머리가 시작하는 부분으로, 그리고 머리카락으로. 그리고 콧잔등에서 코끝으로, 윗입술로, 아랫입술로, 그리고 턱으로. ……그 일을 하는 동안 내 눈은 질비아의 시선을 따라 움직였다. 이 눈 속에 당신이 있어요, 당신이, 있어요, 그녀는 반복해 말하더니 나를 대상으로 그린 첫 번째 스케치를 내게 보여 주었다. 그러나 거친 선으로 그려진, 나를 바라보는 그 인물을 나는 알아보지 못했다.

내가 아버지의 외모를 물려받았더라면 아버지와의 관계가 더 좋았을까, 더 긴밀했을까? 우리는 *피부색이 같은* 가족으로 더 친밀하게 지냈을까? 우리는 어쩌면 행복했을까? 어릴 때 Ha와 딕이 싸울 때면 나는 이 질문을 던졌다. Ha는 딕이 자기 안에서 *개발 도상국 원조 프로젝트*를 보고 있다고 비난했는데, 훗날 나도 그 프로젝트의 일부가 되었다. 이혼한 후에 아버지는 나를 위해 시간을 내려고 노력했고 내가 잘 지내는지 자주 물었고 원정이나 심지어 출장에도 나를 데리고 갔다. 그 사실을 알게 된 Ha는 자기도 똑같이 나에게 시간을 내겠다고 말했다. 내가 비행기에 올라타기만 하면 된다는 것이다. 그렇지만 실제로 나를 위해 있어 준 이는 바르바라뿐이었다. 그녀는 죽을 때까지 그렇게 곁에 있어 주었다.

보스니아 전쟁이 끝나고 나서 딕은 병리학 팀장으로 사라예보로 발령을 받았고 나는 그의 연구실로 갔다. 딕은 한숨을 쉬면서(큰 소리로, 질질 끌면서) 자기 생각에는 내가 어머니에게 가서 사는 게 좋겠다고 말했다. 내 정체성 가운데 일부인 그 부분을 거부하는 것은 유치하다는 것이다. 게다가 그때 나는 학교에서 *유급*을 받은 상태였는데, 만약 그다음 1~2년을 외국에서 보내면 그 *결점*을 상쇄할 수도 있을 터였다. 그건 싫어요. 내가 말했다. 하지만 그는 내가 조상의 나라에서 한동안 시간을 보내야 한다고 다시 말했다. 오스트리아의 조상은 충분히 알고 있으니 이제는 다른 쪽 조상을 알아 볼 차례라는 거였다. 나는 아버지가 지금 나를 낯설어 하는 대다수의 사람들처럼 행동하고 있다는 걸 알기나 하냐고 물었다. 아버지는 그게 무슨 말이냐는 듯 찡그리며 나를 쳐다본 뒤 신용 카드를 꺼냈다. 그는 자기가 모든 비용을 대겠다고, 거기서 일을 하지 않아도 되고 창고 같은 데 살지 않아도 된다고, 서울에 가면 대학에 다니거나 혹은 그냥 언어와 관습, 문화와 종교 같은 걸 배워도 된다고 말했다. 나는 그걸 원하지 않는다고 다시 반복해서 말했다. 딕은 (눈에 띄게 신경이 예민해져서) 말했다. 얘야, 거울을 보렴. 너는 도대체 거울을 볼 때 무엇을 보니?

질비아는 말했다. 거의 다 끝나 가요, *마무리 단계*에 있어요. 그녀는 가끔씩 내 얼굴을 보았다. 나는 내가 그녀의 시선에 화답하고 있다는 것을 알게 되었다. 그녀의 시선에는 어떤 요구가, 어떤 위안이 담겨 있었는데, 나는 그러한 형식과 집중력을 가진 응시를 받아 본 적이 없었다. 나는 안전하고, 보호받고, 받아들여지고, 언어로 파악되지 않는 방식으로 이해받고 있다고 느꼈다. …… 그래서 그녀가 나에게 스케치를 보여 주었을 때 받은 실망은 더욱 깊었다. *추락*이었다. 거친 선은 섬세한 선이 되었고 섬세한 선에는 진짜로 섬세한 무언가가 덧붙었다. 그러나 나를 바라보는 얼굴은 나의 얼굴이 아니라 어머니의 얼굴이었다.

이것은 특별한 응시예요. 질비아가 말했다. 예술가의 응시, 그것은 보는 것인 동시에 생각하는 것이고 그리기 전에 본 것과 생각한 것이 합쳐진 것이에요. 어떤 사람을 먼저 자기의 상상 속에서 만들어야만 비로소 그 사람을 모사할 수 있거든요.

거울을 볼 때 나는 도대체 무엇을 보는가?

인간을 중립적으로 바라본다는 건 있을 수 없는 일이에요. 질비아가 말했다.

우리 앞에는 책과 서류가 탑처럼 쌓여 있었다. 나는 그 너머로 질비아를 바라보았는데, 그녀는 이 응시를 차 한 주전자를 새로 만들라는 요구로 이해했다. 나는 말리려고 했지만 그녀는 내 말을 듣지 않았다.

부엌도 작업실처럼 추웠다. 이 오래된 건물의 실내 온도는 항상 18도에 맞춰져 있는 듯했다. 질비아의 부엌에는 목욕 공간도 있었다. 샤워 부스가 레인지 바로 옆에 있었던 것이다. 그 샤워 부스는 어쩐지 욕실 내부와는 잘 어울리지 않을 듯했다. 우리 위에 매달려 있는 전구의 빛은 희미했다. 질비아는 창백했고 밤을 새운 것 같았다. 그녀는 마를레네로부터 아무런 설명도 듣지 못했다고, 모든 대답을 스스로 찾아서 합쳐야 했다고 말했다. 그 부인은 죽기 1년 전에는 맑은 정신이었던 적이 드물었고 양로원에서 사망했다고 한다.

우리는 부엌에 머물렀다. 황혼 무렵의 빛은 기진맥진한 우리와 잘 어울렸다. 하지만 아직 나는 가고 싶지 않았다. 일종의 아카이브 같은 질비아의 독특한 아틀리에 안에 있는 무엇인가가 나를 붙잡고 있었다. 그녀가 스케치 작업을 하는 높다란 침대 바로 아래까지, 이 집 전체가 팔리지 않은 작품이나 질비아가 말했던 *보이지 않는 예술 l'art invisible*을 위한 창고였다. 조각은 차기 작업으로 미루어 놓았다고 했다. 질비아는 찻잔을 두 손으로 감쌌고, 나는 거기서 증기를, 윤곽이 뚜렷한 구름을 본다고 상상했다. 그림책에 나오는 구름 말이다. 나는 묘한 피로감과 싸우면서 혹시 그녀가 여전히 은둔자가 아닐까 자문해 보았다. 그녀가 은둔자 그 이상이었던 적이 있었던가. 마치 갑옷인 양 질비아가 들어가 있는 있는 고독*solitute* 없이 그녀를 떠올리기란 쉽지 않았다.

나는 시간과 노력을 나누어 준 그녀에게 감사를 전하고 일어날 채비를 했다. 질비아는 동의하는 듯 고개를 끄덕였다. 전쟁이 끝난 뒤에 기어코 마를레네는 사회복지국의 직업 교육을 마쳤어요. 그녀가 말했다. 빈에서 보낸 전후 시절의 삶에 관해서는 나도 몰라요. 그때 그 부인이 그 남편을 만나게 되었다는 것 빼고는요. 마를레네는 교육을 받을 때 아이 없는 중년의 과부를 돌보게 되었대요. 그 슈타이너 부인이라는 사람은 한쪽 눈이 거의 안 보였고 다른 쪽 눈으로는 모든 것이 흐릿하게 보였대요. 그래서 마를레네는 부인을 자주 병원까지 데리고 다녔다죠. 파울은 라인츠 병원의 안과 의사였는데, 대진(代診) 의사라 늘 일을 하고 있었대요. 둘의 만남은 주말에 커피 한잔을 나누면서 소박하게 시작됐고, 그게 산책으로, 극장으로 발전했고, 마침내 그는 마를레네에게 자기가 유부남이라고 고백했던 거예요.

원래 마를레네는 결혼할 계획이 없었어요.

질비아가 말했다. 자기는 아버지의 의견처럼 결혼 생활에 적합하지 않다고 생각해 왔었죠. 파울과의 만남은 이러한 태도를 변화시켰고, 그렇게 그녀는 결혼이라는 항구로 내몰렸던 거예요. 하지만 파울과의 관계는 절망적인 상태였어요. 그의 부인이 유산을 해서 부부 사이가 서먹해졌는데, 마를레네는 그 틈을 노려서 그에게 계속 이혼해 달라고 졸랐어요. 하지만 파울은 그럴 준비가 되어 있지 않다고 말했죠. 마를레네는 그가 아내와 별거하도록 유도하기도 했지만, 그 별거가 오래 지속된 적은 없었다고 해요. 결국 파울이 이렇게 말했다더군요. 별거를 계속하지도 못하는데 이게 다 무슨 소용이냐고요.

질비아는 미소를 지었다. 그녀는 마를레네가 한때 젊은 연인이었다는 걸 상상할 수가 없다고 말했다. 양보하고 불안해하는 모습 말이에요. 그 부인은 노년의 여인이 되어서도, 80살이 되어서도 무엇인가를 해 내고 이루려는 의지를 꺾어 본 적이 없었거든요. 단지 건망증이 점점 더 심해졌을 뿐이죠. 모든 것을 잘못된 자리에 놓았고, 많은 걸 잃어버렸어요. 한번은 자기의 건망증에 대해 한탄하더군요. 뇌가 제대로 작동하지 않으니 자기는 죽은 거나 다름없다고 말이죠.

질비아는 돌바닥에 웅크리고 앉더니 나에게 쿠션을 밀어 주었다. 바닥은 내가 좋아하는 온도보다 더 차가웠다. 1950년의 마지막 날, 빙클러 가족 전체가 신년

첫날에 종을 치려고 모인 적이 있었어요. 신기하게도 그들은 그 전해와 그 전전해에는 종을 건드리지도 않았었다네요. 어쨌든, 그때 마를레네는 여자 사촌 옆에 앉으려고 했는데, 그 사촌의 이름은 생각이 안 난다고 했어요. 뭐 중요한 부분은 아니에요. 그 사촌은 이 이야기에서 이때 빼고는 아무런 역할을 하지 않으니까요. 이 사촌을 언급하는 이유는 그녀가 마를레네에게 미국 이민이라는 아이디어를 불어넣었기 때문이에요. 마를레네는 곧바로 아버지를 동원했고, 그녀의 아버지는 위스콘신에 있는 자기 남동생에게 조카가 갈 거라고 알렸어요. 파울과의 관계는 여행을 떠나기 전에 끝냈고요. 그에게 빈을 떠난다는 말조차 남기지 않았대요. 어쩌면 이혼하라는 자기의 요청을 거부한 남자에게 복수하고 싶었던 건지도 모르겠네요. 아니면 그냥 그가 지겨웠을 수도 있고요.

질비아는 입을 비죽이며 웃었다. 파울은 평생 동안 마를레네가 갑자기 사라진 걸 소재 삼아 농담을 해댔어요. 그 농담 속에 담긴 악한 의도는 누구나 감지할 수 있었죠. 질비아는 헛기침을 했다. 내가 그린 베이에서 일어났던 일을 알게 된 건 꽤 오래전이에요. 마를레네는 *사건 실무 담당자*로서 그린 베이 교구의 사회복지국에 고용되었다고 해요. 아마도 그녀의 출신이 일할 때 장점이 될 거라고 생각했겠죠. 마를레네는 오스트리아와 독일의 뿌리를 가진 여자들, 출산 직후 아이를 입양 보내려는 젊은 여자들을 주로 담당했어요. 그녀는 그 당시에 대해 한 번도 말한 적이 없어요. 그 여자들의 얼굴에 드러난 고통은 자기가 빈을 떠나기로 한 결심이 올바른 것이었음을 증명해 주었다고, 딱 한 번 지나가면서 말한 적은 있지만요.

대니얼 트루트만의 어머니가 진실을 말하지 않는다는 걸 마를레네가 알게 되면서 사건은 점점 더 통제할 수 없는 방향으로 흘러갔어요. 생부를 찾고 그의 정체를 밝히는 일, 무엇보다도 그의 인종적 정체를 밝히는 일은 마를레네를 쉬지 못하게 만들었죠. 저는 그때 마를레네가 왜 더 일찍 해고되지 않았는지 모르겠어요. 처음 그 보고서를 읽었을 때, 마를레네가 그토록 오랫동안 휘젓고 다니는 걸 거기 사람들이 왜 그냥 두고 보기만 했는지 전혀 이해할 수가 없더라고요. 캐럴이 자살 시도를 한 후에야 그 상관이 개입했잖아요. 마를레네가 부당한 대우를 받았다고 생각했나요? 내 질문에 질비아는 천천히 고개를 저었다. 그 부분은 모르겠어요. 그 문제에 대해 이야기를 나눠 본 적도 없고요. 그건 어쩔 수 없었어요. 우리가 어떻게 그 일을 두고 속을 털어놓을 수가 있었겠어요? 그때 우리는 20년 동안이나 서로 보지 못한 사이였는데요. 난 열아홉 살이 되었을 때 집을 나갔고, 대학생 때에는 정말 가뭄에 콩

나듯이 집에 왔어요. 그다음에는 프랑스로 이민을 갔고, 저축해 둔 걸 다 쓰고서야 집에 다시 돌아왔죠.

질비아가 초인종을 누르자 즈즈 소리가 난다. 그녀는 정원 문을 열고 천천히 집 쪽으로 다가간다. 그녀는 불안하다, 무엇이 그녀를 기다리고 있는지 도무지 짐작이 가지 않는다. 그래도 그게 그녀가 빈에 도착한 후에 실행한 첫 번째 행동이다. 앞서 그녀는 마를레네에게 전화를 걸어 *저예요, 저 다시 돌아왔어요*라고 말해 놓았다. 마를레네는 희미한 빛 속에, 열린 문 속에 서 있다. 질비아는 반쯤 장님이 된 스케치 화가, 눈이 다 망가진 화가가 된 어머니의 얼굴을 거의 알아보지 못한다. 이제 어머니는 자기가 그린 그림이 자기가 그리려고 한 것과 들어맞는지조차 잘 알아보지 못한다. 엄밀히 말하면 그녀는 이제 일종의 번역가가 되었다. 그녀는 상상 속에서 보는 것을 두 팔과 두 손과 손가락들의 운동으로 번역한다.

갑자기 나는 왜 질비아의 시선이 그렇게 독특하게 느껴졌는지 알게 되었다.

나는 당신을 만져야 해요. 그녀는 눈빛으로 그렇게 말했던 것이다. 당신을 그리려면 당신을 만져 봐야 해요.

마를레네는 대문에 서 있었다. 딸의 기억 속 그녀는

훨씬 키가 컸는데, 이제는 쭈그러든 것 같아 보였다. 연약하고 물러진 것 같았다. 마를레네는 나이가 들었다. 머리카락은 허예져 거의 흰색이었고 숱이 적었다. 피부는 가느다란 주름살 때문에 마치 거미줄이 얼굴에 덮여 있는 듯했다. 마를레네는 두 팔을 벌리지 않았고 그런 걸 할 수 있다는 생각조차 해 본 적 없는 것 같았다. 그러던 그녀가 한 손을 들어 흔들었다. 어머니가 손을 흔들었다는 사실이 딸의 마음을 움직였다. 마치 자식더러 앞뜰을 더 빨리 건너오라고 하는 것처럼 보였다. 어머니 앞에 와서 선 질비아는 이제 무엇을 해야 할지 몰랐다. 어머니를 포옹해야 하나? 뺨에다 키스를 해야 하나? 질비아는 결정하지 못한 채 마를레네 앞에 덩그러니 서 있었다. 그건 거의 속수무책의 상황이었는데, 이 속수무책이란 점에 있어 그녀는 마를레네와 똑 닮아 있었다.

아직은 너를 알아보겠구나. 어머니가 말했다. 농담을 해 본 것이다. 저도요. 딸이 말했는데 그게 농담인지 아닌지는 본인도 알지 못했다. 그렇겠지, 어머니가 말했다. 네 가방이 작은 것 같구나, 여기에 머물 생각 아니었니? 딸이 대답했다. 필요한 물건이 있으면 집에 가서 가지고 오면 돼요. 걱정하지 마세요. 그러고는 둘 다 조용해졌다. 여러 해 동안 그들은 서로 대화하는 법을 잊어버렸다. 그들은 어머니와 딸인 것을 잊어버렸다. 어쩌면 그들은 그걸 배운 적도 없었을 것이고 그걸 배우려고 노력한 적도 없었을 것이다. 그때 내 눈엔 우리의 그런 모습이 다 들어왔어요. 질비아가 말했다. 그 슬픈 두 형상, 나는 이 둘을 툭 건드려 보려 했어요. 감정이 터져 나오기를 기다렸죠. *구원*을 기다렸던 거예요. 하지만 그런 일은 일어나지 않았죠. 우리는 각자의 새장 안에 머물러 있었어요. 마를레네는 그녀의 새장에, 나는 내 새장 안에요. 나는 시간이 많지 않다고 느꼈고, 서둘러야 한다는 걸 알았어요. *내일보다는* 오늘*이 낫다*. 하지만 알고 있으면서도 아무것도 할 수 없었어요. 원을 빙빙 돌기만 했죠. 빙빙 도는 내 자신이 안타깝기는 했지만요. 난 혼자 말했죠. *더 잘해 봐, 다르게 해 보라고*, 그렇지만 나는 그냥 계속 돌기만 했어요. 마치 어떤 끈에 매달려 있는 것처럼요. 그렇게 며칠이 지나갔어요. 그리고 그 후로 몇 주가 지나갔고 또 몇 달이 지나갔어요, 실패한 주와 실패한 달이.

마를레네는 마침내 화를 냈어요. 그녀는 이제 엄마처럼 자기를 돌보는 일을 그만두라고, 자기는 가정교사가 필요 없으며 베이비 시터는 더더욱 필요 없다고, 자기 몸은 알아서 스스로 지키겠다고 말했죠. 앞으로 자기는 가능하면 조용히, 일하는 걸 재개하겠다고도 말했고요. 그러곤 방문을 닫아 버렸죠. 그다음 날 마를레네는 좀 더 부드럽게 말하지 못했던 걸 후회하는 듯 보였어요. 자기 모든 물건을 살펴보는 중인데 좀 도와주지 않겠냐더군요. 자기는 우리, 오스카어와 내게 일거리나 다름없는 짐 더미를 남겨 놓은 채 세상을 뜨진 않겠다나요. 나는 거실 책장을 맡아 서류철들을 들여다봤어요. 마를레네는 자기 작업실을 맡겠다고 했죠.

그렇게 해서 내가 그 작업 노트를 발견한 거예요. 질비아가 말했다. 내가 전에 한 말은 거짓말이었어요. 그 노트를 본 건 우연이 아니었어요. 그날 마를레네는 사실상 그걸 나에게 *보여 주려 했던 거예요*. 우리가 나눈 마지막 대화는 대니라는 주제였어요. 나는 대니에 관한 서류철을 발견해서 읽은 다음 마를레네를 질책했어요. 그러면서 마를레네에게 그때까지 비난하려 쌓아 두었던 것을 모두 한꺼번에 다 터트렸죠. 그녀는 아무 말도 하지 않고 그 모든 비난이 쏟아지도록 놔두었어요. 반박도 하지 않고 변명도 하지 않더군요. 마침내 내가 조용해지자 그녀가 입을 열었어요. 내겐 부끄러워할 만한 일이 많아. 이제 나 스스로를 잃어버릴 수 있다면 그건 은총일 거야, 신의 은총이라고.

너도 나에게 그런 은총을 나누어 주면 좋겠구나. 마를레네는 말했다. 그리고 나를 기억에 담아 두지 말아 주렴.

그린 베이 교구 사회복지국의 서류철에서

보고서 3

1954. 3. 8. — 1959. 6. 23.

▶ 1954. 3. 8.

▶ 파울리 부인 통화

파울리 부인에게 우리의 조사가 종결되었음을 알렸다. 아이 아버지의 정체는 확인되지 않았다. 파울리 부인의 소원이 아직도 그대로 변치 않았다면 언제라도 아기를 데려갈 수 있다. 파울리 부인은 놀란 반응을 보였지만 기뻐했다. 아이의 인도는 토요일, 3월 13일 10시로 약속되었다.

▶ 1954. 3. 12.

▶ 면담 / 세인트 메리 고아원, 버나뎃 간호사의 보고

대니얼 트루트만은 내일 우리의 관할에서 벗어난다. 아이는 생후 9개월이 되었다. 몸무게는 대략 10킬로그램이다. 파상풍, 디프테리아와 백일해 예방 접종은 1953년 10월 5일과 1953년 12월 11월에 맞았다. 대니얼은 병원에 입원했을 때와 고아원에 있었을 때를 통틀어 가벼운 감기가 든 걸 제외하고는 한 번도 아픈 적이 없었다. 곧 시설에서 나갈 이 아이는 아직 걸음을 떼지 못한 상태다.

대니얼은 먹는 것이 까다롭지 않다. 모든 것을 다 먹어 보려 한다. 가장 좋아하는 것은 토스트 빵과 버터 과자다. 아이는 매일 오렌지 주스 한 컵과 비-펜타 열 방울을 섭취했다. 이 아이는 잘 자랐고 튼튼하고 건강하다.

— —

▶ 1954. 3. 15.

▶ 트루트만 양에게 보낸 편지

트루트만 양은 대니얼의 위탁 양육 가정을 찾았다는 통지를 받았다.

— —

▶ 1954. 3. 16.

▶ 가정 방문 / 파울리 가족, 9시

머피 양은 대니얼을 보기 위하여 파울리 씨 댁을 잠시 방문했다. 아이는 아주 잘 적응하고 만족하는 듯 보였다. 그에게는 작은 자기 방이 따로 있다. 전에 파울리 아이들이 잤던 격자 침대를 창고에서 가져와 깨끗이 닦아 놓았다. 집에서 직접 짠 양탄자가 바닥에 깔려 있었다. 파울리 씨는 나무로 장난감 자동차를 하나 깎아 놓았고 파울리 부인은 대니얼을 위해 단추 눈을 단 토끼를 한 마리 꿰매어 놓았다.

파울리 가족의 집은 넓고 청결했다. 부인의 말에 의하면 정원에는 감자밭과 콩밭이 있다고 한다. 부인은 날이 따뜻해지기를 바랐다. 부인은 대니얼과 같이 화단을 만들고 거기에 채소 씨앗을 심고 싶어 한다.

(MM / BY)

— —

▶ 1954. 8. 6.

머피 양의 부탁으로 교구 간호사인 모티머 간호사가 파울리 가족을 방문했다. 방문에서 돌아온 간호사는 대니얼이 착한 아이이며 행복하고 건강해 보였다고 보고했다. 파울리 부인은 새 기저귀와 가을 옷가지를 요청했다.

머피 양은 대니얼을 위한 기저귀 두 상자, 따뜻한 가을 점퍼, 바지 두 벌, 셔츠 두 장, 스웨터 두 개, 털양말 네 켤레, 그리고 (가능하면 복사뼈까지 올라오는) 방수 신발을 주문했다. 또한 그녀는 장난감 창고에 가서 목마, 헝겊 인형(개나 토끼) 그리고 나무 퍼즐(자동차, 가장 좋은 건 소방차)을 꺼내 올 것이다. 모티머 양은 주문한 옷가지와 장난감들을 1954년 8월 21일 토요일에 파울리 가족에게 전할 것이다.

(MM / BY)

▶ 1954. 11. 30.

▶ 약속(예정되지 않음), 파울리 부인

오늘 오후에 파울리 부인이 대니얼—부인은 언제나 대니라고만 부르는데—과 같이 사무실에 왔다. 맏딸이 곧 결혼하기 때문에 부인은 대니가 입을 검은 양복과 겨울 의복 및 신발을 요청했다. 머피 양은 그 옆에 앉아 겨울 장화 한 켤레, 검정 혹은 짙은 밤색의 양복 한 벌, 하얀 셔츠 한 장, 어린이용 나비넥타이, 따뜻한 셔츠 세 장, 두꺼운 스웨터 두 개, 두꺼운 바지 두 벌과 스키복 한 벌에 대한 주문서를 작성했다.

(MM / BY)

▶ 1955. 1. 3.

대니얼 트루트만은 이제부터 A. 클라크 양이 담당한다.

(MM / BY)

▶ 1955. 1. 19.

▶ 가정 방문 / 파울리 가족, 10시

나는 위탁 가정 승인서와 주문받은 옷가지들을 가져다주기 위해 파울리 가정을 방문했다. 개인적인 인사도 겸할 참이었다.

대니얼은 예쁘고 건강하고 생기가 넘치는 아이이다. 그리고 확실히 검둥이의 특징들이 엿보인다. 머리카락은 어두운 갈색이고 곱슬거리며 피부는 어두운 색이다. 그러나 파울리 부인 말로는 피부색이 점점 더 밝아지고 있으며 아마도 더 밝아질 것이다. 대니얼의 얼굴에서도 (약하게나마) 검둥이의 특징이 드러나 있다. 두 입술은 두툼하고 코는 넓적하다.

파울리 씨는 말이 없는 편이지만 마음씨가 좋고 나름

대로 친절했다. 파울리 부인은 조용하고 마음씨가 따뜻한 데다 위탁 아동을 아주 좋아하는 게 분명했다. 우리가 대화하는 동안 대니얼은 위탁모 옆에 계속 딱 붙어 있었다. 파울리 가족의 집은 정돈이 잘되어 있고 잘 관리되는 듯했다. 파울리 부인은 직접 바느질을 한다. 거실에 있는 파랗고 초록빛 나는 퀼트는 부인이 직접 만든 것이고, 대니얼 방에 있는 작은 퀼트도 마찬가지다.

파울리 부부는 아이의 미래에 대한 걱정을 털어놓았다. 그들은 대니얼을 아주 좋아해서 만약 대니가 그들을 떠나게 된다면 무척 슬퍼할 것이다. 나는 그들에게 아직 대니를 입양할 양부모를 찾지 못했다고 말해 주었다. 파울리 부인은 자기가 대니얼을 직접 입양할까도 생각해 보았다고 한다. 그러면 대니가 유치원에서 자기들의 성을 쓸 수 있기 때문이었다. 그러나 그를 입양하면 매달 35달러씩 주어지는 정부 지원금을 받지 못하게 된다. 그들은 그 정도의 경제적 손실은 감당하기 어렵다고 생각한다.

▶ 1955. 3. 28.

▶ 파울리 부인 통화

파울리 부인은 대니얼을 위해 봄옷과 여름옷을 주문했다. 몇몇 가을옷과 바지는 계속 입을 수 있다. 부인이 직접 바짓단을 내어 기장을 늘렸다고 한다. 다른 바지들은 아예 반바지로 만들었다. 그러나 셔츠와 스웨터는 어떻게 손 볼 수가 없다. 나는 셔츠 세 장, 스웨터 세 개, 반바지 한 장, 긴바지 한 장, 짧은 셔츠 네 장, 양말 네 켤레를 주문했다. 파울리 부인이 일주일 뒤에 물건들을 가지러 올 것이다.

▶ 1955. 4. 13.

▶ 가정 방문 / 파울리 가족, 10시

파울리 가족과 살고 있는 대니얼은 누가 보아도 아주 잘 지내고 있다. 무럭무럭 성장할 때여서인지 지난번 방문 때보다 몸집이 커져 있었다. 아주 튼튼하고 힘세 보인다. 파울리 부인 말에 의하면 대니는 쉬지 않고 움직이거나 계속 뭔가를 하려 든다. 의자나 소파, 계단을 계속 기어오르고, 자기 앞에 놓인 물건은 절대 가만히 놔 두지 않는다. 의자 위에 똑바로 앉아 있을 때만 빼면 어떻게든 집안 가구들을 죄다 넘어뜨리려 한다. 대니는 자기 나이 또래에 비하면 키가 커서 문의 손잡이에 손이 닿는다. 곧 혼자서도 문을 열 수 있게 될 것이다. 모든 사람의 관심이 대니에게 쏠려 있지만, 그럼에도 이 아이는 버릇이 없다는 느낌을 주지 않는다. 말을 잘 듣는 아이 같다.

아이는 내게 파울리 씨가 만들어 준 나무 기관차를 보여 주었다.

- -

▶ 1955. 9. 27.

▶ 파울리 부인 통화

파울리 부인은 대니얼에게 필요한 겨울 용품을 주문했다. 대니는 파울리 부인이 직접 짠 스웨터를 제외하고는 새 옷 일체가 필요하다. 지난겨울 입었던 옷들은 모두 작아졌기 때문이다. 나는 따뜻한 셔츠 세 장, 긴 바지 세 장, 그리고 겨울 점퍼 하나와 네 켤레의 겨울 양말을 주문했다.

- -

▶ 1955. 10. 20.

▶ 가정 방문 / 파울리 가족

대니는 작은 회오리바람 같아서 집안 가구들을 고생시키고 있지만, 그래도 파울리 부인을 신경 쓰이게 할 정도는 아니다. 대니는 나에게 새 겨울 점퍼를 보여 주면서 자기 혼자 빙그르르 한 바퀴 돌았다(아직 잘하지는 못하고 서툴렀다). 겨울 점퍼가 아주 마음에 드는 모양이었다. 대니는 이미 단어 몇 개를 알고 있었다. 예를 들어 '달', '친구', '자동차', 그리고 '운다'가 무슨 뜻인지 알고 있었다. 그는 내 소파 옆에 앉아서 계속 창문을 가리키면서 "운다"는 말을 했다. 밖에는 비가 오고 있었고 유리창이 젖어 있었다.

파울리 부인의 말에 의하면 대니는 산타클로스가 나팔을 갖다주기를 바란다. 그래서 혹시 사회복지국이 크리스마스 때 장난감 몇 가지를 마련해 줄 수 있는지 물었다. 이제까지 탄 낡은 세발자전거는 고장이 났고 더 이상 고쳐 쓸 수도 없다. 나는 대니에게 맞는 장난감 몇 개와 새 세발자전거를 꼭 가져다주겠다고 주겠노라고 약속했다.

파울리 부인은 대니얼이 기저귀를 이제 막 떼기 시작했다고 말했다.

▶ 1956. 1. 23.

▶ 가정 방문 / 파울리 가족

대니는 가벼운 감기에 걸렸다. 그렇다고 힘들어 보이지는 않았다. 그는 활달하고 행복한 아이이다. 대니는 하루 종일 웃고 킥킥거린다. 특히 배를 간질이면 좋아한다. 파울리 부인이 아주 세심하게 보살펴 주지만 벌써 혼자서도 시간을 보낼 수 있다. 그는 파울리 부인 말에 의하면 자기 위탁모를 "돌봐 주고" 싶어 한다. 그는 식사 시간에는 위탁모를 "먹여 주고" 어디를 다치거나 하면 위로해 준다.

대니는 나에게 산타클로스에게 받은 동물 책을 보여 주었는데 거기 있는 동물의 이름을 모두 말할 줄 안다. 개, 고양이, 그리고 오리를 가장 좋아한다. 파울리 부인은 대니가 2층에서 지내는 누나인 세라와 많은 시간을 보낸다고 설명해 주었다. 대니는 세라가 오븐에서 무엇인가를 구우면 언제나 그 곁에 같이 있다. 그는 그녀의 조수이자 제일 먼저 맛을 보는 사람이기 때문이다.

나는 새 의복 주문 명단을 만들었다. 대니의 옷 대부분이 이제 그에게 맞지 않는다(바지 세 장, 셔츠 세 장, 가을과 봄 신발, 양발 네 켤레).

▶ 1956. 6. 21.

▶ 가정 방문 / 파울리 가족

대니는 파울리 씨네 집에서 예나 지금이나 아주 잘 지내고 있다. 그는 성장이 빠른 편이고 식욕이 왕성하고 모든 면에서 건강하다. 필요한 예방 접종은 현재 다 맞은 상태다. 그는 가족 행사에 아주 긴히 연루되어 있다. 파울리 가족은 노버트 신부의 성당에서 아주 열심히 봉사 활동을 한다. 그리고 주위의 친구들이나 지인들 모두에게서 무조건적인 환영을 받는다. 대니는 완전히 힘이 넘쳐 나는 꼬마 악당이지만 정말 귀엽다. 그는 나에게 세발자전거를 얼마나 빨리 그리고 잘 타는지를 보여 주었다. 그는 계속 벽에 부딪혔는데 그때마다 보기 싫은 자국이 남았다.

이제까지 대니와 관련해서 발생한 문제는 하나도 없다. 딱 한 번, 파울리 부인의 말에 의하면 대니는 두 손으로 성냥을 모아다가 그걸로 목욕탕의 커튼에다 불을 붙였다. 불이 금방 발견되어 별 피해는 없었다. 그러나 아이는 너무 크게 놀랐고 자기의 행동을 진심으로 뉘우쳤다. 파울리 부인은 이 경험에서 대니가 배운 게 많다고 말했다. 자기와 남편은 그 일로 화를 내지 않는다. 그 부부는 남자아이들은 가만히 있을 수 없다는 것을 잘 알고 있기 때문이다.

나는 대니를 위한 의복 주문 명단을 작성했다. 짧은 바지 세 장, 짧은 팔 셔츠 세 장, 양말 세 켤레, 테니스화 한 켤레다.

▶ 1956. 12. 14.

▶ 가정 방문 / 파울리 가족

거의 세 살하고도 반이 된 대니는 언제나 분주하고 조잘거리는 작은 수다쟁이다. 그는 검둥이의 특징을 분명히 보여준다. 거의 검정색이 된 머리카락은 곱슬거린다. 얼굴 특징도 검둥이의 것이다. 파울리 부인은 대니가 흑인과 백인의 피부색 차이를 알고는 검은 피부와 곱슬거리는 머리카락을 가진 여동생을 갖고 싶다는 말을 한 번 이상 했다고 전했다. 파울리 부인은 두 번째 아이를 입양해야 할지도 모르겠다고, 만약 그렇게 된다면 자기는 유색인 어린 여자애가 좋을 것 같다고 말했다. 전체적으로 보아 대니는 모든 사람에게 잘 받아들여졌다. 유치원에서도 친구가 많다고 한다. 하지만 그 반의 아이 한 명이 대니와 같이 노는 것을 거부했다. 파울리 부인은 이 사건이 자기를 아주 슬프게 했다고 말했다. 그녀는 대니를 어디에나 데리고 다니면서 친아들처럼 대한다. 아무리 봐도 정말 귀여운 사내아이야! 게다가 부드럽고 착한 심성도 가졌고 말이다. 대니는 크면 사제가 되고 싶어 한다. 파울리 부인과 남편은 대니를 사랑하기 때문에 스물한 살이 될 때까지 같이 살고 싶어 한다.

파울리 부인은 대니가 거부당할 때마다 큰 상처를 받을 것이다. 그녀는 시간이 갈수록 그러한 사건들을 더 많이 접하게 되리라는 것을 분명히 알고 있다고 말했다. 그녀는 혹시 유색 인종 아이를 입양한 가정을 알고 있는지 물었다. 그 가정과 기꺼이 의견을 교환하고 싶다는 것이다.

의복 주문이 처리되었다. 파자마 한 개, 아래 속옷 네 벌, 바지 세 벌, 점퍼 한 개, 스키복, 벙어리 장갑, 따뜻한 셔츠 세 장, 그리고 겨울 장화 한 켤레다.

▶ 1957. 6. 11.

▶ 가정 방문 / 파울리 가족

파울리 부인과 대니만 집에 있었다. 대니가 노는 데 아주 열중해서 파울리 부인과 나는 방해받지 않고 대화를 나눌 수 있었다.

파울리 부인 말에 의하면 대니는 남을 도와주려는 마음 씀씀이가 아주 큰 아이다. 예를 들어 바닥을 쓸고 있으면 대니는 벌써 두 팔을 벌리고 그 일을 하겠노라고 서 있다. 빨래를 널고 있으면 대니는 빨래를 바구니에서 꺼내 그녀에게 건네주고 요리를 할라치면 젓는 일을 도맡아 한다.

그 외에 좋아하는 건 음악이다. 그는 누나인 세라와 함께 자주 노래를 한다(특히 쿠키를 구울 때면 늘 그렇게 한다). 그는 형제들과 레코드판을 들으며, 생일에는 북과 밴조*를 선물로 받고 싶다고 소원을 말했다. 파울리 부인은 대니가 가족의 귀염둥이라고 말했다.

파울리 부인은 대니가 자기가 남들과 다르고 그린 베이의 대부분의 사람과 구별된다는 사실을 알아채기 시작했다고 생각한다. 예를 들어 텔레비전에 나오는 검둥이를 보면 대니는 그들이 자기 친구라고 이야기한다. 그러나 아직 이런 깨달음이 그의 행동에 별다른 영향을 미치지는 않았다.

파울리 부인과 남편은 대니의 인종 문제에 대해 고민이 많은 듯 보였다. 가족 모두가 대니를 완전히 한 가족으로 받아들였다고 파울리 부인이 말했다. 그들에게는 사람이 어떻게 보이는가는 중요하지 않았다. 그보다는 무엇을 생각하고 어떻게 느끼고 무슨 행동을 하느냐가 더 중요하다는 것이다. 파울리 부인에게 대니는 대니일 뿐이다. 하지만 유감스럽게도 다른 모든 사람이 그렇게 생각하진 않는다고, 그게 문제라고 부인은 덧붙였다.

▶ 1957. 12. 30.

▶ 가정 방문 / 파울리 가족

가족이 모두 집에 있었다. 세라와 대니는 베이킹을 하고 있었다. 대니는 나에게 자기가 장식한 설탕 쿠키를 보여 주었고 그다음에는 크리스마스에 받은 장난감을 모두 거실로 가져왔다. 그가 제일 좋아하는 장난감은 색깔이 있는 작은 인형이었는데 파울리 부인이 선물한 것이었다. 대니는 유쾌하고 마음씨가 아주 따뜻한 아이이다.

▶ 1958. 6. 2.

▶ 가정 방문 / 파울리 가족

대니는 내가 방문한 내내 정원에서 놀고 있었다. 가끔 그는 주스 한 컵이나 과자를 가지러 우리에게 뛰어왔다.

파울리 부인은 좀 긴장한 듯 보였다. 대니의 미래를 걱정하고 있었기 때문이다. 친구 몇몇이 대니를 피부색으로 놀렸다고 한다. 부인은 대니가 학교에 가게 되면 이 문제가 더 커질까 걱정하고 있었다. 대니가 피부색 때문에 놀림감이 될 거라고 생각한 부인은 너무나 마음 아파했다. 부인은 대니를 보호하고 싶은 마음이 굴뚝같지만 안타깝게도 그럴 수 없다. 그녀는 자기와 남편이 계속 입양에 대해 고민하고 있다고 운을 떼었다. 그러나 그들의 경제적 사정이 나아지

* 주로 미국 흑인들이 연주하던 기타 모양의 현악기.

지 않고 있다. 의복 주문이 이루어졌다. 반바지 세 벌, 가벼운 점퍼, 얇은 셔츠 세 벌 그리고 스포츠 신발 한 켤레.

- -

▶ 1958. 6. 10.

▶ 글리슨 판사의 편지

의복 주문서를 보낸 후에 글리슨 판사로부터 편지를 한 통 받았다. 그는 생모에 대해 문의했는데, 우리가 그녀와 아직 접촉을 하고 있는지 그리고 생모가 혹시 아들을 경제적으로 지원해 줄 수 있는 상태인지 물었다.

▶ 글리슨 판사에게 보낸 편지

나는 우리가 트루트만 양과 마지막으로 접촉한 지 이미 4년이 훨씬 지났다고 썼다. 생모는 1953년 7월 대니가 태어난 후에 한 번도 아들을 보지 않았고 아들에 대해 물어본 적도 없다.

- -

▶ 1958. 6. 24.

▶ 글리슨 판사의 편지

판사는 생모에게 경제적 호의를 기대할 수 있다고 생각하지 않는다. 상황이 이러하므로, 판사는 이제부터 대니얼 트루트만에게 필요한 모든 물품은 우리가 직접 판단해서 구입할 수 있도록 전권을 주었다.

▶ 1958. 6. 30.

▶ 면담 / 입양위원회, 9시

나는 앞으로 있을 조치에 대한 자문 의견을 희망했고, 그에 따라 입양위원회에 가서 대니얼 트루트만의 사례에 대해 발표했다. 내가 강조한 부분은 그가 유색 인종 남자아이로서 오직 백인만으로 구성된 환경에서 자라나게 될 거라는 점이었다.

위원회는 다음을 제안했다. 대니얼은 고등학교에 진학할 나이가 될 때까지 파울리 씨네 집에 머물러야 한다. 그 후에 그는 유색 인종을 위한 기숙 학교에 갈 수 있을 것이다. 만약 거기로 진학한다면, 그는 파울리 가족이 주는 안정감을 포기하지 않으면서도 자기와 동류인 사람들과 어울릴 기회를 가질 수 있을 터였다.

방학이 되면 돌아갈 곳도 있을 테고 말이다.

위원회는 대니얼이 아주 운이 좋았다는 입장이다. 파울리 부부와 같은 가정을 둔다는 건 대니얼 같은 처지의 아이들에게는 거의 불가능한 일이다. 대부분은 성인이 될 때까지 보호 시설에 머물 뿐이다.

▶ 1958. 7. 10.

▶ 파울리 부인 통화

파울리 부인은 아주 드문 질문을 했다. 부인은 우리가 대니얼의 댄스 학원 비용을 지불해 줄 수 있는지 알고 싶다고 했다. 부인이 보기에는 대니의 리듬감이 또래 아이들보다 월등히 좋다고 한다. 그래서 파울리 부인은 대니얼을 댄스 학원에 보내고 싶어 한다. 대니도 그러고 싶어 한다. 머피 양과 상의를 거친 뒤, 나는 안타깝게도 이 요청을 거부할 수밖에 없었다. 우리의 지원은 생활필수품에만 한정되어 있기 때문이다.

▶ 1958. 11. 17.

▶ 가정 방문 / 파울리 가족, 16시

대니는 이미 창가에서 나를 기다리고 있었다. 그는 이제 나를 "앨리"라 부른다. 나는 그의 "여자 친구"다. 그는 옷을 잘 차려입었고 스포츠 점퍼와 회색 플란넬 바지를 입었다. 그는 여러 차례에 걸쳐 이 옷들이 새 옷이라고 강조했다. 그러고는 댄스 학원에서 배운 탭댄스를 추었다. 그는 9월부터 레드비나 씨가 운영하는 댄스 학원에 다닌다. "엄마"를 자랑스럽게 하는 뭔가를 할 수 있다는 사실이 그를 행복하게 만들어 주었다.

그가 자기 방으로 게임을 하러 물러간 뒤, 파울리 부인은 혹시 아직도 대니얼의 생모인 트루트만 양과 접촉하고 있느냐고 물어보았다. 나는 접촉이 끊어졌다고 말했다. 생모가 대니얼에 대해 아무런 관심이 없다는 것은 더없이 분명한 사실이다. 나는 이 상황이 변할 거라고 생각하지 않는다고 말했다. 대니는 아마도 성인이 될 때까지 위탁아로 남을 것이다.

내 대답이 파울리 부인을 안심시킨 것 같았다. 부인은 대니의 성을 오로지 입양을 통해서만 바꿀 수 있냐고 물었다. 나는 이 질문에 그렇다고 대답할 수밖에 없었다. 파울리 부인은 한숨을 쉬었다. 부인은 국가 지원금에 의존하고 있어서 대니를 입양할 수 없기 때문이다.

▶ 1959. 1. 6.

▶ 가정 방문 / 파울리 가족, 17시

대니는 또다시 문앞에서 나를 맞이했다. 이 아이는 정말 에너지 덩어리인 것 같다. 그는 하루 종일 집 안 온 구석을 뛰어다니면서 깡충깡충 점프하고 춤을 춘다. 몸짓도 큼직큼직한 데다가 내내 쉬지 않고 조잘댄다. 파울리 부인은 대니에 대해서는 아주 인내심이 많다. 부인이 내보이는 이 차분한 인내심은, 드물긴 하지만 대니가 조용히 앉아 있을 때 선보이는 그 특유의 균형 감각에 반영돼 있다. 파울리 부인은 대니에게 자기를 위해 춤을 추어 달라고 부탁했다. 대니는 이 부탁을 바로 들어주었다. 그는 정말 재능이 있다! 아직 대니는 학교에 들어가지도 않았지만, 이미 파울리 부인은 그가 좋은 댄서가 될 거라고 확신하고 있다. 부인은 춤이 대니가 (자기의 피부색과 관련하여) 열등감을 덜 느끼도록 도와줄 거라 생각했다. 그녀에게는 바로 그 점이 중요했다. 그녀는 웃으면서 말했다. "대니가 계속 저렇게만 한다면 언젠가 브로드웨이 무대에 설 거예요!"

파울리 가족은 재산이 별로 없다. 근근이 먹고살 만한 정도다. 그런 그들이 자기 비용으로 대니를 댄스 학원에 보낸 것을 보면 그들이 대니의 미래를 얼마나 많이 걱정하고 있는지 알 수 있다. 수입만 좀 더 많았으면 그들은 대니를 즉각 입양했을 것이다.

대니는 파울리 부인의 귀염둥이지만 버릇이 없다거나 반항적이라든가 이기적이지는 않다. 오히려 그 반대로 그는 남을 도와주려 하고 또 마음씨도 곱다.

내가 자리에 앉기도 전에 대니는 우리에게 보여 주려고 자기의 새 옷들을 가져왔다. 그는 (파울리 부부처럼) 자기가 키가 크다는 점을 무척 자랑스러워한다(그는 그 나이 또래 아이들 대부분보다 키가 크고 날씬하다).

▶ 1959. 5. 4.

▶ 가정 방문 / 파울리 가족, 16시

파울리 부인은 남편과 같이 요즘 대니의 입양에 대해 진지하게 고민하고 있다면서 우리에게 이날 방문을 요청했다. 대니는 곧 학교에 가게 될 것이다. 부부는 그가 부모도 없고 위탁 가정에 맡겨진 아이라고 학교에서 놀림을 받을까 봐 걱정한다. 게다가 그는 다른 아이들과 외모도 다르다. 나는 그들에게 혹시 국가 보조금 없이 살아갈 수 있냐고 물어보았다. 파울리 부인은 어떻게든 살아 볼 거라고 대답했다. 사촌(로즈 신부)이 도와주겠다고 제안했다는 것이다.

대니가 자기가 배운 춤을 보여 주고 싶다고 졸라서 대화가 중단되었기 때문에 우리는 나머지 면담을 1959년 5월 14일 목요일로 미루었다. 파울리 부인은 이 건에 대해 가족 전체와 다시 한번 의논해 보겠노라고 힘주어 말했다. 부인은 대니가 자신의 집에서, 즉 전적으로 백인으로만 이루어진 환경에서 성장하는 것에 대해 이런저런 자잘한 걱정을 하고 있다.

파울리 부인과 대니가 내게 작별 인사를 하기 전, 그 어린아이가 내 뺨에 뽀뽀해 주었다.

정말 깨물어 주고 싶을 만큼 귀여운 아이다!

▶ 1959. 5. 14.

▶ 면담 / 파울리 가족, 17시

파울리 부인과 대니가 사무실에 왔다. 장을 좀 보고 왔다고 했다. 대니는 쇼핑 센터에 있던 장난감 나라에서 엄마와 자기가 겪은 모험에 대해 이야기했다. 그는 보통 때처럼 아주 단정하게 차려입었고 그에 걸맞은 행동을 했다. 그는 어엿한 꼬마 신사다.

파울리 부인이 입양에 대해 면담을 하고자 해서 우리는 대니를 사무실에서 내보냈다. 에버슨 양이 그동안 그를 봐 주기로 약속했다.

파울리 부인은 가족들과 입양에 대해 근본적인 대화를 나누었다고, 모든 사정을 진지하게 고려해 보았다고 말했다. 가족 모두가 입양에 찬성했다. 큰딸인 세라는 대니의 옷을 만들어 줄 거라고 했고, 아들들은 장난감을 마련해 주겠다고 했고, 로즈 신부는 경제적으로 보조해 줄 것을 암시했다고 한다. 파울리 부인은 아주 흥분한 상태였고 기쁨과 흘가분함을 숨기지 않았다.

나는 파울리 부인에게 변호사 비용이 보통 75달러에서 150달러 정도 든다고, 하지만 경제적 형편이 어려운 경우에는 사회복지국의 변호사인 슐츠 씨가 비용을 할인해 줄 거라고 말했다. 또한 나중에 법정에서 발생할 수도 있는 여러 복잡한 문제들을 피하려면 미리 생모와 접촉하는 것이 가장 현명한 처사라고 말했다. 나는 이번 주 내로 트루트만 양에게 연락해서 부모의 양육권을 넘기는 일에 대해 의논하겠다고 약속했다. 어찌 되었든 지금까지는 모든 접촉이 단절된 상태였으므로, 트루트만 양이 어떻게 나올지 예측하기는 쉽지 않은 상태였다. 파울리 부인은 그 문제에 대해 깊이 이해하고 있는 듯 보였다. 물론 간단히 해결될 일은 하나도 없겠죠. 사실 해결해야 할 문제가 몇 가지 더 있기는 했다.

우리는 대니에게 아직은 입양에 대해 이야기하지 말자고 합의했다.

▶ 1959. 5. 19.

▶ 트루트만 양 통화

나는 트루트만 양에게 대니의 양육권을 양도할 것인지 미리 생각해 보라고 했다. 트루트만 양은 망설이지 않고 자기는 이미 오래전부터 내내 그렇게 하고 싶었다고 말했다. 그런데 우리가 그걸 승인해 주지 않았었다는 것이다. 트루트만 양은 자기로서는 더 이야기할 것이 없다고 말했다. 자기는 이미 한참 전부터 양육권을 넘기는 게 모든 당사자에게 최선의 결론일 거라고 확신했다는 것이다.

서류에는 누가 아이의 아버지인지 나와 있지 않았으므로 나는 또다시 물어보았다. 트루트만 양은 아이의 생부가 그 당시에 26세였고 인디언과 벨기에 혈통이었다고 말했다. 생부는 약 180센티미터 키에 마르고 파란 눈을 가졌고 머리카락은 갈색이고 코가 크다. 그의 이름은 조지다. 트루트만 양은 자기도 성은 모른다고 하면서 인사도 없이 전화를 먼저 끊어 버렸다.

▶ 1959. 5. 25.

▶ 벨린 부인 통화

트루트만 양과 전화 연결이 되지 않아 대니의 외할머니인 앤 벨린에게 전화를 걸었다. 벨린 부인은 딸이 낮에는 베렌센 회사에서 비서로 일하고 있어 밤이 돼야 통화할 수 있을 거라고 설명했다. 손자에 대해서는 아무 말도 하고 싶지 않다고 했다.

나는 저녁에 여러 번 전화를 시도했다. 트루트만 양은 받지 않았다.

▶ 1959. 5. 29.

▶ 가정 방문 / 파울리 가족, 16시

나는 그간 있었던 일, 즉 트루트만 양과 입양에 관한 대화를 시도했다가 실패한 일을 보고하기 위해 파울리 가족을 방문했다. 나는 그 소식을 전하면서 그들에게 직접 생모와 접촉해 보는 쪽이 더 나을 수도 있다고 말했다. 파울리 부인은 그렇게 해 보겠다고 대답했다. 그녀는 자기 사촌이 변호사 비용을 댈 거라고 말한 다음 자기 딸 세라가 대니를 위해 만든 옷들을 내게 보여 주었다(대니는 내가 방문했을 때 내내 2층에서 쿠키를 굽고 있었다). 가족들은 벽에 막 페인트칠을 하려던 참이었다. 파울리 부인의 말처럼 그 낡은 집의 “가구들을 한 차원 끌어올리려던” 참이었다. 새로운 커튼은 이미 다 만들어져 있었고 새로운 방석 커버들도 준비돼 있었다. 그녀는 양탄자를 만드는 작업을 계속하고 있었다. 대니는 "자기의 새집"에 대해 기뻐하고 있었다. 프랭크와 아들들은 저녁에만 칠을 할 시간이 났기 때문에 일의 진행은 더딘 편이었다. 그들은 집 안이 엉망이라며 미안해했다.

확실히 파울리 가족은 좋은, 안정된 가족이다.

▶ 1959. 6. 8.

▶ 약속 / 마틴 박사, 9시

마지막 진찰을 실시하는 날이다. 파울리 부인과 대니얼을 마틴 박사 방에서 만났다.

대니얼은 몸무게가 23킬로그램이고 키는 125센티미터다. 의사는 아이가 건강하고 튼튼하다고 소견을 썼다. 시력과 청력도 최상이다. 마틴 박사는 입양에 장애가 될 만한 부분은 아무것도 없다고 설명했다.

▶ 1959. 6. 23.

▶ 면담 / 법정, 11시

부모의 양육권에 관한 재판이 실시되었다. 아이의 친모인 캐럴 트루트만과 외할머니 앤 벨린, 그리고 프랭크 파울리와 이레네 파울리 부부가 출석했다. 트루트만 양은 양육권

양도를 위한 서면 각서를 주었다. 파울리 부부에게 단독 양육권이 주어졌다.

이어서 파울리 씨가 대니얼 트루트만의 입양 신청서에 서명했다. 이 입양은 9월 초에 법적 효력을 갖게 될 것이다. 이제 브라운 카운티는 대니얼의 돌봄 비용을 더 이상 부담하지 않는다. 프랭크 파울리 씨가 전적으로 아이에 대한 재정적 책임을 진다.

▶ 1959. 9. 4.
대니얼 트루트만은 이제부터 대니얼 파울리다. 파울리 부부는 우리가 더 이상 그들과 연락을 취하지 않을 것이라는 통보를 받았다. 더 이상 돌봄은 필요가 없다.

사건 종료 04-09-59

나는 밤 버스를 타야 했다. 배차 간격이 꽤 넓어서 30분에 한 대 꼴로 오는 버스를 기다리며 나무 의자에 앉았다. 기다리는 일은 별문제가 되지 않았다. 밤은 따뜻했다. 가로등의 불빛은 밤하늘을 비추어 푸른 회색으로 빛나게 했다. 나는 오늘까지도 이 색깔들을 기억하고 있다. 이 색들은 질비아가 나와 헤어질 때 전해 준 이야기의 바탕 색깔로 각인되었다. 이 이야기의 시작에는 이미지가 하나 있다. 아니다. 이 이미지가 *바로 이 이야기다*.

길고 좁은 복도. 벽 전등의 불빛은 약하고 누리끼리하다. 가스 연기가 공중에 걸려 있다. 천장은 검은색이고 벽은 파란색, 그 위로는 회색 그림자가 길게 끌려 있다. 문은 두 개가 보이는데 하나는 열려 있다. 닫힌 문을 통해 낮은 목소리가, 둔탁해진 말들과 웃음소리가 들어온다. 복도 끝과 연결된 무대에서 음악 소리가 들려온다. 두꺼운 겨울 외투를 입은 여자 한 명이 닫힌 문 앞에 서 있다. 그녀는 손잡이를 응시한다. 무대 기술자가 이 여자 바로 옆을 지나갔고 그다음에는 의상 담당자가 지나간다. 그러자 여자는 그들에게서 비켜나 문에서 멀어져 간다. 혼자 있다는 확신이 든 후에야 여자는 다시 가까이 온다. 그녀가 문을 두드리려고 한 손을 들었을 때 여종업원이 온다. 여자는 다시 물러난다. 또 다른 무대 기술자가 복도를 거침없이 걸어가면서 그녀에게 호기심 어린 눈길을 던진다. 손을 올려 문을 두드리려던 여자는 그 시선을 감지하고는 몸을 돌려 문에서 멀어진다. 그러고는 그가 복도에서 아주 사라질 때까지 기다린다. 방에서 흘러나오는 소리에 놀란 여자는 문으로 몇 발자국 다가간다. 그녀는 손잡이를 잡고, 놓고, 복도의 끝까지 헐떡거리며 달려가 연결문으로 도망친다.

복도에는 다시 아무도 없다. 벽 전등의 불빛이 휘청거린다.

질비아는 말했다. 마를레네는 단 한 번도 지미 조던과 대화해 본 적이 없어요. 물론 그녀가 1953년 12월 19일에 밀워키에 있는 *플레임*이라는 재즈 바에 간 건 사실이에요. 거기서 재즈 삼중주를 들었지요. 그렇지만 조던과 이야기를 하진 않았어요. 조던뿐 아니라 버디나 모리스와도 말을 하지 않았고요. 왜냐하면 마를레네는 클럽 매니저에게 조던에 대해 물어보고 바에 앉아 90분을 버티는 일에 이미 모든 용기를 다 소모한 상태였거든요. 연주가 끝나자 그녀는 출연자 대기실까지 갔지만 이미 쓸 수 있는 용기는 다 소진한 후였어요. 조던에게 다가가서, 가까이에서 그를 보면서 이야기를 나누는 건 마를레네에겐 너무 괴롭고 힘든 일이었던 거죠. 질비아는 왜 그랬냐고, 왜 그렇게 자신이 없었냐고 그녀에게 물었다고 한다. 마를레네는 그냥 고개만 저었어요. 그러더니 누가 그런 대화를 할 수 있었겠냐고 중얼거리곤 다시 입을 다물었죠. 다시 말문을 연 그녀는 *플레임*에 머무는 내내 뭔가 금지된 일을 하고 있다는, 넘어서는 안 될 경계를 넘고 있다는 기분이 들었다고 말했어요. *누가 흑인을 두려워하는가?*

마를레네는 단 한 번도 지미 조던과 대화해 본 적이 없어요. 질비아는 반복했다. 당신이 그 말을 대니에게 전해야 해요. 사실 사회복지사 MW는 보고서에 쓴 것과는 달리 조던이 아버지인지 아닌지 확인하지 못했다고 전해야 해요. 질비아는 나에게 부탁했다. MW는 아프리카계 미국인과 말하는 걸 너무 두려워했다고, 그런데 그 사실을 인정하고 싶지 않아서 보고서를 그냥 지어 내 버렸다고, 그렇게 대니에게 전해 주세요.

질비아는 나를 대문까지 바래다주었다. 문이 닫혀 있었다. 질비아는 문을 열어 주고 내게 손을 내밀었다. 이번에는 질비아가 내게 길을 나서도록 재촉했고 난 거부하지 않았다. 나는 질비아를 좋아했다고 기억한다. *보이지 않는 예술가*, 질비아, 이 예술가는 자신의 과제를 완수한 다음 자기 본성에 걸맞게 무(無)로 사라졌다.

집에 가는 데에는 한 시간이 걸렸다. 바로 침대에

누웠지만 잠이 오지 않았다. 나는 일어나서 손편지를 쓰기 시작했다. 이메일 같은 형식은 내가 말하려는 내용을 다 담았다가는 부서져 버릴 듯했기 때문이다. 아침 5시, 해가 떠서 지붕을 넘어 자기 길을 가기 시작했다. 나는 포기하고 잠이 들었다.

이어지는 며칠 내내 편지를 쓰려고 앉아 있었지만 아무런 진전이 없었다. 편지는 아예 초장부터 실패하고 있었다. 어떻게 말을 꺼내야 할지 감도 잡지 못했던 것이다. 오랫동안 침묵했던 데 대해 사과해야 할까? 잘 있었느냐는 무난한 질문을 할까? 갑자기 나는 그린베이에 머물던 때와 지금 이 편지 사이에서 얼마나 많은 시간이 흘러가 버렸는지 깨달았다. 만약 대니의 상태가 그사이에 더 나빠졌다면 어떻게 하지? 만약 그 원인이 나 때문이라면, 내가 조앤이 바라던 소식을 전달해 주지 않아서 그런 거라면 어떻게 하지? 혹은 조앤이 이 소식을 대니에게 전하기엔 이미 너무 늦어 버린 상황이라면 어떻게 하지? 나의 게으름은 용서받지 못할 만한 것으로 보였다. 내가 그사이 키워 놓은 침묵은 어떻게 해도 극복할 수 없었던 것이다.

흥미롭게도 이 딜레마에서 벗어나는 탈출구를 제공해 준 사람은 도널드 트럼프 대통령이었다. 질비아를 만나고 몇 주 후에 트럼프가 대통령 선거에서 승리를 거두었고, 나는 조앤과 어떻게 다시 대화를 재개할지 알게 되었다. 조앤은 뼛속까지 민주당 당원이었고, 아마도 이번 선거 캠페인 때도 집집마다 방문하며 선거 유세를 했거나 개표 자원봉사를 했을 것이다. 나는 조앤에게 이메일로 *유감을 알리*는 내용을 써 보냈다. 딱 세 줄짜리 메시지였다. 조앤은 즉각 답을 주었다. *정말 고마워.* 그 바로 아래에는 질문이 있었다. *언제 당신을 다시 볼 수 있지?*

나는 미국으로 갈 계획이 없었다. *미국 최고America first!* 그건 나와는 상관없는 말이었지만, 어쨌든 그 단어들을 써 넣어 보았다. 미국 최고. 그래서 당신에게 오늘 메일을 보낸 거예요. 다음 주에 거기 갈 거예요.

아, 이 우울한 시기에 그나마 좋은 소식이 하나는 있네. 조앤이 대답했다.

그린 베이는 변하지 않았다. 마지막으로 방문한 지도 4년이 지났다. 이번에는 비행기에서 내린 때가 11월 말이었다. 바람은 차고 눈이 왔다. 눈송이들은 넓게 퍼져 나지막하게 내려왔다. 아니, 마치 공중에서 얼어 버린 비행기 날개처럼 하늘 속을 항해하고 있었다. 조앤은 도착 홀에서 나를 기다리고 있었고 나는 바로 그녀를 알아보았다. 그러나 조앤과 포옹했을 때는, 잠시 한순간이었지만, 어쩐지 그녀를 처음 본 것 같은 기분이

들었다.

조앤은 미소를 지으면서 그림을 가지러 왔느냐고 물었다. 나는 웃음을 참지 못하며 고개를 끄덕였다. 우리가 조앤의 자동차가 있는 곳으로 터덜터덜 걷는 동안 그녀는 내 가방을 미심쩍은 눈으로 보더니 핀잔을 주었다. 2주 있기에는 가방이 정말 징글맞게 작네. 나는 어깨를 으쓱하고는 다들 어떻게 지내냐고 물었다. 나는 *how are you*라고 말했는데, 원래는 *how are you guys*라고 복수로 말했어야 했다. 그 실수 때문에 조앤은 그 질문이 자기에게만 해당된다고 생각했다. 조앤은 *좋아*라고 말하고는 다시 한번 *좋아, 진짜야*라고 말했다. 그러나 나는 그 말을 믿지 않았다.

정말 당신들 다 잘 지내는 거예요? 나는 다시 캐물었다. 조앤은 가끔은 말을 하도록 밀어붙여야 입을 연다는 사실을 기억해 냈던 것이다. 조앤은 입술을 찡그렸다. 그 말은 대통령 문제는 빼놓고 하는 말이지?

우리는 조앤의 셰비 자동차 앞에 서 있었다. 창문을 통해 내부를 들여다본 나는 그 차가 여전히 쓰레기통에 가깝다는 걸 알 수 있었다. 조앤이 열쇠를 꽂았고 문이 열렸다. 우리는 차에 탔고 그녀가 시동을 걸었고 나는 라디오를 켰다. 브루스 스프링스틴이 한참 노래를 부르고 있었다. 이 사람이 당신들의 국민 가수예요? 나는 물었다. 조앤은 웃었다.

들어 봐. 조앤이 말했다. 당신이 옛날에 있던 방은 이미 다 찼어. 그 대신 손님방이 하나 있긴 하지만. 나는 조앤에게 묻는 듯한 시선을 보냈다. 대니가 다시 집에 왔어. 그녀가 말했다.

조앤은 액셀을 밟았다. 고속도로는 비어 있었다. 저 멀리 창고에서 붉은빛이 밝게 빛났다. 우리는 무자비하게 잿빛으로 물든 하늘 아래 있었다. 차를 타고 스쳐 가던 들판과 초원은 점점 하나의 평원처럼 합쳐졌고, 그 평원은 떨어지는 눈송이들을 골고루 쌓아 가면서 점점 더 넓어지고 있었다.

내 눈에는, 끝없이.

EJ에게 특별한 감사를 보낸다. EJ가 없었더라면 나는
대니도 그런 베이도 몰랐을 것이다.

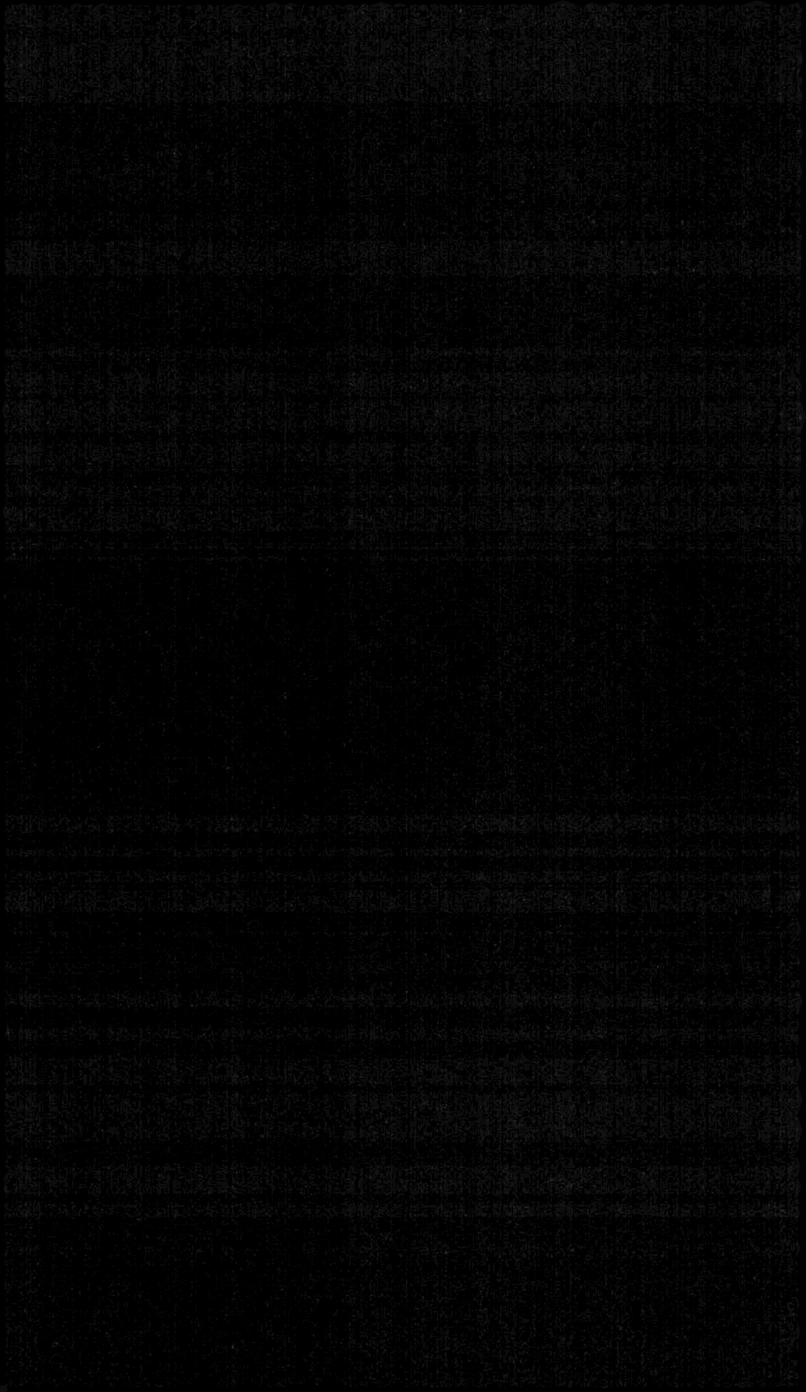